한국 근대 여행소설 연구

저자 소개

김 효 주(金孝珠)

영남대학교 국어국문학과를 졸업하고 동대학교 대학원 국어교육학과에서 박사학위를 받았다. 현재 영남대학교 교책객원교수로 있다.

논문으로는 「1920년대 여행기의 존재 양상」, 「슬픔 얼리기와 문학 창작 교육」, 「무성격자에 나타나는 푼크툼의 실현과 서사적 장치」, 「최명익 소설에 나타난 사진의 상징성과 시간관 고찰」, 「최명익의 심문에 나타난 변증법적 정지와 이미지」 등이 있으며, 저서로는 『명저 읽기와 글쓰기-사범·예체능계열』(공저)가 있다.

한국 근대 여행소설 연구

초판 인쇄 2013년 8월 16일
초판 발행 2013년 8월 26일

지은이 김효주
펴낸이 이대현
편 집 이소희
펴낸곳 도서출판 역락
　　　　　서울 서초구 반포4동 577-25 문창빌딩 2층
　　　　　전화 02-3409-2058(영업부), 2060(편집부)
　　　　　팩시밀리 02-3409-2059
　　　　　이메일 youkrack@hanmail.net
　　　　　등록 1999년 4월 19일 제303-2002-000014호

ISBN 978-89-5556-072-5 93810
정 가 18,000원

한국 근대 여행소설 연구

김 효 주

역락

머리말

인생의 어느 한 시기를 기점으로 나는 떠나는 자가 되었다. 세상 일 중 일부는 분명하게 답이 정해져있는 것임에도 불구하고 어리석은 내 눈에는 그것이 보이지 않았다. 머리보다 마음이 먼저 거부하던 일이었다. 머물러 있을 때는 알 수 없었던 것들에 대한 답을 떠나보니 분명히 알게 되었고, 돌아와 보니 너무 많은 것을 알아버려 다시 한 번 크게 흔들리는 사람이 되었다.

나는 언제나 그 흔들림에 관한 이야기를 해보고 싶었다. 그리고 그것을 글로 쓰고 그 문제에 대해 골몰해보고 싶었다. 여행은 그러한 기회를 제공해준다 믿었다. 1930년대 지식인의 흔들림에 대해 살펴보고, 여행을 통해 시대를 넘어서는 공감의 틀을 만들어 보고 싶었다. 그렇게 나와 여행소설과의 인연이 시작되었다.

글을 쓰는 동안 나는 무척 외로웠다. 책상 가득 쌓아둔 자료. 내가 아직 채 읽지 않은, 읽었다 해도 이미 지나버린 지식들 속에서 내 길을 낸다는 것은 막막한 일이었다. 그렇게 나는 글을 썼고 그 기간 동안 아주 여러 번 나를 돌아볼 수 있는 기회를 얻었다. 그리고 주변에 계신 많은 분들의 은혜에 눈물짓고는 했다.

지금의 내가 있을 수 있었던 것은 은사님들의 배려와 보살핌 덕분이다. 그리고 몸과 마음이 덜 힘들었던 것은 선생님들이 마련해주신 따뜻한 공간과 믿음, 격려 때문이었다. 연구년을 떠나시던 해, 이강옥 선생님께서는 당신의 부족한 제자에게 기꺼이 자신의 연구실을 내어주셨다. 머물 곳이 없어 무거운 책들을 들고 여기저기를 옮겨 다녀야 했던 내게 선생님이 주신 연구실은 몸과 마음의 안식처였다. 나는 그곳에서 선생님의 흔적이 가득 담긴 많은 책을 읽으며 선생님이 보여주셨던 학문에 대한 열정을 배워나갔다.

박사 졸업을 하고 난 다음 학기, 지도 교수님이신 박종홍 선생님께서 연구년을 떠나셨다. 지도 교수님께서도 부족한 제자에게 자신의 연구실을 기꺼이 내어주셨고 그 공간 안에서 나는 지식과 학문에 대한 걸음마를 조금씩 익혀 나갔다. 생각해보니 나는 이강옥 선생님의 연구실에서 박사논문을, 박종홍 선생님 연구실에서는 몇 편의 소논문을 썼다. 그곳에서 그분들의 학문에 대한 열정과 공부에 임하는 자세, 제자를 사랑하는 마음, 마음 다스림 그 모든 것들을 배웠다. 부족한 제자에게 그토록 큰 사랑을 베풀어주시다니 그 큰 은혜에 감사하고 죄송한 마음뿐이다.

그리고 고마운 분이 참 많다. 부족한 논문을 세심하게 읽고 다듬어주신 김성진 선생님, 노상래 선생님, 최미숙 선생님, 정정순 선생님께 감사드린다. 선생님들의 조언으로 글을 완성할 수 있었다. 선생님들께 심사를 받을 수 있었다는 것은 크나큰 행운이었다. 그리고 항상 따뜻한 웃음과 격려를 보내주셨던 서종학 선생님, 신승용 선생님, 전재강 선생님, 김기호 선생님께 감사드린다.

또, 이 자리를 빌려 사랑하는 가족에게 고맙다는 인사를 전하고 싶다. 먼저, 아버지. 아버지는 언제나 문학을 하는 딸을 자랑스러워하셨다. 다른 어떤 일보다 문학 하는 딸을 아껴주시고 믿어주셨다. 나의 아버지. 강한 듯 하지만 많이도 여린 내 아버지 김중기 님께 이 책이 큰 힘이 되었으면 좋겠다. 그리고 딸이 박사논문을 쓰는 동안 하루도 빠지지 않고 두 개의 도시락을 싸주셨던, 딸이 들면 무거울까 매일 아침 그걸 들고 주차장까지 내려와 딸의 차가 사라질 때까지 뒤를 지켜봐주시던, 그렇게 모든 걸 주시고도 자식이 이렇게 힘들어 하는데 더 해줄 것이 없어 미안하다며 울먹이던, 내 여리고 아름다운 어머니 사랑하는 권옥희 여사께 이 책을 바친다. 어머니는 언제나 남들이 간절히 원하는 것은 내가 갖지 말고 남들이 다 가져가기를 기다려 주라고 말씀하셨다. 또, 이 세상에 하나 뿐인 나의 오빠 김원호 세무사와 시청에서 열심히 공무원 생활을 하고 있는 새언니에게도 고마운 마음 전하고 싶다. 그리고 언제나 나를 응원해준 정희와 수진이, 주경이에게 고맙다.

늘 자책하며 힘든 시간을 넘어온 지난날의 나에게 처음으로 악수를 청한다.

봄의 그림자를 본 날
김효주

차 례

제1장 여행과 여행소설

1. 문제 제기 및 연구 목적

이 책은 1930년대 한국 근대 여행소설을 대상으로 하여, 작품 속에 나타난 여행의 의미와 그 구현 방식을 검토하고 이를 바탕으로 여행소설의 형성 과정과 존재 양상을 살피고자 한다. 여행소설의 구성 방식과 주체의 변화를 구명함으로써 1930년대 여행소설의 특징과 의의를 해명할 것이다.

루카치에 따르면 소설은, 문제적 개인이 자기 고유의 본질을 찾기 위해 모험을 나서는 영혼의 이야기라고 할 수 있다. 루카치는 고대 그리스 문화를 이야기하면서 영혼에 대한 타자가 존재하지 않는 서사시의 시대는 내면성이 아직 존재하지 않기 때문에 무언가를 찾아 나서는 일의 진정한 고통과 그것에 의해 수반되는 위험을 알지 못한다고 말한다. 따라서 이 시기는 자기 자신을 잃어버릴 수 있다는 것을 모르며 자기 스스로 자신을 찾아 나서야만 한다는 것은 꿈에도 생각지 못하는, 안과

밖의 균열이 없는 복된 시대라고 규정한다. 하지만 그 자체로 완결된 삶의 총체성을 형상화한 서사시의 시대가 가고 소설의 시대가 열리면서 총체성은 주어진 것이 아니라, 자신이 찾아내어야 하는 것이 된다.[1]

여행소설은 개인과 세계 속에서 자신의 총체성을 찾아가는 여행자의 고뇌를 담은 것으로 소설의 특성을 가장 전형적으로 보여주는 것이라 할 수 있다. 이로 인해 여행소설은 서사문학의 보편적 형식 중 하나로 자리 잡아 한국 근대 소설에서 간과할 수 없는 자리를 확보하고 있다.

'여행'을 단순한 사전적 의미로 해석하면 '자신이 위치한 공간이 아닌 다른 공간으로 이동하며 새로운 경험을 하는 것'이라 할 수 있다. 이를 좀 더 확장하면 '여행'은 본질적으로 다른 경험을 통해서 개인의 전체성을 구성할 수 있도록 도와주는 사회현상이라고 할 수 있다.[2] 보들레르는 여행을 '떠나기 위한 떠남'으로, 워즈워스는 '시간의 점'으로, 알베르 까뮈는 '우리를 우리 자신에게로 이끄는 것'이 여행이라고 정의한다. 결국 '여행'은 장소 이동이라는 피상적 의미 외에 개별 주체의 욕망과 경험을 통한 자기 발견과 재구성이라는 '개인적 요소'가 두루 내재된 개념이다.

하지만 여행을 단순히 개인적인 차원으로만 간주할 수는 없다. 여행이 성행한 데에는 교통 수단과 지리학의 발달이라는 사회 물리적 원인이 개입하였고, 여행자가 여행을 통해 지향하는 의미는 당대 시대의 제특징과 긴밀하게 연결된다는 점에서 여행은 '사회적 현상'이기도 한 것이다. 따라서 여행은 '개인의 욕망'이라는 개인적인 측면과 '시대'라는

---

1) Georg Lukács, 김경식 옮김, 『소설의 이론』, 문예출판사, 2007, pp.103~229.
2) MacCannel,D., 오상훈 역, 『관광객』, 일신사, 1994, p.18.

사회적 측면이 복합적으로 결합된 것이라고 할 수 있다.

이 책에서 여행의 개념을 규정하는 데는 먼저 하이데거에 근거를 둔다. 하이데거는 '존재'와 '존재자'를 구별함으로써 '존재함'과 '존재하는 어떤 것'을 다른 것으로 파악한다. 그는 존재의 모습이 갖는 경향을 두 가지로 나누어 생각한다. 하나는 남에 대한 배려나 걱정을 통해서 이루어지는 사회적 관계 안에서의 현존재이다. 이러한 현존재는, 남과의 관계와 일상에 매여서 자신의 고유함을 잃어버리고 '비본래적'인 삶을 통해서 자신의 현존재의 의미로부터 도피한다. 이러한 현존재를 'man(보통사람)'이라 한다. '보통사람'은 공허함과 권태 속에 자신의 존재의 본질을 묻어버리고 진정한 존재방식을 추구하지 않는다. 한편, 또 다른 현존재는 이해하는 능력을 가진 현존재이다. 이해하는 현존재는 자신의 고유함을 이해하고 자기와 세계가 어떤 관계 속에 놓여 있는가를 이해하고자 한다.[3] 결국 여행이란 '보통사람(man)'이던 평범한 주인공이 개인과 세계 속에 놓인 자신의 현존재를 찾아가는 과정을 의미하는 것이라 할 수 있다.

우리나라에 있어 여행에 대한 관심은 조선후기에 활발히 전개된다. 조선후기는 새로운 화폐경제가 유입되고, 중세의 근간이라고 할 수 있는 신분제와 토지제도가 흔들리면서 사회 경제적으로 큰 변동이 일어난 시기이다. 새로운 경제구조와 사회질서가 형성됨에 따라 사회적 유동성이 커지고, 이로 인해 사람들의 공간 이동도 활발해졌다. 이러한 공간 이동은 새로운 세상에 대한 호기심을 불러일으켰고, 그 호기심을

---

3) 박해용·심옥숙, 『철학용어용례사전』, 돌기둥, 2004, p.203.

여행으로 실현하게 되었다. 이는 작품 창작으로 이어져, 조선후기에는 기행가사, 사행가사, 유배가사, 유산록, 기행한시 등 다양한 형태의 여행 작품이 많이 창작되었다.

이후 대한제국기에 접어들면서 여행은 1883년 견미사절단 '보빙사'의 파견이나 1887년 초대 주미전권공사(駐美全權公使) 박정양의 미국 파견, 유길준, 서재필, 윤치호의 미국 유학, 민영환의 러시아 황제 대관식 파견 등의 공적인 여행 형태로 부각되어 세인의 관심을 끌기 시작했다. 이 시기 여행을 마치고 난 이후 쓴 기록은 공적 사행록이었다.4)

근대에 접어들어 철도의 개통은 대중적 여행을 가능하게 하였고 그 결과 여행에 대한 전반적 관심이 고조되었다. 철도의 등장은 기존에 있던 시간과 공간 감각의 소멸을 가져왔고,5) 자연이 인간 위에 군림하는 세계에서 인간이 자연 위에 등극하는 세계를 열어주었다. 이로 인해 우리나라 사람들은 주술적이고 신화적인 세계와 결별하고 이성적이고 합리적인 세계를 경험하게 되었다.6) 철도의 등장에 따른 새로운 감각의 형성은 새로운 문화에 대한 호기심을 불러일으켰고, 나아가 지역이나 나라 간의 문화적 이질감을 해소하는 기회를 제공하였다. 철도의 등장에 따라 시간과 공간의 이동이 자유로워지고, 이로 인해 서구의 낯선 문화를 보고 접하는 기회가 늘어나면서 근대화의 열망은 더욱 가속화되었다.

1908년 발간되었던 최초의 월간종합잡지인 『少年』에서 최남선은 "旅

4) 차혜영, 「문화체험과 에스노그래피의 정치학」, 『정신문화연구』, 제33권 1호, 2010, p.52.
5) Wolfgang Schivelbusch, 박진희 옮김, 『철도 여행의 역사』, 궁리, 2007, p.48.
6) 박천홍, 『매혹의 질주, 근대의 횡단-철도로 돌아본 근대의 풍경』, 산처럼, 2003, p.5.

行은 眞正한 智識의 大根源"이라고 주장한다. 이 글에서는 가상의 인물 최건일이 내포독자인 소년을 설정하고, 소년에게 "고대엔 興國民이었던 우리민족이 오늘날에 이르러 懶弱하고, 元氣 鎖沉한 것은 다른 것이 아니라 여행성이 減退하여 經難을 싫어하는 까닭" 때문이라고 밝히면서, "울적한 일이 있든 환회할 일이 있든 더욱 공부의 여가로서 여행에 허비하기를 마음에 두라"[7]는 조언을 통해 소년의 여행을 적극 독려하고 있다. 이를 통해 알 수 있듯이, 근대에 있어 여행은 지식인은 물론 일반 대중들의 가장 큰 관심사이면서 동시에 개화의 실현이자 교육의 중심장이었다.[8] 개화란 '가치의 기준을 자신의 밖에다 선택하여 현실을 이탈하고 자신의 위치를 상승화(上昇化)하려는 의식'을 말한다.[9] 개화는 근대화와 밀접하게 관련되고, 근대화를 이루기 위해서는 교육이 수반될 수밖에 없었다. 당시 지식인들은 근대화된 사회에 살기를 희구했기 때문에, 그들의 의식 속에는 여행을 통해 서구의 새로운 문물을 접하고 이에 대한 교육을 통해 새로운 세상을 열고 싶은 욕망이 투영되어 있었다. 따라서 여행은 개화기의 가장 큰 관심사이자 지식의 근본이 되는 교육의 일환이었다. 1909년 대한매일신보 잡보란에는 '여행운동'이라는 단어가 등장한다. 당시 교육을 담당하던 학교가(보성중학교와 청년학교, 홍

---

7) 崔南善, 「快少年世界一周時報」, 『少年』, 新文館, 1908. 11.
8) 최남선은 '여행'이라는 단어를 직접적으로 언급하는 대신, '바다'라는 상징적이고 함축적인 단어를 사용하여 여행의 가치를 에둘러 소개하기도 한다. 崔南善, 「교남홍조(嶠南鴻爪)」, 『소년』, 1909. 9.(高麗大學校 亞細亞問題研究所 六堂全集編纂委員會編, 『육당최남선전집』 6, 현암사, 1974, pp.470~471.) 그러나 무조건적으로 외국의 근대화만 추종하는 당대 지식인의 시각은 조선 시대 사대부의 그것과 비교할 때 분명한 차이를 드러낸다. 이에 대한 자세한 논의는 이강옥, 「초기 야담집 『학산한언』의 현실 지향과 비현실 지향」, 『한국 야담 연구』, 돌베개, 2006, pp.284~285를 참조할 것.
9) 이재선, 『한국현대소설작품론』, 문장, 1986, p.11.

화학교) 연합하여 여행을 장려하는 운동을 벌이기도 한다.10) 이렇게 계몽의 이념을 전달하고자 하는 문인의 의도와 낯선 것에 대한 대중의 호기심이 상호 상승 작용하여 여행에 대한 관심은 증대된다.

한편 이러한 여행 경험을 타인과 공유하고 싶은 열망이 커지고, 신문과 잡지에서 여행기 창작을 권장하면서 수많은 여행기가 창작된다. 신문을 비롯한 매체들은 여행기를 많이 실었다.11) 매체를 통하여 여행기가 대중들에게 널리 읽히면서 여행에 대한 호기심과 열망이 더욱 강해진다.

소설에 있어서는 이인직의 신소설 『혈의 누』에서부터 후에 이광수의 『무정』에 이르기까지 여행을 모티프로 삼는 소설이 창작되어, 신문명(新文明)을 받아들이고 의식을 개화하여 근대화를 이루자는 움직임이 증대되었다.

근대 초기 지식인들이 자존감을 획득하는 방식은 근대라는 문물을 경쟁자보다 일찍 그리고 빨리 습득해서 문명의 개화를 이루는 것이었다. 그들은 문명과 문화의 선두에 서서 외부적 세계를 받아들이고 그 가치를 습득하려 하였다. 그러나 그것이 진정한 의미에서 주체의 자존감을 생성하는 기제로 작용하기 위해서는 그런 가치에 대한 확고한 믿음이 존재해야 한다. 주체가 세계에 대한 걱정을 덜고 세계에 적응하기 위해서는 세상이 정해놓은 가치나 기준이 옳다는 것에 대한 강한 믿음

---

10) "근일보성중학교와 청년학교와 흥화학교가 련합ᄒᆞ야 려힝운동을 긔시ᄒᆞ기위ᄒᆞ야 일간 긔셩디방으로 발힝ᄒᆞ다더라"『대한매일신보』, 잡보의방통신, 1909. 3. 30.

11) 가령 이광수는 매일신보 기자로 있을 때, 충남·전북·전남·경남·경북 오도(五道)를 여행하고 「오도답파기행」을 썼는데, 그 서문에서 여러 신문사에서 앞다투어 기행문 창작을 권려했다고 증언했다. 李光洙,『半島江山 紀行文集』自序, 永昌館版, 1939를 참조할 것.

이 필요하기 때문이다. 그러나 근대화가 진행되면 될수록 여행 주체에게는 근대적 가치에 대한 확고한 믿음은 흔들릴 수밖에 없었다. 이는 식민지라는 현실에서 기인한 것이기도 하지만, 근본적으로 근대적 가치 자체가 가진 이중성에서 기인한다. 근대성은 서구에서 형성되었기 때문에 근대성의 주체는 어디까지나 서구이고 비서구는 계몽의 대상에 불과하였기 때문이다. 따라서 서구의 근대성의 논리를 받아들이는 순간 제국주의 논리의 수용을 피하기 어려웠다.12) 더욱이 아무리 노력한다고 해도 비서구는 서구가 될 수는 없었다.

초기 근대화에 따른 개발은 새로운 현실을 열어주었지만, 그것은 어디까지나 조선의 전통 파괴를 담보로 하였다. 피식민지인들은 세계에 대한 믿음이 굳건할 수 없었으며, 그들의 내면에는 세계에 속하고 싶은 소속 욕망과 기존 세계를 거부하고자 하는 거부 욕망이 혼재되었다. 외부에 대한 호기심이 다한 자리에는 내부적 자아의 반성이 기다리고 있었다.

개화운동의 일환으로 시작된 공적인 여행은 후에 여행 주체의 욕망을 담은 사적이고 개인적 여행으로 변해간다. 1930년대에 여행소설이 형성된 것은 이런 호기심 및 열망과 직접 연결되면서도 그 의미 지향이 일정하게 전환되고 변형된 것이라 볼 수 있다.

2. 연구사 검토

근대에 여행이 성행하였다는 점에 주목하여 여행문학에 대한 다양한

---

12) 정용화, 「1920년대 초 계몽담론의 특성 : 문명·문화·개인을 중심으로」, 『일제하 서구 문화의 수용과 근대성』, 혜안, 2008, p.22.

연구가 활발히 이루어졌지만 기행문이나 여로형 소설에 대한 연구는 빈번한 데 반해 여행소설에 대한 연구는 미흡하였다. 이는 여행소설의 개념이나 그 내적 구조 그리고 역사적 연원이 뚜렷하게 해명되지 못한 데에서 기인한다고 본다.

본 책의 과제와 관련된 기존 연구는 다음과 같이 나누어 살펴볼 수 있다.

첫째로는 기행수필 및 기행문학에 관한 연구이다.[13] 이는 김예림, 김중철, 김현주, 성현경, 이동원, 차혜영에 의해 주로 연구되었다.

김예림은 1920년대 초반의 문학의 상황에 대해 다루면서 이 시기를 다양한 문학 장르들의 미분화 시기이면서 동시에 분화와 경계의 시기라 규정한다. 이러한 규정을 바탕으로 동인지에 발표된 기행수필과 소설들을 대상으로 그 사이의 상관관계를 통해 밝히고 있어 그 의의가 돋보인다. 김현주는 국토 기행을 중심으로 한 근대 초기 기행문의 전개 양상을 살피면서 기행문의 특성을 추출하고 기행문이 '문학'으로 의식되기 시작한 시점을 부각시키고 있다. 이 연구는 국토를 심미적 시선으로 바라보는 기행문이 등장한 1920년대를 기행문이 문학으로 의식되기

---

13) 김예림, 「1920년대 초반 문학의 상황과 의미─서사장르의 상관성을 중심으로」, 『상허학보』 6집, 2000.
　김중철, 「근대 초기 여행기에 나타난 활동사진의 비유에 대한 연구」, 『한국언어문화』 29호, 2006.
　김현주, 「근대 초기 기행문의 전개 양상과 문학적 기행문의 '기원'─국토기행을 중심으로」, 『현대문학의 연구』 16호, 2001.
　성현경, 「1930년대 해외 기행문 연구─『삼천리』 소재 해외 기행문을 중심으로─」, 성균관대학교 대학원 석사학위논문, 2010.
　이동원, 「기행문학연구─1910~1920년대를 중심으로」, 연세대학교 대학원 석사학위논문, 2002.
　차혜영, 「문화체험과 에스노그래피의 정치학」, 『정신문화연구』 제33권 1호, 2010.

시작한 시점이라 보고, 기행문의 지위 상승이 어떤 메커니즘을 통해 이루어지는지를 살피고 있다.

이동원은 1910~1920년대 기행을 계몽의 기행과 동인지의 기행문학, 국토직조의 기행으로 나누어 고찰하고 있다. 그중 계몽의 기행은 최남선과 이광수의 기행을, 동인지의 문학에서는 동인지 문학에 등장하는 기행의 의미를, 국토직조의 기행에서는 1920년대의 기행을 주로 다루고 있다. 이 연구에서는 근대 소설이 확립됨에 따라 일전에 사회와 자연 전 영역을 담당했던 기행이 소설에 '사회'의 자리를 내어주고 기행은 '자연'을 다루는 것으로 그 영역을 축소하다 점차 쇠퇴한다고 주장한다. 소설을 기행의 발전된 형태로 보는 이러한 관점은 기행의 자리에 대한 독자성을 인정하지 않는다는 점에서 논란이 있을 수 있다. 또 1930년대에도 기행문이 융성하였다는 점을 고려할 때 보완하는 연구가 필요하다.

김중철은 근대 초기 기행문 속에서 발견되는 활동 사진의 흔적들을 통해 근대 초기 활동 사진의 수용 양상에 대해 살펴보고, 이와 더불어 당대의 활동 사진의 경험이 어떻게 근대 여행 체험과 결부되면서 근대 새로운 지각 경험을 유도해 가는지를 살펴보고 있다. 기차와 영화의 공통점에 기반하여 여행에서의 시각적 체험을 중시하고 있다.

차혜영은 1920년대 후반 이후 특정 지역에서의 개인의 '문화체험'을 특화하는 기행문을 고찰하였다. 이를 통해 귀속공동체와의 분리를 통해 개인을 형성하고, 그 개인이 소비자–개인의 에피스테메(Episteme)를 갖는다고 분석하고 있다. 식민지 시대의 서구 여행기를 중심으로, 실제의 여행 경험과 그것에 대한 글쓰기를 통해 축조되는 자기상(identity)을 다각적인 차원에서 검토하고 있다.

둘째는 여행의 의미 및 여행 구조에 관한 연구이다.14) 이에 해당하는 연구로는 곽상순, 곽승미, 김경숙, 이문숙 등의 연구를 들 수 있다. 곽상순은 근대 형성기 소설에 나타난 여행의 의미를 '아내의 죽음' 모티프와의 관계 속에서 파악한다. 이를 통해 죄의식이라는 근대적 문제의식을 문제화하고자 하였다. 곽승미 역시 조선에서 여행이 하나의 문화로 기획되게 된 과정을 살펴보고, 기행 서사와 허구적 서사를 통해 외국 여행 경험이 전유되는 양상과 의미를 고찰하고자 하였다.

김경숙은 1930년대 「메밀꽃 필 무렵」과 1960년대 「무진기행」, 1970년대 「삼포가는 길」을 대상으로 각각 주제, 인물, 행위규범, 가치관으로 분류하여 작품 내적 분석에 초점을 맞추어 논의를 전개하였다. 이 글은 여행소설이라는 명칭을 사용하고 있기는 하지만, 여행소설의 범위가 명확하게 규명되지 않아 여행소설에 초점을 맞추기보다는 시대와 작품들 간의 비교분석에만 치중한 점이 있다.

이문숙은 1920~30년대 여행 모티프를 지닌 소설들을 대상으로 작품에 반영된 여행의 의미를 살펴보고, 그것을 바탕으로 노스럽 프라이 (Northrop Frye)가 「비평의 해부」에서 제시한 사계절의 미토스에 따라 분류하고 그 특성을 살펴보고자 하였다. 그러나 구체적인 여행소설 작품

---

14) 곽상순, 「근대 형성기 소설에 나타난 여행의 의미」, 『시학과 언어학』 19호, 2010.
   곽승미, 「식민지 시대 여행 문화의 향유 실태와 서사적 수용 양상」, 『일제 시기 근대적 일상과 식민지 문화』, 이화여자대학교 출판부, 2008.
   김경숙, 「韓國小說에 나타난 旅行構造에 관한 考察－「메밀꽃 필 무렵」「霧津紀行」「森浦 가는 길」의 比較研究－」, 고려대학교 교육대학원 석사학위논문, 1985.
   이문숙, 「現代小說에 나타난 旅行의 美學研究」, 건국대학교 교육대학원 석사학위논문, 1993.

을 검토하기보다는 프라이의 이론에 기대어 거시적으로 접근하였다.

셋째로는 여행소설에 관한 연구이다.15) 이는 이미림, 김경수, 이광호, 조남현, 황국명 등에 의해 연구되었다.

이미림은 『우리시대의 여행소설』(2006), 『한국현대소설의 떠남과 머묾』(2007)과 같은 저서를 통해 여행소설의 틀을 확립하는 데 크게 기여하였다. 그러나 여행소설의 특성과 분류기준이 다소 모호하여 여행소설의 구체적인 내적 양식과 특성을 분석하기보다는 여행소설을 시대별로 개관하고 있다.

김경수와 황국명은 1990년대 이후 배경을 외국으로 설정하고 있는 여행소설 작품을 분석하고, 이를 통해 배경의 확장이 갖는 의미를 공간론의 차원에서 논의하고 있다. 그런데 공간의 확장이라는 것이 주는 의의와 특징을 간단히 분석하고 그 가능성을 제안하는 데 그치고 있어 여행소설의 전반적인 특징을 살펴보는 데까지는 이르지 않았다. 조남현과 이광호 역시 1990년대 이후 여행소설에 주목하여 그 특징에 대해 살펴본 바 있다.

이상 연구사 검토에서 살펴본 바와 같이 여행소설에 대한 연구는 '해외여행 자유화'16)라는 제도 변화가 있고 난 후인 1990년대에 이르러

---

15) 김경수, 「1990년도 여행소설의 한 특징」, 『소설, 농담, 사다리』, 역락, 2001.
　　이광호, 「돌아오지 않는 항해」, 『소설은 탈주를 꿈꾼다』, 민음사, 1998.
　　이미림 외, 『우리시대의 여행소설』, 태학사, 2006.
　　이미림, 『한국현대소설의 떠남과 머묾』, 예림기획, 2007.
　　조남현, 「1990년대 소설과 여행 모티프의 다산성(多産性)」, 『비평의 자리』, 문학사상사, 2001.
　　황국명, 『전환기 소설의 지형』, 세종출판사, 2001.
16) 우리나라의 경우 해외여행 자유화는 1988년 서울 올림픽 이후에 이루어졌다. 일부 부유층의 특권으로 인식되던 해외여행은 점차 보편화되면서 대중화되기 시작한다.

활발해졌음을 알 수 있다. 해외여행 자유화는 대중들로 하여금 여행에 대한 호기심을 다시 돋우었고 그와 관련하여 작가들도 해외여행 중에 일어난 사건들을 소설의 중요한 제재로 다루었다. 근대 소설 연구 역시 1990년대의 창작 및 독서의 변화에 부응한 것으로 판단한다. 1990년대에 이르러 여행소설이란 개념이 널리 사용되기 시작하면서 여행소설에 관한 연구도 본격화된 것이다.

그러나 이는 우리나라 근대 여행소설의 역사를 분절적으로 인식하였다는 한계를 지닌다. 개화기 시대 여행에 대한 연구는 민족의 계몽 및 교육과 결부되어 꾸준히 연구되어 있는 데 반해, 일제 강점기 여행소설에 대한 논의는 몇 작품에 국한하여 접근했을 뿐 더 이상의 진전을 보이지 않고 있다. 또 여행과 방랑, 그리고 유랑이 구분되지 않은 채 그 의미가 혼재되어 사용하고 있어, 여행소설 연구의 기반이 확고히 마련되었다고 보기 어렵다. 특히 그동안의 연구는 여행소설의 개념을 명확하게 정립하지 못하였고 특정 시대의 여행소설들을 구체적으로 분석하여 그 특성을 집중적으로 해명해내지 못하였다. 공시적 연구와 통시적 접근이 이반되어 논의를 심도 있게 전개하지 못하였다. 몇몇 작품에 대한 작품론과 몇몇 작가에 대한 작가론에 치중되기만 하였을 뿐 여행소설의 개념과 구성 요소, 여행의 구조 및 의미, 그 서술방식에 대한 전반적인 검토도 소홀하였다. 또한 여행소설에서 가장 중요한 요소 중 하나가 여행 주체임에도 불구하고 여행 주체의 내면적 특성과 변화에 대한 검토는 없었다.

이 책은 기존연구의 이런 문제와 한계를 극복하기 위하여 1930년대 여행소설을 분석 대상으로 하면서 여행소설의 개념과 요소, 여행 주체

및 풍경으로서의 재현과 구성방식 등에 대해 연구한 뒤 1930년대 여행소설의 문학사적 의의를 조명하고자 한다.

3. 연구 방법 및 연구 대상

여행소설을 분석하기 위해 가장 먼저 필요한 것은 근대적 주체에 대한 이해이다. 이를 바탕으로 여행지에서의 풍경과 여행에서의 타자 인식에 대한 접근도 함께 다뤄질 필요가 있다. 이를 위해서는 먼저 여행소설에 대한 명확한 개념 정의가 필요하다.

지금까지 연구에서 여행소설의 개념이 불분명했던 것은 여행이라는 단어의 의미와 범위가 모호하고 또 여행소설이 성장소설이나 모험소설과 같은 여타 하위 소설 장르와 그 성격이 유사하면서 겹치기도 한다는 데서 초래되었을 것이다. 여행소설에 대한 분명한 개념 정의는 여행소설을 이해하기 위한 전제조건이며 여행소설의 독자적인 자리매김을 위해 반드시 필요한 작업이다.

이를 위해 먼저 여행의 범위를 분명히 할 필요가 있다. 여행의 범위는 크게 세 가지 범주로 나눌 수 있다. 첫째는 '삶'이라는 인생 전체를 여행으로 보는 경우이며, 둘째는 꿈 속 여행이나 의식에 따른 내면여행과 같이 실제적인 공간이동을 동반하지 않는 정신적 여행을 포함하는 경우이다. 셋째는 운송수단을 동원하여 자신이 거주하는 곳이 아닌 다른 실제 장소로 이동하는 지리적·물리적 여행을 지칭하는 경우이다. 첫째와 둘째는 여행의 범위를 지나치게 확장한 것이라 할 수 있다. 따라서 이 책은 여행의 범위를 셋째의 경우로 한정한다. 이 책에서 다루고자 하는 1930년대 여행소설이 근대성에 기반한 지리적·물리적 여행을 전제로 하기 때문이다.

다음으로 여행에 대한 정의를 기반으로 여행소설의 범주를 설정하고자 한다.

가장 먼저 여행소설의 범주 설정에 기반이 되는 것은 '속도성'이다. 따라서 산책이나 방랑과 같은 도보여행은 여행소설 범주에 넣지 않는다.

다음으로 여행 주체의 자발적 의지 유무이다. 여행소설의 여행은 여행 주체의 자발적 욕망에 의해 결정되어지는 것이다. 어떤 과업을 수행하는 것이 목적이라고 하더라도 그것이 의무적인 것이 아니라 여행 주체의 선택적 판단에 의한 것일 경우는 여행소설의 범주에 포함된다.[17] 하지만 유랑과 같이 타인의 강요나 떠날 수밖에 없는 주변의 환경으로 인해 행해지는 공간이동은 여행의 범주에 들지 않는다.[18] 한편, 1930년대 중·후반이 되면 만주에 대한 관심이 본격화되면서, '정책적 의미에서의 만주'가 문학적 담론의 중심에 자리잡기 시작한다. 이는 '일제의

---

17) 이 책에서 다루는 박태원의 소설 「윤초시의 상경」의 경우 목적을 수행하기 위해 떠나는 여행이다. 그러나 이 여행의 목적이 목적을 수행하는 데에 있기는 하여도 그 여행을 선택하는 것은 주체의 판단에 있다. 이 소설에서 윤초시의 목적 수행이, 반드시 해야만 하는 의무의 형태를 지니는 것이 아니라, 지인에게 부탁을 받는 형식이기 때문에 그 중심에 여행 주체의 판단이 개입하게 되는 것이다. 부탁을 거절하면 거절할 수도 있었지만 주체가 그 부탁을 수락했기 때문에 여행이 이루어진다. 따라서 이 작품 역시 여행 주체의 자발적 의지가 개입된 여행소설이라고 볼 수 있다.

18) 이미림(2007)은 여행소설이 자발적인 욕망에 의해 실현된 것이라는 것을 강조한 바 있다. 따라서 이사나, 이민, 망명, 참전으로 인한 떠남을 여행이라 보지는 않고 있다. 그리고 여행소설을 '반드시 일상으로 되돌아옴을 전제로 하는 것'(pp.45~46)이라고 정의내리고 있다. 그런데 이는 여행소설을 좁은 범위로 한정하려는 것이라 생각된다.

이 책에서는 여행은 여행자의 되돌아옴뿐만 아니라, 여행 주체가 새로운 곳을 찾아 떠나 그곳에 정착해서 생활하거나 혹은 다시 출발지로 귀환하지 않는 것까지 포함하는 개념이다. 주인공의 의지에 따라 자신이 귀착지를 정할 수 있으므로 이 책에서는 여행소설을 여행자의 적극적인 선택과 판단이 개입되는 것이라 본다.

식민지 정책으로 인한 이동'이기 때문에 여행 주체의 자발적 의지에 의해 이루어진 여행은 아니다. 따라서 여행소설 범주에 속하지 않는다.[19]

셋째로 떠나기 전 '이미 정착할 것을 담보로 하는 경우'는 여행 소설의 범주에 들지 않는다. 단, '여행지에서의 경험을 바탕으로 하여' 여행 주체의 의지에 따라 후에 자신이 귀착지를 정할 수는 있다. 따라서 여행자의 적극적인 선택과 판단을 중시한다.

넷째, 여행소설은 여행 주체가 여행지에서 겪은 경험을 다루는 것을 그 특징으로 한다. 여행지에서의 경험을 통해 주체가 느끼고 깨달은 것을 담고 있어야 한다. 그러므로 여행소설은 여행지에서의 경험을 통해, 어떤 '깨달음으로 다가가는 주체'를 보여주는 경우들을 그 범주로 설정한다.

이상과 같은 요인들을 충분히 고려하여 여행소설의 개념을 명확하게 규정하고자 한다. 여행소설은 '정착-떠남-정착' 혹은 '안주-여행-안주' 플롯인 원점회귀의 순환구조로 이루어진 소설이라고 정의되기도 하였고,[20] '여행 모티프가 중심 모티프로 작용하는 것을 전제로 하는 것'이라고 정의되기도 하였다.[21] 이런 기존 정의들은 여행의 요소와 의

---

19) 주체의 자발적 의지가 아닌 떠날 수밖에 없는 주변 환경으로 인한 이동을 다룬 것으로는 이태준의 「농군」(1939)과 같은 작품을 들 수 있다. 뿐만 아니라, 「농군」은 떠나기 전에 이미 정착할 것을 담보로 하는 작품이기도 하기 때문에, 이 책에서 정의하고 있는 여행소설 범주에 포함되지 않는다.

20) 이미림, 앞의 책, 2007, p.47.

21) 조남현은 여행소설은 여행 모티프가 작가적 상상력을 가장 잘 촉발하는 장치임을 강조한다. 일반인들이 여행을 통해 삶의 여유를 즐기거나 새로운 세계에 눈을 뜨거나 자기를 돌아보거나 압박감으로부터 벗어나는 것처럼 작가도 여행 모티프를 설정하여 작중 인물을 자연스럽게 즐거움, 새로운 앎, 자기 성찰, 해방감 속에 빠져들게 한다고 이야기한다. 그는 여행 모티프를 중심 모티프로 설정한 소설은 어떠한 소설 유형으로 발전할지 예측하지 못하게 하는 잠재력을 지니고 있음을 지적하고 있다. 조남현, 앞의 책,

미라는 내적인 측면에 비중을 두기보다는 구조나 모티프와 같은 형식적인 측면을 더욱 중시한 것이다. 그러나 형식적인 면을 강조한다면 여행소설이 성립되기 이전에 창작된 기행가사나 여행기와 근대 여행소설의 차이점을 밝히기가 어렵다. 따라서 여행소설의 개념을 정의하는 데에 중요하게 고려해야 할 부분은 여행소설이 지닌 내적인 요소와 그 의미이다.

이 책에서는 그동안 여행소설에 대한 개념이 지녔던 형식적인 측면뿐만 아니라 의미적 요소도 고려하여 여행소설의 개념을 정의내림으로써 연구방법론의 초석을 삼고자 한다.

먼저, 여행소설의 형식적인 면을 살펴보자. 여행소설의 가장 일반적인 구성은 '출발—노정—목적지 도착—귀환'의 형식이다. 하지만 작품에 따라서는 목적지가 설정되지 않은 채 여정의 과정만을 보여주기도 하고, 출발이나 귀환의 과정을 생략하기도 하며, 귀환의 과정 대신 새로운 목적지를 향해 떠나는 재출발의 형태를 취하기도 한다. 이에 따라 여행소설의 형식을 분류하면 '출발—노정—목적지 도착—귀환'의 네 단계를 모두 갖춘 경우가 있는가 하면 한 단계 혹은 몇 단계가 생략된 경우도 있다. 따라서 노정의 형식을 보여주는 여로형 소설도 작은 범위의 여행소설 범주에 포함된다.[22]

네 단계를 모두 갖춘 것은 여행소설의 가장 이상적인 형태이지만, 단

---

p.187.

22) 여행소설은 (목적지에까지 도착하는 '과정'을 중시하는) 여로형 소설을 포괄하는 광범위한 개념이다. 여로형 소설이 여행의 과정(여행 경로)에서 생긴 일을 보여주는 데 큰 비중을 두고 있는데 비해, 여행 소설은 여행 경로뿐 아니라 여행지에서의 경험을 통해 주체가 느끼고 깨달은 부분에 더 큰 비중을 두고 있는 것이라 할 수 있다.

제1장 여행과 여행소설 27

계를 모두 갖추었는가의 유무를 가지고 작품성을 평가하는 결정적 기준으로 삼아서는 안 될 것이다. 대부분의 여행소설은 네 단계를 완전하게 갖추기보다는 그중 어느 단계를 결여하고 있다. 중요한 것은 그 결여가 작가의 의도적 생략에 의해 나타났다는 점이다. 그러므로 형식적 완결성을 갖춘 여행소설은 그것대로, 그리고 형식적 완결성을 갖추지 못한 여행소설은 그런 생략을 통해 작가가 의도한 바가 무엇이었는가를 살피는 것이 중요하다. 따라서 형식적으로 완성된 여행소설 작품만을 대상으로 하여 평면적으로 분석하기보다는 충족과 생략을 통해 작가가 전달하려고 했던 메시지를 변별적으로 해명할 것이다.[23]

다음으로 여행소설의 의미적인 요소를 살펴본다. 그것은 크게 욕망, 주체, 경험, 권력, 의지 등으로 나누어 살펴볼 수 있다.

먼저 여행소설의 가장 중요한 요소이자 전제가 되는 것은 욕망이다. 욕망은 인간의 행동을 야기(惹起)하는 동인(動因)이자, 인간이 어떠한 혜택을 누리고자 하는 감정이라고 규정할 수 있다. 욕망을 추구하고 향유하는 것은 사람의 가장 보편적인 성향 중 하나이므로 서사 문학은 그런 욕망을 수용하면서 본격적으로 시작되었다 해도 과언이 아닐 것이다.[24]

하지만 이러한 욕망은 여행소설이 아닌 서사문학 전반에 내재되어 있는 것이기 때문에 여타 서사장르와 구별되는 변별점을 고려해야 한다. 이를 위해 이 책에서는 '주체'[25] 개념을 중시한다.

---

23) 가령 이광수의 「무정」의 결말은 외국 유학을 떠났던 주인공들이 조선으로 돌아올 준비를 하는 것으로 마무리된다. 이 작품의 경우 돌아옴의 과정을 생략함으로써 밝은 미래에 대한 기대치를 극대화하고 있다.
24) 이강옥, 앞의 책, p.76.
25) 이때 '주체'는 욕망은 물론 경험, 권력, 의지 등과 연동되어 있는 요소이다.

주체는 전통 사회에서 근대 사회로 변동하는 과정에서 탄생한 근대성의 산물이다. 전근대 시기 개인의 정체성은 자신이 속한 가족이나 중세기의 권위적 종교에 의해 결정되었기 때문에 진정한 의미의 개인적 자아가 존재할 수 없었다. 그러나 산업혁명과 프랑스혁명과 같은 대규모 역사적 변동을 거치면서, 종교적·정치적·경제적·지역적·가족적 제도들이 거대 규모로 변동하기 시작하였다. 이러한 대규모의 변동 과정을 통해 개인은 자신이 소속되어 있던 통일된 전체로서의 사회로부터 분리되기 시작하며 사회의 통제로부터 벗어난 자유로운 개인이 된다. 이른바 '근대적 주체'가 출현한 것이다. 근대적 주체의 출현은 전통적인 사회 체제의 통제로부터 자유를 얻게 되는 긍정적인 과정인 동시에 기존의 도덕적 가치의 쇠퇴와 몰락으로 인한 인간의 고독과 정체성의 상실이라는 부정적인 과정 모두를 알리는 것이었다.26) 주체는 근대라는 기반에서 형성된 것이므로 주체와 근대의 관계는 불가분의 관계에 놓여있다. 그뿐만 아니라 주체는 경험에 근거해서 생겨난 것이므로 근대적 경험과도 맞닿아있다. 근대 이전이 존재와 사유가 일치되던 시기라면, 근대는 존재와 사유의 일치가 무너진 시기이다. 주체가 강조되고 주체에게 나타나는 '현상'이 중시되는 근대는 그동안 객관적으로 존재하던 보편적 진리 개념이 무너진 시기라 할 수 있다. 따라서 근대는 주체의 경험이 중시된다. 경험 유무에 따라 근대는 인간이 경험으로 인식할 수 있는 세계와 인식할 수 없는 세계로 확연히 나누어진다. 하지만 세상에서 벌어지는 모든 일을 인간이 일일이 다 경험하고 인식할 수

---

26) 최종렬, 『타자들』, 백의, 1999, pp.11~15.

는 없다. 따라서 주체의 판단이 중요한 요소로 부각된다. 결국 세상을 보는 인식의 틀은 주체라는 내부적 측면과 세계라는 외부적 측면이 결합되어 형성되는 것이라 할 수 있다.

근대성이라는 것이 애초부터 '개인의 자유'라는 해방적 가치와 '권력의 억압'이라는 억압적 가치를 동시에 내포한 모순적이고 양가적인 것이라고 할 때,27) 근대성의 징표가 되는 것은 주체이며, 개인의 자유 이면에는 주체에 대한 권력의 억압이라는 상반된 요소가 같이 결합되어 있다. 달리 말하자면 근대성은 외부적으로는 객관적 합리성에 의해 특징지어지지만 그 내부에는 권력의 억압이 잠복해 있다.

여행이라는 것이 근대성의 산물이라 규정할 때, 여행 속에는 개인의 자유라는 측면과 권력의 억압이라는 측면이 동시에 내포되어 있다고 할 수 있다.28) 자유를 찾아 떠나고 싶은 주체의 개인적 욕망 이면에는 권력의 억압29)이라는 기제가 숨어있는 것이다. 어떠한 권력의 억압에 의해 갑갑증을 느끼는 여행자는 그 억압으로부터 자유로워지고 싶은

---

27) '근대'에 내재하는 이 두 가지 속성은 서양사에서의 양대 역사적 기원을 통해서 단적으로 구분된다. 즉 전자의 출발점이 '르네상스'라면, 후자는 '절대주의'라고 할 수 있다. 르네상스와 절대주의를 포괄하여 '근대 여명기' 혹은 '근세early modern'로 설정하고 있는 서양사의 일반적 시기 구분에서 15~18세기 유럽의 역사적 공간은 자유로운 개인의 출현과 절대주권을 소유한 국가의 출현이라는 두 가지 상반된 역사적 경향이 공존하던 시기였다. 상호 모순적인 '개인의 자유'와 '권력의 억압' 양자의 평행선을 긋는 흐름은 유혈 전쟁을 포함하는 격렬한 사회적 갈등을 수반하는 것이었고, 결국 시민혁명과 근대 국가의 탄생은 이러한 '개인의 자유'가 새로운 '거대 권력'의 지배 아래 정형화되고 제도화되는 과정으로 이해된다. 이에 대한 자세한 논의는 김백영, 『지배와 공간』, 문학과지성사, 2009, pp.29~30을 참조할 것.

28) 제국주의와 여행에 관련된 논의는 Janet Giltrow, Speaking out : Travel and Structure in Herman Melville's Early Narratives, American Literature LII, March, 1980, pp.25~32에서도 다룬 바 있다.

29) 혹은 권력이 조장된 사회적 분위기.

욕망을 지닌다. 따라서 여행자에게 이러한 갑갑증을 제공하는 권력의 주체가 누구이며 그것이 지니는 억압의 요소는 무엇인가를 분석하는 일은 중요하다. 이를 통해 당대의 사회를 가늠해볼 수 있으며 그러한 억압으로부터 벗어나고픈 당대인의 '시대적 욕망'이 무엇인지를 알 수 있기 때문이다. 이렇듯 여행소설에는 권력의 억압에서 벗어나고 싶은 개인적 욕망과 한 시기를 구성하는 당대인의 시대적 욕망이 혼재되어 있다.

이러한 요소 이외에도 여행소설에 중요한 요소는 '의지'이다. 여행에서 가장 중요한 것은 주체가 대상을 대하는 태도이다. 적극적인 방식으로 대상을 바라보느냐 그렇지 않느냐 하는 것은 결국 여행소설 속에 등장하는 주인공 혹은 작가의 의지와 관련되는 것이다. 그것이 적극적 의지로 표명되든 소극적 관심에 그치든 대상에 몰입하며 혹은 관조하며 그 본질을 살핀다는 행위 속에는 지금 이곳이 아닌 새로운 곳에서의 경험을 통해 다른 모습으로 변하고 싶다는 주체의 재탄생 의지가 전제되어 있다. 여행지를 선택하고 여정을 선택하는 행위 속에는 이미 여행자의 적극적인 선택과 판단이 개입되는 것이다.

이 책은 여행소설의 성격을 구명하기 위하여 여행 주체의 본질을 새롭게 조명하는 데서 출발한다. 주체에 대한 연구는 대상은 물론 대상과 주체의 관계를 해명하는 시금석이 될 수 있기 때문이다. 그리고 여기에서 나아가 여행소설에서의 풍경 요소와 타자 인식으로 논의를 확장하고자 한다.

근대화로 인해 주체가 갖는 혼란은 주체 스스로가 근대화를 이루어 가는 것이 아니라 이미 만들어진 사회에 자신을 맞추며 살아가야 한다는 강압적인 요소에서 기인한다. 조선의 경우 근대화의 과정이 너무도 빨랐기 때문에 이로 인해 가치관에 혼란을 가져올 수밖에 없었다. 당시 경제공황으로 인한 대규모 실직난이 조선을 휩쓸었고 여행 주체가 된 인물들은 지식인이긴 했지만 이렇다 할 직업이 없는 룸펜 인텔리겐차(Lumpen Intelligentsia)이거나 그것의 변용된 형태였다

스스로가 추구하는 가치를 인정받지 못하고 스스로도 그 가치를 확보하지 못하는 현실과 마주하게 된 그들은 스스로를 가치 있게 생각하지 못하고 각자의 사연을 가진 채 내면의 상처를 안게 되었다. 따라서 그들은 어떤 대상을 이미 상실한 상태에 놓여있다. 그리고 그 대상의 상실을 지나치게 떠올리고 회복을 염원한다. 그러나 그 대상은 회복될 수 없는 것이다. 대상을 상실한 주체가 상실한 대상에 대해 지나치게 집착하기 때문에 여행 주체는 심리적 우울을 경험한다. 따라서 내면의 심각한 문제(결핍)를 겪게 된 주체는 여행의 과정에서의 과거 기억을 회상하거나, 타자와의 만남 등을 통해 그 상처를 치유하고 문제를 해결함으로써 문제를 해결하고 결핍을 충족시키려는 욕망을 강하게 나타낸다. 상처를 가진 주체이니 주체가 보는 풍경도 다 주체의 시선이 만들어낸 풍경이며, 여행지에서 만나는 타자도 주체와 비슷한 상처나 문제를 가지는 경향이 강하다.

한편, 철도가 등장하면서 여행 주체가 여행 과정에서 조우하게 되는 풍경은 새롭게 재구성된다. 달리는 열차의 차창으로 밖의 경치를 감상하고 있을 때 인간의 눈은 이동하는 열차라는 장치 너머의 대상을 보게 된다. 그 장치와 인간의 시각이 함께 만들어내는 움직임이 눈에 작용하여 새로운 시각을 만들어내는 것이다. 이로 인해 보는 사람과 풍경을

연결 짓고 있던 전경은 열차 안에서 사라져버렸다. 예전에 보는 사람과 일체화된다고 느꼈던 전경은 사라지고 마치 액자 속의 그림을 보는 것처럼 차창 밖을 바라보게 된 것이다. 유리 칸막이가 보는 사람과 풍경 사이에 가로놓여 있어 사람들은 칸막이 너머로 풍경을 지각하게 되었다.30) 따라서 여행 주체가 보게 되는 풍경은 칸막이 너머 세상이다. 빠르게 달리는 열차 속에서는 그 어떤 풍경도 온전한 것일 수 없다. 온전한 풍경을 경험할 수 없는 여행 주체는 이에 무력감을 느끼고 내면으로 침잠하게 된다. 따라서 그들이 보는 풍경은 내면 풍경이 된다.

다음으로는 타자의 존재에 대한 인식이다. 낯선 공간에서 행해지는 여행 경험은 새로운 장소에서 만난 타자를 통해 주체의 변화를 가져오게 하거나 혹은 스스로를 타자화시켜 새로운 대상으로 인식하게끔 하였다. 타자와의 관계 맺음을 통해 여행 주체는 여행 전에는 가지지 못했던 새로운 면을 지닌 존재로 거듭날 수 있다.31)

이상에서 살핀 것과 같이 이 책에서는 근대적 주체가 여행소설에서

---

30) John Berger, 편집부 역, 『이미지』, 동문선, 1990, pp.278~279.
31) 근대 여행소설에서 여행 주체는 무언가에 대한 결핍을 요구하는 자이다. 따라서 그 결핍의 본질이 무엇인지를 여행을 통해 확인하고자 하는 욕망을 지닌 자이다. 타자의 존재에 대한 이해는 자신이 추구하는 가치를 찾기 위해 그 가치 주위의 다른 존재들을 하나하나씩 겨냥하여 잘라내고 무화시키는 행위를 통해 구체화된다.
사르트르는 이 무화작용을 설명하기 위해 피에르(Pierre)라는 사람을 만나기 위해 그와 약속한 카페에 들어서는 장면을 예로 들고 있다. '약속 시간보다 조금 늦게 도착하여 카페에 들어서면서 나는 피에르를 찾기 위해 사방을 둘러본다. 그러면서 나는 그곳에 있는 모든 존재들, 예컨대 탁자, 의자, 다른 사람들 하나하나 등을 겨냥하고 잘라낸다. 이런 식으로 나는 그 존재 또는 특히 그 사람이 피에르인가 아닌가를 확인하는 작업을 계속해나가게 된다. 다시 말해 이들 존재 하나하나를 나의 의식의 지향성을 구성하는 한 항목으로 출두시켰다가 이내 그것이 피에르가 아닐 경우 다른 존재로 옮겨가게 된다. 이 과정에서 나는 무화작용을 행하게 되는 것이다.' 변광배, 『장 폴 사르트르-시선과 타자』, 살림, 2010, p.11.

어떻게 관철되는가를 논지 전개의 중심에 놓는다. 이를 바탕으로 여행지에서의 풍경에 대한 지각과 타자에 대한 인식, 관계 양상을 분석해갈 것이다. 그러기 위해서 먼저 여행소설의 개념을 명확하게 정의한다. 필자가 체계적 논지를 전개하기 위하여 내린 근대 여행소설의 정의는, "권력의 억압 혹은 개인적 결핍이나 상처로부터 벗어나고자 하는 여행 주체가, '여행' 경험을 통하여 자신의 의지를 관철시키거나 욕망을 실현하고자 하는 소설"이다.

이와 같은 여행소설 정의를 근간으로 하여 이 책의 연구 대상으로 설정한 1930년대 여행소설 작품은 이광수 「유정」(1933), 박화성 「신혼여행」(1934), 엄흥섭 「방울속의 참소식」(1934), 이효석 「천사와 산문시」(1936), 이태준 「패강랭」(1938), 이무영 「전설」(1938), 박태원 「윤초시의 상경」(1939), 최명익 「심문」(1939), 이선희 「탕자」(1940)32)이다.

이 작품들을 토대로 하여 1930년대 여행소설에 대해 면밀하게 검토할 것이다.

---

32) 이선희의 「탕자」는 1940년 1월에 『문장』에 발표된 소설이다. 이 소설은 1940년 1월에 발표되긴 하였지만, 실제로 창작한 시기는 그 이전인 1930년대였다는 점, 그리고 소설 전개와 특성이 1930년대 여행소설과 그 맥을 같이 하고 있다는 점에서 이 책의 연구대상 범주에 포함한다.
이 책에서 다루고자 하는 작품을 표로 나타내면 다음과 같다.

작 품	작 가	발표연대	발표지
「유정」	이광수	1933	조선일보
「신혼여행」	박화성	1934	조선일보
「방울속의 참소식」	엄흥섭	1934	문학창조
「천사와 산문시」	이효석	1936	사해공론
「패강랭」	이태준	1938	삼천리문학
「전설」	이무영	1938	삼천리
「윤초시의 상경」	박태원	1939	家庭の友
「심문」	최명익	1939	문장
「탕자」	이선희	1940	문장

제2장 1930년대 여행소설 분석의 이론적 기반

1. 내면의 출현에 따른 근대적 주체 형성

소설은 '문제적 개인이 상실된 총체성을 찾는 과정을 그린 것'이다. 서사시의 시대에 주어졌던 총체성은 소설의 시대가 되면 사라져, 개인이 마주해야하는 것은 어둠뿐인 세계이다. 따라서 소설 속 주인공들은 외부가 아닌 내부에서 자신의 내면을 인식하고 발견하여 이를 바탕으로 총체성 찾기에 힘써야만 한다.[33] 소설의 시대에 총체성을 찾는 주된 방법은 주인공 자신의 내면을 들여다보는 것이다. 따라서 근대 소설 속에 등장하는 주인공이 스스로 근대적 주체가 되기 위해서는 내면이 확립되어야 한다. 달리 말하면, 근대적 주체를 주체이게 하는 것은, 외부 세계와 배타적이면서 그 스스로 자율적인 존립 근거를 갖는 '내면'이라는 권력의 확립이다.[34] 초월적 존재자에 의지했던 시대와는 달리, 근대

---

33) Georg Lukács, 앞의 책, pp.29~79.
34) 임병권, 「고백을 통해 본 내면성의 정착과 주체의 형성」, 『한국 근대문학의 형성과 문학 장의 재발견』, 소명, 2004, p.140.

적 주체는 자신을 대상으로 하는 의식의 발견이라는 기준에 의해 규정된다. 이로 인해 근대적 주체는 이전 주체와는 다른 위상학적 지위를 부여받게 된다. 내면을 통해 자아를 인식하는 자아 인식의 새로운 방법으로 인해 인간의 내면은 대상을 인식하고 구성하는 데 있어 새로운 변인으로 등장한다.[35]

프로이드는 내면의 출현을 리비도(Libido)의 관점에서 설명하고 있다. 그에 따르면 어떤 특정한 대상에 대해 집중하던 리비도가 대상으로부터 상처를 입어 그 관계가 깨어지고 말았을 때 외부로 향하던 리비도는 방향을 잃어버리고 방황하다가 자기 내면으로 전환하게 된다.[36] 외부로 향하던 리비도의 좌절은 내면을 새롭게 부각시키는 계기가 된다. 이는 자신의 최후를 걸어 지키고자 했던 대상을 상실한 데서 연유한 것이기 때문에 필연적으로 정신적 공백과 심리적 결핍을 초래한다.

우리나라 근대 문학에서의 내면의 형성은 일본 제국주의에 따른 국권상실과 밀접하게 연관될 수밖에 없었다. 혼란스러운 시기를 틈타 이루어졌던 일제에 의한 국권상실과 후에 그것을 되찾고자 벌인 국권회복 운동까지 좌절에 부딪치게 되면서, 외부를 향하던 리비도는 상처를 입게 된다. 이로 인해 근대문학은 새로운 형식을 추구하게 되는데 그것은 상처 입은 주체의 출현을 기저로 한 주체의 내면에 대한 모색의 형태로 나타났다. 여행소설에 등장하는 여행 주체는 내부에 상처를 입고 리비도를 내향화한다. 그리고 여행 경험을 통해 그 내향화한 리비도와

---

35) 김혜영, 「한국 모더니즘소설의 글쓰기 방법 연구―시간 구성 원리를 중심으로」, 서울대학교 대학원 박사학위논문, 2000, pp.32~33.

36) Sigmund Freud, 윤희기·박찬부 옮김, 『정신분석학의 근본 개념』, 열린책들, 1997, pp.251~252.

마주하게 된다.

한편 이러한 경향은 타자에 대한 인식을 바탕으로 새로운 문학을 구축하고자 했던 세대의 노력에 의해서도 전개된다. 1910년대 중반 자비를 들여 유학을 갔던 세대가 이 흐름의 중심을 이루게 된다. 이들은 합방 이전의 흐름과는 단절된 채 사춘기 무렵에 일본으로 건너갔다. 그들은 당위나 보편적 가치체계나 독립이나 애국과 같은 가치를 추구하기보다는 서구적 근대 개념의 중심인 개인, 자아, 자유 등을 중시하는 교육을 받고 그런 가치를 내면화한 세대라고 할 수 있다. 이들은 자신의 욕구와 개성을 소중하게 여기고 문학 창작에 있어서 근대 개인주의적 자기의식을 바탕으로 하였다.[37]

1930년대는 일본 제국주의 파시즘이 강화되어 중일전쟁이 발발하고, 전주사건에 의해 카프단원들이 검거되고 카프가 해체되어 그 어느 때보다 지식인의 불안과 자기 반성의식이 농후한 시기라 할 수 있다. 임화가 '말하려는 것과 그리려는 것의 분열'[38]이라고 지적했듯이 말할 내용 곧 자신의 이념에서는 어떤 근본적인 오류를 발견할 수 없는데, 그리려는 현실에서는 그 이념을 실현할 수 있는 가능성조차 발견되지 않은 상황이 도래한 것이다. 어떠한 목소리를 내도 들어주는 사람이 존재하지 않으며, 어떤 인물을 그려내도 동조하는 사람이 눈에 띄지 않는다. 이로 인해 그동안 작품을 지탱하던 중요한 것과 중요하지 않은 것, 선과 악을 구분하고 그것에 정당성을 부여해줄 기준은 모두 무가치한 것

---

37) 차혜영, 「1920년대 한국소설의 형성과정 연구—근대형성의 내적논리와 단편소설의 양식화과정을 중심으로—」, 한양대학교 대학원 박사학위논문, 2001, pp.18~19.
38) 임화, 「세태소설론」, 『동아일보』, 1938.4.

이 되며,39) 그동안 옳은 것이라고 믿었던 기준들은 모두 주체 자신의 의식에 따라 새롭게 재구성되어야 했다. 이는 이 시기 여행 주체가 여행을 떠나야 하는 동기를 비롯하여 여행지에서의 타자 인식, 여행을 통해 이루고자 하는 여행의 목적 등과도 긴밀하게 결부되어 있다.

여행 주체의 형편은 자신의 내부나 외부 속에서 끊임없이 타자를 만들고 그들과의 지속적인 관계 맺음을 통해 자기성숙에 이르는 헤겔의 철학 사상으로 어느 정도 해명될 수 있을 것이다. 헤겔에 있어 욕망은 '자신의 타자 존재 혹은 부정 상태로서의 차이를 정립시키는 가운데 독자적으로 새로 태어나는 의식'이다. 또 무언가의 '존재' 내지는 '관계'와 구별되는 '대상성' 혹은 '알려진 관계된 것으로서의 의식의 즉자적 존재'이기도 하다. 이러한 즉자적 존재는 이미 알려진 것이고 관계된 것이라는 점에서 의식의 작용기반이지만, '의식의 경험 과정을 거치면서 검증되어야 하는 것이 된다.40) 주체는 자신의 직접적 경험과 노력을 기반으로 한 즉자적 존재와의 관계 맺음을 통해 끊임없이 차이를 만들고 이를 자기화하며 주체를 형성해나간다. 이 과정을 통해 주체는 자신의 욕망을 확인하며 의식적 변화를 겪게 된다.41)

헤겔에 있어 주체의 자기관계(자기의식)는 주체들 간의 상호주관적인 관계에 의해 조건화된다. 이 상호주관적인 관계가 이상적이기 위해서는 두 가지 조건을 만족시켜야 한다. 먼저 그 관계는 평등하고 자율적인

---

39) 류보선, 「환멸과 반성, 혹은 1930년대 후반기 문학이 다다른 자리」, 『민족문학사연구』 4권 제1호, 1993, p.223.
40) 김윤상, 「헤겔과 라캉에 있어서 욕망의 문제」, 『서강인문논총』 18호, 2004, p.167.
41) 이는 순수이성과 실천이성을 중시하는 칸트적 입장이나, 주체는 주체 스스로가 아닌 권력 장치를 지닌 타자들에 의해 수립된다는 푸코의 입장과는 분명한 차이가 있다. 헤겔의 주체는 인간 주체에 대한 확고한 믿음을 바탕으로 하고 있는 것이다.

주체들의 관계여야 한다. 주체는 자신과 동등한 대자적 내면성의 타자 앞에서만 그 타자에 기대서만 자신의 대자적 초월성을 확신할 수 있다. 다음으로 그 관계는 전적인 대칭관계여야 한다. 주체는 타자와의 관계 속에서만 비로소 자기와 관계할 수 있듯이 타자도 똑같이 주체와 맺는 상호주관적 관계를 통해서 그 자신을 만날 수 있어야 한다.42) 평등한 주체들 간의 관계 맺음을 통해 타자 속에서 주체를 발견하고, 타자 역시 주체를 통해 또 다른 주체로 거듭나야 하는 것이다.

 '의식의 경험 과정을 통한 검증'과 '타자와의 관계를 통해 주체를 확립'하게 하는 만드는 가장 대표적인 행위가 '여행'이라 할 수 있다. 여행 주체는 여행지에서 만난 타자를 통해 자신의 의식을 변화시켜 주체를 확립하게 된다. 이때, 여행 주체와 타자와의 관계가 평등하며 전적인 대칭관계가 되는 경우 타자 또한 여행 주체로 인해 기존에 지니고 있던 의식을 변화시키기도 한다.43) 따라서 여행 주체는 타자를 통해 새로운 주체로 거듭나며 타자 역시 여행 주체를 통해 새로운 주체가 된다. 이렇듯 여행 주체와 여행지에서 만난 타자는 타자이면서 동시에 주체로 서로 긴밀하게 연관을 맺으며 자기 변화를 거듭한다. 여행자에게 있어 여행 경험은 능동적인 파토스(pathos)이다. 그들은 여행 경험을 통해 맞이하는 새로운 상황과 풍경 속에서 끊임없이 차이를 발견하며 이

---

42) 김상환, 「헤겔의 '불행한 의식'과 인문적 주체의 역설」, 『철학사상』 제36호, 2010, p.43.
43) 가령 이 책에서 다루고자 하는 여행소설 「심문」의 '명일과 여옥'의 관계가 이에 해당한다. 그리고 온전하지는 않지만 이광수의 「유정」 역시 그 궤를 같이 한다. 「유정」에 나오는 N은 여행 주체인 최석의 편지를 받게 되고, 최석의 내부에 있는 욕망을 인지하고 N 또한 최석의 고민으로 인해 "내 졸던 의식에 무슨 자극을 준 듯"(이광수, 「유정」, 『이광수 전집』 8, 삼중당, 1962, p.97)한 느낌을 받으며, 자신의 마음 속에 "무엇인지 모르나 그리운 것이 있는 것"(p.97)만 같은 느낌에 사로잡히게 된다.

러한 차이 속에서 주체 스스로 내·외부적 간극을 발견하게 된다. 여행
주체는 그런 간극을 메우기 위해 끊임없이 회귀와 반추의 과정을 거치
고 또 그것으로부터 새로이 형성된 내면을 기반으로 동일성을 지닌 주
체로 거듭나게 된다. 그리고 여행 중에 만난 타자와의 관계 형성을 통
해 진리를 발견해 나간다.

그런데 헤겔에 있어 진리는 그 자신이 되어가는 과정이다. 이것은 결
국 다다르게 될 종국을 처음부터 알고서 자신의 종국과 목적을 전제하
는 닫혀 있는 원이다. 그리고 종국에 다다라서야 진리는 현실적인 것이
된다. 그러므로 헤겔적 주체는 결정된 종국을 향해서 그 여정의 모든
과정을 알고서 길을 떠난다. 그리고 각 과정은 진리를 획득하는 전 과
정으로 구성된다.44) 헤겔은 주체의 위대함을 믿고 그 진리가 미리 구성
되어 있다고 믿었다. 그러므로 진리를 찾기 위해 나선 길의 종국은 이
미 정해져 있다.

그러나 근대의 모호성과 진리의 불온전성 그리고 1930년대 시대 현
실을 고려해볼 때 실제로 현실에서 그 과정을 알기란 매우 어렵다. 세
상에 온전한 진리는 존재하지 않기 때문에 진리는 주체가 그것을 어떻
게 규정하느냐에 따라 새롭게 만들어질 수 있다. 진리는 존재하는 것이
아니라 주체의 노력에 의해 형성해가는 것이 된다. 따라서 그 종국 역
시 닫혀 있는 원이 아니라 무한히 새롭게 펼쳐나가는 나선형의 모양이
어야 한다. 진리는 알 수 없는 물음으로 존재하기 때문에 인간은 끊임
없이 그것을 찾기 위해 고뇌해야만 하는 법이다. 따라서 헤겔적 주체는

---

44) 최종렬, 앞의 책, p.31.

1930년대 여행 주체가 직면한 현실과는 거리가 있다.

그런 의미에서 사르트르의 주체론을 다시 생각해볼 필요가 있다. 사르트르에게서 주체는 온전히 구성되고 조직되어 있는 것이 아니라 비어 있는 '무'의 상태로 존재한다. '무'의 상태는 미결정의 상태로 놓여 있는 것이므로 불안한 의식이 되지만 다른 한편으로 이 빈 여백에는 무수한 새로운 것을 집어넣을 수 있다. 그러나 '무'는 새로운 것이 투입된다고 해도 꽉 차게 되는 것이 아니라 또다시 여백을 만든다. 그렇게 일정하게 '무'의 상태를 유지해간다. 따라서 동일성은 지속적이지 않으며 모든 대상에 관철되지도 않는다. 비어있음의 상태는 주체에게 반성하고 모색하는 시간을 가져다준다. 주체는 완성되는 것이 아니라 끊임없이 성찰의 과정을 통해 반복되는 과정에 놓여 있다. 이런 의미에서 여행지에서의 여행 경험은 새로운 의식 변화를 유발하고 그로 인해 성숙하게 할 수는 있지만 그것이 지속될 수는 없다. 근대적 주체는 끊임없는 타자 만들기와 그것의 자기화 과정을 통해 만들어지는 과정으로 존재하는 것이기 때문이다.

요컨대 여행은 주체가 관계 맺음을 통해 타자 속에서 자기를 발견하게 하고 타자 역시 주체를 통해 또 다른 주체로 거듭나게 한다. 그 과정을 통해 주체는, 보편적인 진리가 아니라 자신만의 세계를 새롭게 구성해 나가고 여백을 만들 수 있기도 하다. 이렇게 타자와의 관계 맺음을 통한 새로운 주체의 발견과 타자의 자기 발견이 동시에 이루어질 때, 그리고 주체의 선택과 의지가 관철될 때 여행소설은 가장 완결된 형태를 갖추게 되는 것이다.

2. 인식론적 풍경과 존재론적 풍경의 양립

풍경은 16세기 말 네덜란드 화가들이 처음 사용한 것에서 유래되었
는데 그것은 공동체에 일종의 기호처럼 유통되는 코드의 형태였다. 서
구의 풍경화는 주로 이야기 장면의 배경이며 종교화의 배경으로 사용
되었다. 따라서 풍경화에 담을 수 있는 것은 종교적 이상향이지 현실의
풍경은 아니었다. 그런데 르네상스 이후에 풍경화는 크게 변화된다. 풍
경화에서 종교적 이야기를 다룬 영역은 좁아지고 그때까지는 존재하지
않았던 자연을 포착하는 개인의 시선이 형성되는 것이다. 개인이 눈앞
의 현상으로서 풍경을 코드화하고 표상하도록 해준 것은 르네상스 시
기부터 고안된 원근법이었다. 원근법이 도입되면서 종교상의 의미가 불
식된 있는 그대로의 자연 즉 '풍경'의 발견이 가능해졌다. 이때부터 풍
경은 개개인이 현실 공간에서 자유로이 절취해낼 수 있는 것이 된다.
그 결과 개별적으로 풍경이 발견되고 임의의 대상이 개인적으로 관조
되는 세계가 성립된다. 즉, 원근법이라는 공간 파악 방법이 지각 양태
를 구조화하고 그것이 제도로 확립됨에 따라 전통적인 공동체적 문화
코드는 세속화되고 개인적 관조로서의 세계가 출현하게 된다.[45]

풍경에 대한 가장 기본적인 관점은 풍경을 주관이 개입되지 않는 '망
막에 맺히는 상 그 자체'로 보는 것이다. 그러나 어떤 대상을 완벽하게
객관적으로 보는 것은 불가능하다. 설령 대상을 객관적으로 볼 수 있다
하더라도 이를 언어로 표현하는 과정에는 선택과 경험 및 심리의 문제
가 개입된다. 같은 장면이라도 어떤 마음을 가진 누구에 의해 포착되고

---

45) 이효덕, 박성관 옮김, 『표상 공간의 근대』, 소명출판, 2002, pp.42~43.

표현되느냐에 따라 다른 풍경이 된다. 결국 풍경의 문제는 보여지는 대상의 문제가 아니라 보는 주체의 문제라고 할 수 있다. 주체의 관점(perspective)에 따라 풍경이 달라지는 것이다.

카쯔하라 후미오에 따르면 풍경은 '풍토에 의해 촉발되는 심미적 인상'이다. 그에 따르면 풍경은 시각적 감각을 통해 지각되는 물리적·공간적인 대상이 아니라, 지각하는 인간의 '인상(impression)'의 자발적 표현이다. 따라서 풍경이란 외부에 존재하는 것이 아니라 보는 주체의 심상에 의해 선택되는 것이다.46) 가라타니 고진 역시 이와 비슷한 논조를 지닌다. 그에 따르면 풍경은 고정된 시점을 가진 한 사람을 통해 통일적으로 파악되는 대상이다. 풍경이란 단순히 외부에 존재하는 것이 아니기 때문에 주체의 내면이 포함된 근대적 풍경이 출현하기 위해서는 지각 방식이 변해야 함을 주장한다.47)

한편 문화사회학에서는 풍경을 일종의 '제도적 세계상'으로 본다. 이때 풍경은 지각과 경험을 조직하는 객관적이고 사회적인 원리이며 언어로 구성된 세계관과 준별되는 영상적 구축물이 된다.48) 따라서 풍경 속에는 시대적인 의미, 그 시대 사람들이 세계를 바라보는 방식까지도 내포되어 있다.

결국 풍경을 해석하는 관점이 다양하게 전개되는 것은 풍경에 대한 주체의 개입 정도가 모두 다르기 때문이다. 그리고 풍경은 단순한 객관적이고 즉물적 존재, 혹은 인식론적 존재로 머무는 것이 아니라 주체의

---

46) 이효덕, 앞의 책, pp.83~87.

47) 가라타니 고진, 박유하 옮김, 『일본근대문학의 기원』, 도서출판 b, 2010, p.36.

48) 김홍중, 「문화사회학과 풍경(風景)의 문제」, 『사회와 이론』 6, 2005, p.130.

보는 관점에 따라 달라지고 보는 주체의 세계관에 따라 다르게 인식될
수 있는 대상물이다. 그러므로 풍경을 대하는 시선 속에는 대상을 선택
하는 주체의 판단과 대상에 대한 주체의 인식구조 그리고 그것이 해석
되는 과정 속에서 반영되어지는 사회문화적 요소가 복합적으로 녹아있
다. 풍경은 객관적인 대상물이 존재하고 그 대상물이 주체의 시선에 의
해 포착되고 포착된 것에 정서적 의미가 결합될 때 다시 태어난다. 그
런 점에서 풍경은 주체의 감정이 투영되고 주체에 의해 해석되거나 재
인식된 것이다.

이를 라이프니츠의 관점에 비추어 논의해볼 수 있다. 라이프니츠에
따르면 세계는 하나의 단자로 구성되어 있다. 흔히 단자론이라고 일컬
어지는 라이프니츠의 모나드 이론은 '모나드(monad)'49)라는 하나의 객
체를 통해 세계를 이해하려는 방식이다. 이 하나의 작은 세계 속에는
우주 만물이 모두 내재되어 있다. 따라서 하나의 모나드는 더 이상 분
할 될 수 없으며 하나이면서 전체인 진정한 실체로 존재한다. 결국 하
나의 작은 모나드 속에 우주 만물이 녹아 있게 된다. 따라서 내 속에는
세계가 내재되어 있는 것이다.

그런데 이러한 모나드가 현실에 적용될 때는 그것을 담고 있는 주체
의 관점에 따라 다르게 재구성될 수 있다. 하나의 모나드 속에는 우주
만물이 모두 내재되어 있지만 그것을 구성하는 주체의 인식범주에 따
라 그 범위는 다를 수 있으며 다양하게 해석될 수 있다. 그리고 하나의
모나드를 구성하는 구성요소 속에는 과거 기억과 법칙이 내재되어 있

---

49) 모나드는 그리스어 모나스(monas)에서 유래된 것으로 '더 이상 나눌 수 없는 하나의 작
은 실체'라고 할 수 있다.

으며 현재와 미래에 예견되는 지각까지 결합되어 완성되는 것이다.[50]

　'여행자'라는 실체를 라이프니츠의 모나드 관점으로 설명할 수 있다. 여행자는 세상에 알려진 사람들의 인식과 평가와 밀접하게 연관되어 있는 무엇이다. 이것은 여행자라는 실체 속에는 과거부터 존재해 왔던 여행자에 대한 해석과 오늘날의 관점 그리고 미래에 있을 무언가와 세계의 질서까지 포괄하는 개념으로 인식된다. 여기에는 여행자의 성향에 대한 분석과 현재의 상태, 미래의 예측이 포함된다. 결국 여행자라는 실체는 과거와 현재, 미래의 상황을 고려하여 만든 서술어들을 모두 포

---

50) 라이프니츠의 모나드 이론과 주체의 관점에 따른 그에 대한 이와 같은 해석은 불교의 화엄사상과도 그 맥을 같이 한다.
　　다음은 화엄사상을 요약한 의상대사의 「화엄법성게(華嚴法性偈)」의 구절이다.

　　묘하고 깊고 깊은 현묘한 진성(眞性)이여,
　　자성(自性)에 집착하지 않고 인연 따라 이뤄지네,
　① 하나 속에 전체가 들어있고 전체 속에 하나가 있도다,
　　하나가 곧 전체이고 전체가 곧 하나이니,
　　한 티끌이 온 우주를 머금었고,
　　낱낱의 티끌마다 우주가 다 들었네,
　② 한없는 긴 시간이 한 순간 생각이고,
　　찰나의 한 생각이 무량한 긴 겁이니,
　　구세(九世)와 십세(十世)가 서로 엉겼지만,
　　그래도 서로 뒤섞이지 않고 구분되네,
　　초발심(初發心)을 가졌을 때가 정각(正覺)을 이룬 때요,
　　생사심과 열반이 한바탕이로다.

　　(眞性甚深極微妙, 不守自性隨緣成, 一中一切多中一, 一卽一切多卽一, 一微塵中含十方, 一切塵中亦如是, 無量遠劫卽一念, 一念卽是無量劫, 九世十世互相卽, 仍不雜亂隔別成, 初發心時便正覺, 生死涅槃相共和)

　　위에서 ①은 모나드와 우주 만물의 관계를 설명하고 있고, 모나드 혹은 우주 만물을 담은 풍경에 대한 주체의 지각과 변형에 해당하는 내용이다. ②는 하나의 모나드를 구성하는 구성요소 속에는 과거 기억과 법칙이 내재되어 있으며, 현재와 미래에 예견되는 지각까지 결합되어 완성되어 있는 것과 관련될 수 있다. 화엄사상에 대한 자세한 논의는 의상조사, 정화 풀어씀, 『법성게 : 마음 하나에 펼쳐진 우주』, 법공양, 2006을 참조할 것.

괄하는 거대한 세계가 되는 것이다.

이를 여행 주체와 풍경의 관계에 적용해보면, 여행 주체의 눈앞에 펼쳐지는 풍경은 하나의 모나드라 할 수 있다. 그 속에는 우주 만물이 녹아 있는데 그것은 주체의 관점이나 세계관에 의해 달리 인식되고 변형되어서 주체 내부로 전달된다. 여행 주체가 포착한 풍경 속에는 세계가 녹아 있게 되며 그 세계가 반사되고 투영되어 주체에게 전달된다. 결국 풍경은 우주만물이 주체의 인식에 의해 변형된 하나의 실체가 되기도 하는 것이다.

그런데 여행 주체가 풍경을 인식하는 태도는 둘로 나눌 수 있다. 첫째는 풍경을 기계론적인 세계관에 입각해 분할적으로 인식하는 경우이며, 둘째는 풍경에서 기억을 끌어와 인식하는 경우이다.

첫 번째의 풍경이 인식론적이라면 두 번째의 풍경은 존재론적이다. 인식론적 풍경이 과거·현재·미래를 분할하고 그중 눈앞에 보이는 현재의 기계적 시간에 초점을 맞춘 현재 중심의 관점이라면, 존재론적 풍경은 과거에 대한 기억들, 현재의 자기의 처지, 그리고 미래의 예측과 같은 것들이 모여 구성된다. 따라서 존재론적 풍경은 여행자의 과거 기억과 무의식, 대상 세계를 보는 여행 주체의 세계관 등에 따라 다양하게 재구성된다.

그런데 두 번째 경우와 같이 풍경이 존재론적 인식으로 나아가기 위해서는 기억이 결합되어야 한다. 베르그송은 인간의 모든 의식을 기억으로 보고 있다. 그런데 그 기억은 분할되어 있는 것이 아니라 연속적인 것이다. 이를 과거·현재·미래의 시간 개념에 대입해서 살펴본다면 시간은 과거·현재·미래 등으로 명백하게 분할되지 않는다. 우리가 현재 어떤 풍경을 경험한다면 그것이 현재 눈앞에 펼쳐져 있는 풍경의 아름다움뿐 아니라 과거의 기억, 미래의 가능성이 연결되어 존재하는 것이다. 따라서 시간 속에는 분할되지 않은 풍경이 연속적으로 반영되어 있고 풍경 속에도 시간은 분절된 형태가 아니라 하나의 새로운 창조의 형태로 거듭난다.

한편 인식론적 풍경은 사실적 풍경과 여행 주체의 심리에 따라 변화된 풍경으로 나눌 수 있다. 사실적 풍경이 대상을 있는 그대로 보는 객관적 풍경을 중시한다면, 여행 주체의 심리에 따라 변화된 풍경은 풍경 속에 여행자의 심리가 반영된 객관적 상관물에 다름 아니다. 이때, 풍경은 여행 주체의 심리 변화에 따라 다양하게 변화된다. 그러나 풍경을 보는 여행 주체는 순간순간 기분이 변화될 뿐 그것이 지속적으로 관철되지는 않는다.

존재론적 풍경은 암시적 풍경과 성찰적 풍경으로 나눌 수 있다. 암시적 풍경이 구체적인 대상물을 통해 주체 내면의 심리를 상징적으로 암시하는 방법이라면, 성찰적 풍경은 풍경을 인식해가면서 주체 내면을 발견하고 성찰에 이르는 방법이다.

1930년대 이전 시기에 창작된 여행 관련 작품들에서는 여행 주체가 주로 대상 세계인 풍경에 압도되어 인식론적으로 풍경을 경험하는 성향이 강했다면 1930년대 여행소설에서는 작품마다 다소 차이가 있긴 하지만 풍경을 압도하는 주체적인 여행자가 탄생하며 그런 주체적인 여행자에 의해 존재론적 풍경이 탄생한다. 이때, 여행 주체는 외부의 규범을 끌어들여 현재의 사실에 부과하는 대신에 현재의 사실로부터 제 자신의 규범을 스스로 모색하는 적극성을 보인다.[51] 그 과정에서 여

행 주체는 인식론적 풍경보다는 존재론적 풍경에 더 깊은 관심을 가진
다.

이 책에서는 풍경 인식을 세 단계로 구분한다.[52] 첫 번째는 대상에
대한 관찰과 연상이며, 두 번째는 전이와 투사이다.[53] 세 번째는 자기
내면을 성찰하고 발견하는 단계이다. 여행소설 작품들 중에는 첫 단계
에서 그치거나 두 번째 단계까지 나아간 경우가 있으며 마지막 단계에
까지 이른 경우도 있다.

그중 인식론적 풍경이 관찰과 연상이라는 첫 단계, 나아가 전이와 투

---

51) 오문석, 「1930년대 후반 시의 '새로운'에 대한 연구」, 『1930년대 후반문학의 근대성과
    자기성찰』, 깊은샘, 1998, p.28.
52) 새로운 풍경은 주체의 시선에 의해 창조되기 때문에, 여행 주체가 풍경을 발견하는 과
    정은 한 편의 시작품을 형상화(창작)하는 과정과도 유사하다. 이와 관련하여 정정순의
    이론체계가 유용하다. 정정순은 시적 체험의 목적을 동일성의 실현에 두고, 이를 바탕
    으로 시적 형상성의 실현 방식을 공시적 동일성과 통시적 동일성으로 구분하였다. 공시
    적 동일성은 나와 세계와의 관계라는 축을 중심에 두고 통시적 동일성은 과거의 나와
    현재의 나와의 관계라는 축을 중심으로 설정하고 있다. 그리고 이를 토대로 시 쓰기 활
    동의 절차를 구안하였는데, 공시적 동일성의 형상화 방식으로는 관조와 초점화 유추를
    제시하고 있으며, 통시적 동일성의 형상화 방식으로는 반추, 맥락화, 연합을 제시하였
    다. 공시적 동일성의 관점은 인식론적 풍경과, 통시적 동일성의 관점은 존재론적 풍경
    과 그 맥을 같이 한다. 정정순, 「시적 형상성의 교육 내용 연구」, 서울대학교 대학원 박
    사학위논문, 2005.
53) 동화(assimilation)란 글쓰기 주체가 세계를 자신의 주관적인 사고와 감정에 맞추어 표현
    하는 방법이며 투사(projection)는 자신을 상상적으로 세계에 투사하는 것, 곧 감정이입
    에 의해서 자아와 세계가 일치감을 이루도록 하는 것이다. 최미숙, 『한국 모더니즘시의
    글쓰기 방식과 시 해석』, 소명출판, 2000, p.35. 한편 심리학에서 투사는 자기 자신의
    동기나 불편한 감정을 다른 사람에게 돌림으로써 불안 및 죄의식에서 벗어나고자 하는
    방어기제이다. 그런데 이런 투사의 개념을 확장하면 '자신의 감정을 표현하기 위하여
    어떤 상관물을 끌어오는 것'까지 포괄할 수 있다. 염은열, 『고전문학과 표현교육론』, 역
    락, 2000, p.55.
    한편 이 책에서는 투사가 전이보다 더욱 더 주체의 능동적 판단이나 실천이 중시되는
    것이라 보고 있다. 왜냐하면 전이가 외부세계나 감정을 내부로 옮겨놓는 것이라면, 투
    사는 주체의 내면심리를 외부세계에 옮겨놓는 것이다. 따라서 전이가 대상성을 수용하
    는 수동적인 것이라면 투사는 주체가 자신의 내면을 대상에 옮기는 능동적 경험이 된다.

사라는 두 번째 단계에 머문다면 존재론적 풍경은 관찰과 연상, 전이와 투사를 거쳐서 내면의 성찰과 발견이라는 세 번째 단계까지 나아간다. 그리고 인식론적 풍경이 '관찰하기-연상하기-(전이와 투사를 사용하여) 대상 인지하기'의 절차를 거친다면, 존재론적 풍경의 절차는 '관찰하기-연상하기-반영하기(전이와 투사)-내면 발견하기-성찰하기'의 단계까지 나아간다고 볼 수 있다.

이렇듯 존재론적 풍경은 단순히 풍경을 하나의 인식의 대상으로 보는 것이 아니라 그 속에 상징, 내면의 발견 및 성찰을 이룬다는 점에서 개인의 관조와 발견이라는 근대적 특징과 좀 더 긴밀하게 맞닿아 있다고 볼 수 있다.

3. 타자 인식을 통한 세계관 정립

여행은 끊임없이 내 속에 타자를 만들고 대자적 존재로 존재하는 타자를 만나는 행위이다. 타자에 대한 관심은 근대 경험론에서부터 시작된다. 신 중심의 세계에서 인간 중심의 세계로 변화하면서 인간이 경험하지 않는 것은 주체 인식의 밖인 미지의 세계, 즉 타자의 영역으로 존재하게 된다. 대상은 시간의 흐름에 따라 그 모양을 달리하기 때문에 타자 역시 고정되어 존재하는 것이 아니라 끊임없이 변화하고 생성된다.

푸코는 지식과 권력을 중심에 놓고 근대 주체는 '특정한 역사적 시기에 특정한 권력 장치를 통해 만들어지는 산물'[54]이라고 규정한다. 따라

---

54) 양운덕, 『미셸푸코』, 살림, 2003, p.11.

서 주체는 자기 스스로 자신의 정체성을 형성하는 것이 아니라 권력을 가진 타자에 의해 형성되어진다. 그러므로 푸코의 사유는 '타자의 사유'이며, 그의 철학 이론은 타자의 입장에서 동일자들이 그 타자를 어떠한 방식으로 억압하고 관리해왔는가'[55])에 초점을 맞춘다.

한편 라깡에게 있어 타자는 언어의 세계와 밀접하게 연관한다. 타자는 인간이 태어나기 이전부터 존재하는 기호의 세계 형태로 존재한다. 세계는 언어적 질서라는 거대한 타자로 구성되어 있는데, 그 질서를 모르고 태어나는 인간은 자신의 의지와는 무관하게 이미 규정되어 있는 질서의 세계로 자연스럽게 진입된다. 세계로 표상되는 언어적 질서는 하나의 주체가 수립한 것이 아니라 알 수 없는 타자에 의해 이미 규정되고 확립된 세계이다. 따라서 언어적 질서로의 진입은 타자의 세계로의 진입을 의미하며, 타자의 세계에 진입하면서 갖게 되는 인간의 욕망 역시 타자의 것이 된다. 결국 세계의 질서는 타자에 의해 이미 규정되어지고 존재하게 되는 것이다.

푸코와 라깡의 타자이론은 대자적 존재를 만나 이루어지는 과정에 초점을 맞춘 것이 아니라 타자라는 세계는 이미 규정된 것이라는 결과론에 초점을 맞추고 있다.

반면 사르트르는 타자가 형성되는 과정에 주목한다. 사르트르는 자신의 존재론을 정립하는 과정에서 이 세계의 존재를 인간과 사물의 영역으로 구분하고, 인간의 범주를 다시 '나'와 '타자'라고 하는 영역으로 구분한다. 이처럼 사르트르는 타자를 나의 대타존재를 형성하는 또 하

---

55) 권성우, 『모더니티와 타자의 현상학』, 솔, 1999, p.35.

나의 존재 영역에 속하는 존재, 즉 존재의 제3영역으로 간주한다.[56] 결국 사르트르에 따르면 타자는 '주체를 바라보는 자'이기 때문에 사르트르의 타자론은 주체와 밀접하게 관련된다.

그는 타자를 정의하기 위해 크게 3가지 조건을 제시한다.

첫째, 타자의 존재는 개연성일 수 없다.

둘째, 타자와 나의 관계는 인식관계가 아니라 존재관계에 있어야 한다.

셋째, 타자와 나의 관계는 내적 부정의 관계이어야 한다.[57]

이는 분리되어 있는 듯 보이나 결국 긴밀하게 하나로 연결되어 있다.

사르트르에 따르면 시선은 눈[目]과 구별된다. 타자의 눈이나 타자의 신체는 나의 지각 대상에 불과하다.[58] 타자의 눈은 '그 색깔이 어떻다', '모양이 어떻다'와 같은 인식의 대상으로 나타날 뿐이지 존재론적 대상은 아니다. 반면 시선은 주체가 대상을 자기화하여 그것의 타자성을 제거하는 과정에서 새로운 주체성을 확보하게 만드는 조건이다.

우리는 경험의 장 안의 대상, 예컨대 타자의 눈, 신체 등과는 인식적 관계를 맺지만 타자와는 존재론적인 관계를 맺는다. 달리 말하면 타자의 출현이 단순한 즉자적 존재와 유사하기에 타자의 출현이나 소멸이 나의 존재에 대해 아무런 영향도 끼치지 못할 경우 타자는 단순한 외적

---

56) 변광배, 앞의 책, p.19.

57) 이밖에도 사르트르는 타자의 형성 조건으로, '타자는, 코기토(cogito)를 출발점으로 삼아야 한다는 것'과 '신의 관념에서 벗어나야 한다는 것'을 지적한다. 사르트르의 타자의 형성 조건과 내용은 변광배, 앞의 책, p.22에서 재인용.

58) 시선과 눈의 차이에 대한 자세한 논의는 서동욱, 『차이와 타자』, 문학과 지성사, 2000, p.173을 참조할 것.

대상이 출현하거나 소멸한 것과 별반 다르지 않다. 타자가 나의 주체성 탄생에 필연적으로 개입될 때에만 주체와 타자는 인식적 관계가 아닌 존재적 관계를 가진다. 즉 타자가 나라는 존재의 탄생에 어떻게 필수적인 요소로 개입하는가라는 측면에서 타자를 접근할 경우에만 타자의 존재는 확실성을 지닐 수 있다.[59]

경험의 장 안에서 대상은 분명한 인식적 판단을 기반으로 하지만 타자와의 관계에서 내가 품는 의식은 존재적 관계에 기반하여 이루어지기 때문에 그 판단이 잘못되었다고 해서 문제가 될 수는 없다. 사르트르는 타자의 존재 문제 또한 동일하게 이해되어야 한다고 주장한다. 타자의 시선이 타자의 신체에 연결되어 있지 않듯이 코기토 역시 나의 신체에 연결되어 있지 않다. 이와 마찬가지로 개연적인 것은 시선을 던지는 타자와 그의 신체가 연결되어 있는 것이지 코기토의 주체나 시선 자체가 개연적인 것은 아니라는 것이다. 결국 확실한 것은 '내가 시선을 받고 있다는 것'이며 개연적인 것은 그 시선이 세계 내부에 현전 (presence)하고 있다는 것이다.[60]

이처럼 사르트르의 타자론은 타자를 '자신을 바라보는 자'라고 정의 내리고 있기 때문에 주체의 문제와 긴밀하게 연관된다. 자신이 자신을 관찰하는 경우 타자는 내 속에 존재한다. 그리고 내가 사물이나 타인을 바라보는 경우에도 타자는 존재한다. 그리고 나를 바라보는 타인의 시선 속에도 타자는 존재한다. 결국 타자는 나에 의해 생겨나기도 하며 타자 자신에 의해 생겨나기도 한다. 반면, 내가 타인의 시선에 사로잡

---

59) 서동욱, 앞의 책, pp.164~165.
60) 위의 책, pp.195~196.

히는 순간 나는 언제든 주체의 기능을 잃고 타자가 되어버린다. 내가 타자가 되지 않기 위해서는 타자의 시선에 사로잡히지 말아야 한다. 이런 까닭에 주체와 타자는 늘 경쟁과 갈등 관계에 놓인다.

이런 이유에서 사르트르의 관점은 결국 시선의 문제와 긴밀하게 연관됨을 알 수 있다. 사르트르에 의해 시선은 크게 두 가지로 구분된다. '자신이 대상을 직접 응시하는 경우'와 '누군가의 시선에 의해 자신이 사로잡히는 경우'이다. 자신이 대상을 직접 응시하는 경우 나는 주체가 되며 대상은 타자가 된다. 여기에 내가 내 스스로를 바라보는 시선, 나를 대상화(타자화) 하는 것을 포함시킬 수 있다. 내가 내 자신을 응시하는 경우 '응시당하는 나'는 '응시하는 나'의 타자가 된다. 반대로 누군가의 시선에 의해 자신이 사로잡히는 경우 '나'는 주체의 기능을 잃고 타자가 된다.

이런 구분은 여행소설에서 여행 주체와 타자의 관계를 설명하는 데 유용한 틀이 될 수 있다. 가령 여행자가 여행지에서 사람이 지나가는 광경을 목격하거나 구체적인 대상을 관찰하는 경우가 첫 번째 경우에 해당하며, 여행지에서 만난 타자에 의해 여행자가 관찰당하는 상황에 놓이는 경우가 두 번째 경우에 해당한다.

'자신이 대상을 직접 응시하는 경우'는 크게 두 가지로 나눌 수 있다. 첫째는 대상을 하나의 즉자적 존재로 인식하는 것이다. 이때 대상은 물(物) 자체로 존재하기 때문에 대상과의 관계는 별도로 규정되지 않는다. 그저 주체의 시선에 의해 포착되고 사라질 뿐이다.

반면 대상을 대자적 존재로 인식하는 경우 관계는 새롭게 정립된다. 이것은 지금까지 나에게 속했던 사물들의 세계가 아닌 하나의 새로운 세계가 형성된다는 것을 의미한다. 따라서 새로이 형성된 세계에서는 지금까지 내가 중심으로 있던 세계의 사물들이 그 새로운 세계의 중심을 형성하게 되고 그 결과 '나'는 세계의 중심으로서의 위치를 상실하게 된다. 이런 의미에서 타자의 출현은 '내가 중심이 되어 조직된 세계의 한복판에 구멍이 뚫리고, 나의 세계를 구성했던 모든 존재들이 이 구멍을 통해 빠져나가는 것과 같다'. 사르트르는 이 현상을 타자의 출현으로 나의 세계에 발생하는 '내출혈(hemorragie interne)'로 규정한다.[61] 하지만 이 경우는 어디까지나 그 상황을 자기 스스로 회복할 수 있다. 타자를 향하는 시선과 그에 대한 인식을 멈춰버리면 되는 것이다.

반면 '누군가의 시선에 의해 자신이 사로잡히는 경우'는 이보다 더 문제적이다. 누군가에 의해 바라보인다는 것은 내가 중심으로 있던 세계가 완전히 와해되는 것을 의미한다. 다시 말해 원래 존재하던 주체의 모습은 상실되고 누군가의 시선에 의해 새로운 세계가 형성되는 것이다. 결국 내가 중심이 되었던 세계 위에 타인의 시선에 의해 형성된 세계가 겹쳐져 타인의 세계가 내 세계를 대신하게 된다.[62] 내가 중심이 되어 형성되었던 세계에 변형을 가하고, 나를 객체화시키고 즉자화 시키면서 나에게 무한한 자유와 주체로서의 모습을 체험하게 하는 것이다.[63]

여행은 결국 여행 과정에서 만난 타자 혹은 여행 주체 내부에 존재하는 타자를 자신이 직접 응시하거나 타자의 시선에 의해 사로잡히는

---

61) 변광배, 앞의 책, pp.24~25.
62) 위의 책, p.26.
63) 변광배, 앞의 책, p.27.

경험의 총체이다. 이때 이 둘의 시선은 교호적으로 일어나는 것이 아니라 복합적으로 결합된다. 여행은 여행 주체가 여행 경험을 통해 만난 타자를 응시하는 과정이다. 이때 여행 주체는 자신이 타자를 바라보며 주체의 자리에 서게 되기도 하고 타자의 시선에 응시되어 주체의 자리를 잃게 되기도 한다. 따라서 여행은 바라봄과 바라보임이 합쳐지고 응축되어 이루어지는 주체의 성장이다. 이런 관점에서 볼 때 주체와 타자는 분리되는 것이 아니라 결합되어 있는 것이다. 타자를 바라보는 시선과 타자에 의해 사로잡히는 시선 속에는 의식적이든 무의식적이든 그 시선에 의해 달라질 주체 내부의 변화가 전제되어 있기 때문이다.

앞으로 여행 주체와 풍경의 관계, 여행 주체와 타자와의 관계 등을 중심으로 여행소설을 살펴볼 것이다. 이를 위해 먼저, 1930년대 여행소설의 형성 배경에 대해 살펴볼 필요가 있다. 1930년대 여행소설을 이해하기 위해서는 여행소설의 전사로서 1920년대 여행기와 여행소설에 대해 검토하는 과정이 필수적이기 때문이다.

제3장 1930년대 여행소설의 형성 배경

1. 1920년대 여행기

1.1. 서론

1890년대부터 1910년대에 이르는 문학 작품들 속에는 계몽적·논설적 요소가 강하게 들어 있다. 그러나 차차 기존의 논설 중심 글쓰기의 전통 위에 서사 중심 글쓰기가 첨가되면서 논설과 계몽의 의도는 점차 약화되는 양상을 띠게 된다.[64] 논설 중심 글쓰기가 집단의식을 부각하였다면, 서사 중심의 글쓰기는 그와 상대적인 의미에서 개인의식을 부각했다고 할 수 있다.

이런 경향과 변화는 여행 관련 담론에서도 그대로 나타난다. 당시 신문으로 대표되는 매체들은 여행을 권장하였고 여행 경험을 여행 기록물로 창작하기를 적극적으로 권면하였다. 그것은 근대화를 이루기 위한 일종의 계몽사업의 일환이었으며 이를 통해 민족의식과 애국심을 고취

---

64) 김영민, 『한국근대소설의 형성과정』, 소명, 2005, p.217.

시키고자 하는 의도가 반영되기도 하였다. 당시는 '근대 소설이 확립되기 이전'이었기 때문에 다분히 권력의 의도가 담긴 매체인 신문은 대중계몽의 일환으로 '여행기'를 적극적으로 게재한다. 따라서 여행기는 1920년대 여행기록물 중 가장 중심자리에 놓이게 된다.

1920년대는 집단의식만을 지향하였던 그 이전의 시기와는 달리 집단의식과 개인의식을 함께 지향한다. 이는 근대성과 식민성, 민족주의와 계급주의 등 복잡한 관계 속에서 파악된다. 따라서 1920년대라는 시기는 1930년대를 이해하기 위한 근간이 된다. 그 본격적인 시작은 1920년대 초 식민지 현실을 벗어나고자 하는 정치적 의지에 입각한 문화운동에서였다. 그러나 문화운동을 전개한 문화주의자들은 직접적인 '정치운동'을 전개하기보다는 사회 전반의 '실력향상'을 지향하였다. 이로인해 1920년대 문화운동은 무단적 패권을 가지려는 정치적 운동이라기보다는 개인에게 도덕이나 정의감을 갖게 하는 개인적 차원에서의 사회운동을 중시하는 것이 된다. 개인의 도덕 혹은 세계에 통할만한 지식과 같은 개인의 계몽을 중시하는 풍조는 개인과 민족의 분리를 가져왔다.[65] 1920년대 여행기와 여행소설은 이런 1920년대의 정신사적·문화사적 맥락에서 태동하여 1930년대 여행소설이 형성되는 배경이 되었다. 이 책에서는 특히 1920년대 여행기의 전개 양상을 통하여 1930년대에 여행소설의 형성 배경을 먼저 살펴본다.

이 책에서는 이러한 시대적 흐름을 반영하여 당시 여행기를 다음과 같이 크게 다섯 가지 의식 지향의 범주로 분류한다.[66]

---

65) 이에 대한 자세한 논의는 정용화, 앞의 책, pp.31~35를 참조할 것.
66) 한 편의 여행기 속에는 둘 이상의 의식 지향이 함께 담겨 있기도 하다. 가령, 최남선

① 조선혼과 민족 이념의 발견 : 최남선 「白頭山觀參記」(1927), 권덕규 「慶州行」(1921), 차상찬 「全羅北道踏査記」(1925), 양명 「萬里長城 어구에서(內蒙古 旅行記의 一節)」(1923), 청우생 「湖西의 一日, 湖西銀行의 新築落成宴을 機로 하야」(1922)

② 계급 이념 지향 : 박영희 「半月城을 떠나면서」(1926)

③ 근대 문명의 수용과 창출 : 허헌 「世界一週紀行(第二信)」, 꼿의 「바리웃드」를 보고, 다시 太西洋 건너 愛蘭으로!」(1929), 정석태 「洋行中 雜觀雜感」(1926)

④ 제국주의 이념의 은폐와 내면화 : 박달성 「玄海의 西로 玄海의 東에」(1921), 박달성 「回顧 夏路七千里」(1921), 최남선 「白頭山觀參記」(1927), 권덕규 「慶州行」(1921)

⑤ 개인에 대한 근대적 관찰의 실현 : 현진건 「몽롱한 기억」(1922), 노정일 「世界一周 山 넘고 물 건너」(1922), 이익상 「旅行地에서 본 女子의 印象, 異常한 奇緣」(1927)

위에서 분류한 다섯 가지 의식 지향에 따라 여행기의 존재 양상과 대상 세계와 여행 주체 간의 소통 방식을 살펴보고 이를 바탕으로 새로운 장르 형성의 가능성을 설명하는 것으로 논의를 전개해나갈 것이다.

1.2. 1920년대 여행기의 의식 지향

1) 조선혼과 민족 이념의 발견

식민지 시대에는 민족 운동의 한 방편으로 조선혼과 민족 이념을 밝히는 데 주력한 흐름이 있다. 그런 흐름은 여행기에도 반영되었는데, 이 흐름은 크게 세 경우로 나눌 수 있다.

「白頭山觀參記」, 권덕규 「慶州行」 여행기가 이에 해당한다.

첫째, 찬란한 민족의 역사가 서려 있는 명승지를 여행한 경험을 기록한 것이다. 조선의 땅에 조선혼이 깃들어 있으며 조선이 찬란하고 역동적인 역사를 자랑했던 민족임을 강조하는 여행기이다. 과거를 통해 현재를 자각함으로써 식민 현실을 극복하려는 자세를 보인다.

둘째, 여행 과정에서 일본 제국주의의 부조리와 모순을 보여줌으로써 식민지 현실을 고발하는 여행기이다. 여행 경험을 통하여 '지금을' 자각시키려는 것이다.

셋째, 식민 현실의 불합리를 깨닫고 조선의 미래를 제시하는 여행기이다. 현재를 통해 미래를 자각하고 민족이 나아가야할 방향을 제시해 주는 것이다.

먼저, 조선혼과 민족의 역사가 담긴 장소를 여행하고 쓴 여행기에는 풍경을 완상하고 민족의식을 생각하며 현실을 반성하고 조선인으로서의 자긍심을 고취하고자 하는 의도가 내포되어 있다.[67] 이는 제국주의에 대항하기 위한 민족의식 고취라는 의도와 결부된다.

대표적인 여행기로는 최남선의 「白頭山觀參記」를 들 수 있다. 이 여행기는 동방문화의 뿌리가 단군시대 백두산이라고 주장하는 '불함문화론(不咸文化論)'을 근거로 하여, 백두산을 '불함문화의 시원이요 동방원리(東方原理)'라 일컬으며 성스러운 공간이자 민족의 발원지로 묘사하고 있다.[68] 그중 특히 주목할 부분은 백두천왕(白頭天王)에게 귀명(歸命)하는

---

67) "그릇된엿던作爲의 所致로 젊은이들사이에 山川까지 남의것을 더낫게 讚嘆하는 可痛할 傾向이보임으로 그를 크게 匡正"하려는 의도와 (중략) 궁극적으로는 "朝鮮人의 自矜心을 굿게하는 機錄을짓고저하는" 의도가 담겨있기 때문이다. 『삼천리』 1929.6. pp.19~20.

68) 그러나 불함문화론은 대동아공영권과 잇닿아 있으며, 정치적·사회적 문제를 간과하고 오직 문화적인 측면만 고려하여 패배적 민족주의로 치우치게 하는 우를 범했다. 이런

부분이다. 우리 민족에게 있어 백두천왕은 "種姓의 根本이며, 文化의 淵
源이며, 國土의 礎石이며, 歷史의 胞胎이며, 生命의 養分이며, 精神의 鞭
策이며, 理想의 支柱이며, 運命의 酵母"[69]인 것이다.

권덕규의 「慶州行」[70]은 민족의식을 좀 더 구체적으로 보여준다. 이
작품은 단순히 경주 답사를 다녀와 기록한 여행기가 아니라 조선의 현
실을 반성하고 새로운 조선심을 키우고자 하는 의도로 창작된 여행기
이다. 그 중 특히 주목할 것은 경주로 향하는 길목에 있는 반야월을 지
나면서 마흔 즈음 됨직한 여인이 신호기(信號旗)를 들고 있는 모습을 필
자가 보고 생각에 잠기는 장면이다. 여인의 모습을 지켜보며 필자는 안
쓰러운 마음을 감출 줄 모르는데 그 이유는 그 여인이 호강이란 없는
삶을 살고 있을 것이라는 생각 때문이었다. 그러면서 한편으로는 신호
기를 들고 있는 여자는 해방이라는 말을 하거나 해방을 부른 적이 없었
음에도 스스로 자유롭게 되었다고 생각한다. 신호부 여자는 絕對의 解
放을 지니고 있기 때문에 다른 민족이 아무리 가두려하여도 가둘 수 없
고, 아무리 올무를 쓰이려 해도 그렇게 되지 않는다는 것이다.

조선인은 화려한 역사를 가진 신라인의 후예였다는 자부심은 일본
제국주의의 침략으로 피폐화된 현재 조선의 모습과 교차되면서 오늘날
조선의 어지러운 현실을 반성하고 마음속에 침잠하고 있던 민족혼을
깨우는 계기가 된다. 따라서 권덕규의 「慶州行」은 단순히 우리 것에 대
한 자부심을 나열하는 것에 그치는 것이 아니라 조선의 현실을 반성하

연유로 이 책에서는 최남선의 「白頭山觀參記」를 '제국주의 이념의 은폐와 내면화' 부분
에서도 함께 다루고 있다.
69) 高麗大學校 亞細亞問題硏究所 六堂全集編纂委員會編, 앞의 책, 1974, pp.120~121.
70) 權悳奎, 「慶州行」, 『개벽』 제18호, 1921.12.

고 이를 자각하고자 하는 의지를 강하게 부각하고 있다.

둘째, 일본 제국주의 침탈이 자행되고 있는 현실을 보여주는 여행기로는 차상찬의 「全羅北道踏査記」[71]를 들 수 있다. 이 여행기는 그가 특파원의 신분으로 群山(府), 全州, 鎭安, 長水, 錦山의 전라북도지방을 답사한 후 쓴 것이다. 여행기 속에는 전라북도의 연혁과 위치, 기후, 인구 등이 자세히 기록되어 있어 한 편의 여행 안내서를 방불케 한다. 뿐만 아니라, 농업·공업·임업·수산업·광업·상업에 종사하는 인구수까지 정확하게 기록되어 있어, 당시 생활상을 짐작할 수도 있게 한다. 그러면서도 제국주의 침탈의 현실을 직접적으로 보여준다. 여기에는 제국주의의 모순을 깨닫고 이에 대한 대항으로 조선심을 발휘하여 조선의 민족적 자각을 일깨우고자 하는 의도가 강하게 담겨 있다.

셋째, 조선심을 불러일으키고자 하는 의지는 양명의 「萬里長城 어구에서(內蒙古 旅行記의 一節)」[72]에서 전형적으로 나타난다. 이 여행기는 화려한 역사를 자랑했던 몽고를 여행하면서 벗에게 쓰는 편지글의 형식을 취하고 있다. 그러면서 흥행하던 국가가 멸망한 이유에 대해 고심하게 되는데, 멸망의 이유는 "徹底한 自覺이 업엇댓고 노력이 부족하엿는 것" 이외에는 별다른 이유가 없다고 한다. 徹底한 自覺으로 노력하지 못하는 민족은 영원히 이 세상에서 사라질 것이라고 강조했다. 그러면서 조선인에게 이러한 민족적 자각이 있는지 또한 건설 사업을 이루기에 부족함이 없는지를 재확인하며 되묻고 있다. 조선민족의 앞날에 대한 불확실함을 주장하면서 철저한 자각과 노력으로 조선심을 불러일으

71) 車相瓚, 「全羅北道踏査記」, 『개벽』 제64호, 1925.12.
72) 梁明, 「萬里長城 어구에서 (內蒙古 旅行記의 一節)」, 『개벽』 제40호, 1923.10.

키자고 주장한다.

청우생의 「湖西의 一日, 湖西銀行의 新築落成宴을 機로 하야」[73)는 더 구체적 사례를 통하여 조선혼을 불러일으킨다. 여행기는 여행 주체인 청우생이 호서은행의 신축낙성식(新築落成式)에 참여하기 위해 경부선 급 행열차를 타는 것으로 시작된다. 호서은행은 정부보조나 외인(外人)의 간섭 없이 조선인 자본과 조선인 경영자에 의해 운영되며, 조선인을 대 상으로 대출 사업을 했던 조선의 민족은행이다. 필자는 조선이 자립하 기 위해 나아가야 할 방안을 호서은행에서 찾고 있는 것이다.

호서은행의 구체적 사례를 들며 정치와 경제 혹은 그 무엇이든 자립 하여야 한다며 자립의 중요성을 강조한다.

2) 계급 이념 지향

많지는 않지만, 당시 여행기에서 민족 이념보다는 사회주의적 계급 이념을 중시하는 경우도 있다. 이는 주로 카프 계급의 문인들에 의해 창작되었다. 대표적인 작품으로는 회월 박영희의 「半月城을 떠나면서」 를 들 수 있다. 계급 이념을 중시하는 회월의 문학은 가난과 빈궁이 주 된 소재거리로 등장하며 무산계급에 대한 유산계급의 착취에 대한 고 발과 이에 대한 투쟁의식이 주된 골격을 이루는데, 이러한 그의 사상과 문학관은 여행기 창작에도 고스란히 반영되어 있다.

이 여행기에서 박영희는 경주 인근을 여행하면서도 시종일관 청년단 체에 대해서만 관심을 가진다. 여행 내내 청년단체를 방문한다. 박영희

---

73) 靑友生, 「湖西의 一日, 湖西銀行의 新築落成宴을 機로 하야」, 『개벽』 제30호, 1922.12.

는 여행기가 창작되고 난 이듬해인 1927년에 제1차 방향전환을 주도하며 투쟁의 의지를 강하게 피력하고 있는데, 이 여행기는 그의 결심을 굳건하게 하려는 의도에서 창작된 것이라 볼 수 있다.

> 自然의 憂鬱! 無味乾燥한 沈默의 自然! 옛날 사람들은 이러한 孤寂하고 쓸쓸한 곳에서 深遠한 哲理와 永遠性의 妙理를 發見하엿것다. 그러나 現代靑年民衆 틈에서 자라난 靑年으로서는 이러한 自然 가운데 혼자 잇슬 때에는 무엇보다도 먼저 自然의 憂鬱을 깨닷게 된다. 그리고 叫喚하는 民衆이 새삼스럽게 그리워진다. 鬪爭하는 同志들이 또다시 보고 십다. 그러나 이러한 조흔 곳에서 民衆이 한가지로 노래하며 뛰고 놀 때에는 비로소 自然의 憂鬱도 업서질 것이다. 이럼으로써 모든 自然, 모든 藝術이 社會的 關係을 떠나서 無價値함을 쉬웁게 가르처 준다.[74]

옛날 사람들은 자연 속에서 "哲理와 永遠性의 妙理"를 발견했지만, 현대 청년 민중 틈에서 자란 필자는 자연 속에서도 우울함만을 느낀다. 그것은 이 시대에는 투쟁하는 동지가 없기 때문이다. 그러나 희망을 버리지 않고 자신이 희구하는, 자연이 좋은 곳에서 민중이 한가지로 노래하고 뛰어노는 세상을 떠올린다. 그는 문학을 사회나 정치 수단으로서 인식하였기 때문에 모든 예술이 사회적 관계를 떠나서는 무가치하다고 단언한다. 결국 그의 바람은 투쟁을 바탕으로 민중이 편안해지는 사회를 건설하는 것이다. 여행지에서 목도하는 자연의 풍경은 그 자체로서의 의의를 갖지 못한다. 여정에서 박영희가 본 풍경은 거의 없다. 그는 눈을 뜨고 있으면서도 감은 것과 마찬가지다. 그의 여행기에서 풍경은

---

74) 朴英熙, 「半月城을 떠나면서」, 『개벽』 제69호, 1926.5.

그의 머릿속에 존재하는 계급투쟁 이념을 드러내어 확인하고 강화시키는 계기로서만 존재하는 것이다.

3) 근대 문명의 수용과 창출

근대 문명의 수용과 창출을 지향하는 여행기에서 바다는 가장 중요한 모티프와 배경 중 하나다. 바다 여행은 바다를 통하여 이어지는 해외 근대 문명의 수용과 직결된다. 조선의 근대화에 가장 상징적인 공간이었던 바다는 개화의 바람이 불어오는 곳이자, 근대 사상을 가장 집약적으로 보여주는 상징물이라 할 수 있다. 그 속에는 근대 문명을 받아들여 세계로 편입하고 싶은 욕구가 내재되어 있다. 이 시기 바다라는 공간은 단순한 개인적인 관심의 차원에 그치는 것이 아니라 새로운 세상으로 나아가는 서구 문화 수입의 통로가 되는 수단이자 근대 문명의 수용과 창출이 교차되는 공간이다.[75]

안재홍은 조선에서 자연과학이나 사회과학 분야에 유능한 학자가 나와서 세계적으로 진출하게 되면 문호교류도 활발해지고 조선인으로서의 권위와 민족적 자긍심도 높아질 것이라 주장한다. 자연과학이나 사회과학 분야에서 유능한 인재를 발굴하여 이들을 세계로 진출시켜 근대 문명의 수용과 창출을 이루고자 하였다.[76] 이와 같은 근대 문명의 수용과 창출에 대한 인식은 이 시기에 쓰여진 상당수 해외 여행기에 두루 나타난다. 여행기의 작가는 더 큰 세상을 경험하고 싶어 세계 일주

---

75) 정한모, 『한국현대시문학사』, 일지사, 1974. p.201.
76) 安在鴻, 「세계에 向하야—朝鮮에 큰 科學者가 나서 世界的으로 進出하자」, 『삼천리』 제1호, 1929.6.

를 떠나거나 유학생으로서 해외로 나온 경우가 대부분이다.

세계 일주 여행을 담은 여행기로는 허헌의 「世界一週紀行(第二信), 꽃의 「바리웃드」를 보고, 다시 太西洋 건너 愛蘭으로!」[77]를 들 수 있다. 변호사였던 허헌은 여행이 흔하지 않던 시절 세계일주 여행을 다녀와 장안의 화제가 되었다.[78] 여행기는 시종일관 미국의 낯선 문화를 체험하는 것에 대한 놀라움이 담겨 있다.

큰 규모의 과수(果樹) 수확량을 보고 "생산도 거대하려니와 미상불 소비도 거창한 셈"이라 생각하며, 너른 벌판에 기계로 농사를 짓는 대규모의 작농(作農)들을 보며 그 편리함을 부러워한다. 그리고 석유 산출양이 풍부한 것을 보고 미국이 황금의 나라 됨이 우연한 일이 아니라는 생각을 한다. 허헌의 여행기는 서구의 신문물과 제도의 소개, 또는 이들에 관한 표상으로 이루어진다. 새로운 사물과 제도를 알고 '본다는 것'[79]이 곧 개화의 실천이며 이러한 경험을 통해 자신과 국가의 결핍을 자각하는 것이 개화적 인식이 된다는 것을 나타내었던 것이다.[80]

정석태의 「洋行中 雜觀雜感」[81]은 고국을 떠난 지 57일 만에 바르세이유에 상륙하는 것으로 시작된다. 필자는 프랑스어를 할 줄 모르기 때문에 스스로 벙어리 여행을 시도한다고 했다. 시종일관 낯선 서구 문화

---

77) 許憲, 「世界一週紀行(第二信), 꽃의 「바리웃드」를 보고, 다시 太西洋 건너 愛蘭으로!」, 『삼천리』 제1호, 1929.6.
78) 그의 여행기는 「삼천리」에 3회에 걸쳐 연재되었는데 이 여행기는 그 중 2회에 해당하는 것으로, 자신의 딸인 정숙과 함께 미국으로 여행갔을 때의 경험을 토대로 쓴 것이다.
79) 주체란 인간 개인의 삶의 조건을 구성하는 다양한 현실적 관계들 속에서 그가 차지하는 위치에 의해 규정되는 것이기 때문에 본다는 것은 사회적이고 역사적인 것이며 가시적인 세계 속에서 '보는 주체'를 구성하는 것이다. 주은우, 『시각과 현대성』, 한나래, 2003, p.21.
80) 서경석·김진량, 『식민지 지식인의 개화 세상 유학기』, 태학사, 2005, pp.10~11.
81) 鄭錫泰, 「洋行中 雜觀雜感」, 『별건곤』 제1호, 1926.11.

체험을 하다 보니 새로운 문화에 대한 이질감을 느끼면서도 한편으로
는 그 어느 것 하나도 "홀홀히 보이지" 않고 유심히 보면서 각각의 대
상에 대한 경이로움에 사로잡힌다. 프랑스의 호텔에서 낯선 체험을 하
기도 하고 나폴레옹의 무덤을 보기도 하는 등 다양한 경험을 하지만 그
중에서도 필자의 시선을 가장 강하게 끈 것은 파리에 있는 카페 풍경이
었다.

조선의 카페는 단순히 차 한 잔을 나누고 돌아서는 곳이지만 정석태
의 눈에 비친 파리의 카페는 공간을 활용할 줄 아는 사람들이 모인 곳
이었다. "화려한 것과 和樂한 기운이 저절로 나게 되"어 있는 카페를
보며 "참으로 예측 의외에 이상야릇한 점이 한 두 가지가 안이다"라고
생각을 하며, "이것인즉 洋人의 특유한 풍속 습관"일 것이라 생각한다.
정석태는 파리의 카페에서 성별이나 나이, 신분이나 직업의 귀천을 가
리지 않고 자유롭게 여가를 즐기는 모습을 본다. 그 속에서 집단이 아
닌 개인을, 통제가 아닌 자유를, 생활이 아닌 여가를 발견하게 되는 것
이다.

4) 제국주의 이념의 은폐와 내면화

이 시기 여행이 성행하고 여행에 대한 호기심이 극대화 된 것에는
제국주의의 지배 공간 확장이라는 욕망과 대응되는 면이 있다고 볼 수
있다.[82] 한반도를 침탈한 일본 제국주의의 논리가 은밀하게 여행 관련

---

82) 제국주의와 여행문학에 대한 논의는 19세기 중반 미국 여행문학에서 쿠바가 어떻게 포
착되고 있는가를 살피는 논의와도 그 맥을 같이 한다. Gema R. Guevara, Geographies of
Travel and the Rhetoric of the Countrysides: Mid-Nineteenth-Century North American and
Cuban Travel Writing, *Bulletin of Spanish Studies*, Volume LXXXV, Number 1, 2008.

담론에 깃들게 된 것이다.

먼저, 일제 강점기에는 일본인에 의해 조선 여행기가 많이 창작되기 시작한다는 점이 주목된다. 조선의 식민지화를 이룬 일본은 조선을 속국(屬國)으로 분류하며 일본 지배층들의 관광의 장소로 간주한다. 따라서 이러한 조선 여행에 필요한 안내서를 발간하고 조선 여행을 권장했다. 수많은 일본 지식인들은 그런 정책에 편승하여 조선을 여행하고 조선 여행기를 창작하게 되었다.

이 시기 일본인에 의해 쓰여진 조선 여행기들은 "국토와 국민 모두가 생기를 잃은 모습이며 돼지우리 가옥을 지녔다"[83]라는 시각을 공유하거나, 그러한 미개함으로 인해 "새로운 보호자의 출현은 필연적[84]"인 것이라 주장하면서 제국주의의 통치자로써의 우월감과 근대화의 발전을 이룬 주체로서의 자부심을 담고 있다. 일본인의 조선 여행기들은 조선인들에게 일본의 우월성을 과시하여 일본의 식민지 통치를 정당화하려 하였고 식민지 지배측에게는 통치의 근원을 재확인시키는 경험을 제공한 것이다.[85] 이는 결국 제국과 식민지를 문명과 야만으로 이분화하려는 제국의 식민 이데올로기의 반영인 것이라 할 수 있다.[86]

---

83) 久山龍奉, 「만한기행」, 『太陽』, 1906.4. p.206. 이에 대한 자세한 논의는 윤소영, 「러일전쟁 전후 일본인의 조선여행기록물에 보이는 조선인식」, 『한국민족운동사연구』 제51집, 2007, p.66을 참조할 것.

84) 이 시기 일본에 의해 쓰여진 조선 안내서 역시 마찬가지이다. 『朝鮮鐵道 旅行便覽』에서는 조선인의 순종성을 언급하며 '조선인은 속국으로 지낸 적이 많았던 역사적 배경이 그 바탕에 있으며 그로 인한 자주자립의 정신이 부족하다. 그러기에 새로운 보호자의 출현은 필연적인 것이 아닐 수 없다'고 기술하고 있다. 서기재, 『일본근대 「여행안내서」를 통해서 본 조선과 조선관광』, 『日本語文學』 제13집, 2002, p.430.

85) 최석영, 「조선박람회와 일제의 문화적 지배」, 『역사와 역사교육』 제3·4호, 1999, p.578.

86) 우미영, 「근대 여행의 의미 변이와 식민지/제국의 자기 구성 논리」, 『동방학지』 제133

조선인 여행기의 일부는 이러한 제국주의 이념이 의식적/무의식적으로 은폐하고 내면화하기도 하였다. 이에 해당하는 조선인의 여행기는 크게 두 가지 성향으로 구분된다.

첫째, 일본 근대 문명을 경험한 놀라움을 담으면서 조선 현실의 미개함을 그와 대조시키는 여행기이다. 이는 새로운 근대 문명을 경험한다는 점에서 근대 문명의 수용과 창출과 그 맥락을 같이 하고 있으나 그 의식에 있어서는 차이점이 발견된다.

둘째, 명승지를 여행하고 소개하면서도 그 속에 제국주의의 모순을 은폐시킨 여행기이다. 이는 조선혼이 담긴 명승지를 여행한다는 점에서 앞 절에서 살펴본 민족의식 고취와 맥을 같이 하는 듯하나 귀결점에서 분명한 차이점이 발견된다. 표면적으로는 조선혼을 강조하는 듯하면서도 실질적으로는 일본 제국주의를 두둔하는 결과를 초래하는 것이다.

첫 번째의 대표적인 여행기로는 춘파 박달성의 「玄海의 西로 玄海의 東에」를 들 수 있다.

이 여행기에는 근대화된 일본과 근대화를 이루지 못한 조선이 대조된다. 근대화된 일본을 보며 일본과 조선의 문명 발전의 거리를 "경성으로부터 부산까지를 생각해보고 下關으로 岡山까지를 비교해보니 실로 십년의 차이는 되는 듯하며, 또 있으면 백 년의 차가 얼른 될"[87] 것이라고 표현하고 있다. 조선과 일본의 문명에 대한 거리감을 부각시키고자하는 의도는 일제의 정책과 깊은 관련이 있는 것이기도 하다. 이 시기 일제는 조선인들의 일본 여행을 권장하기도 하였는데,[88] 일제가

집, 2006, p.320.

87) 朴春坡, 「玄海의 西로 玄海의 東에」, 『개벽』 제8호, 1921.2.

노린 것은 근대화를 이루지 못한 조선인이 근대화를 이룬 일본을 여행함으로써 조선인의 열등감을 강화시키는 것이었다. 물론, 박달성의 여행기가 이를 직접적으로 의도한 것은 아니라 할지라도, "日本은 과연 문명국답다. 산산이 청산이요 水水가 녹수인데 灣에는 선박이요 野에는 도회이다. 처처에 공장회사요, 기차전차가 종횡되엇고 공원神社가 동리동리이다"와 같은 표현이나, "이러케 말하면 혹 욕설 잘하는 이 잇다가 「그 자식 日本 두 번만 가면 精神이 다 빼앗기겟네」하고 나무라실 듯하다. 그러나 사실이 그러함에 어찌하랴"와 같은 언급은 간과할 부분이 아니다. 일본을 문명국으로 인정하고 이에 대한 부러움을 담은 표현 속에는 제국주의적 확장을 꾀하고 조선인들에게는 제국주의적 근대화의 환상을 내면화하려는 일제의 식민 정치의 의도가 무의식적으로 내면화되어 있는 것으로 볼 수 있기 때문이다.

박달성은 차상찬과 함께 『개벽』을 중심으로 활동하며 사회 개조 의식과 민족 이념을 고취하는 데 주력한 인물이었지만 그의 여행기 속에는 이렇게 의식적이든 무의식적이든 제국주의적 요소가 내면화되어 있다. 같은 문화운동 슬로건 아래 활동한다고 해도 개인의 이념적 기반의 확고함 유무에 따라 운동의 당위와 실제 내면에 괴리가 생긴 것이다.

피식민지인으로서의 열등감은 박달성의 「回顧 夏路七千里」[89]에서 구체화되어 나타난다.

---

88) 1920년대 당시 조선인의 일본 여행은 주로 공무원이나 지방 유력 인사가 포함된 관공서 주최의 형태이거나 공진회(共進會) 참가를 위해 떠나는 경우가 다수였다. 또한 박람회에 참가하기 위해 관광단이 조직되기도 하였다. 조선인의 일본여행에 대한 자세한 논의는 한경수, 「한국의 근대 전환기 관광(1880~1940)」, 『관광학연구』 51호, 2005, pp.453~454를 참조할 것.

89) 朴達成, 「回顧 夏路七千里」, 『개벽』 제16호, 1921,10.

필자는 상투를 동인 조선인, 메투리 신고 가슴을 드러낸 조선의 여인, 더벙머리 아이들을 보면서 "우리 民族의 體面을 損傷시키며 우리 兄弟로 하여금 낯을 드지 못하"는 자라고 이야기한다. 이러한 생각은 조선인을 상투를 동인 조선인의 모습으로 표현되는 근대 문명을 접하지 못한 조선인과 "우리 형제"로 표현되는 근대유학생으로 양분하고 있는 것에서 기인한다. 근대 문명을 접한 필자의 눈에 비친 그런 조선인들은 우리 민족의 체면을 손상시키는 자들일 따름이다. 후자에 포함된 필자는 전자를 대상화하여 거리를 설정했음에도 불구하고 어느덧 자기가 그들과 같은 민족임을 자각하고는 심한 열등감을 느낀다. 이 열등감은 필자가 제국주의 이데올로기와 민족에 대한 자의식 사이에서 갈등을 겪었기에 생겨난 것이다.

둘째로 민족의식을 강조하는 듯하면서도 실제로는 일본 제국주의 치하의 현실을 용인하는 결과를 초래하는 경우이다.

그 대표적인 사례를 최남선의 「白頭山觀參記」[90]에서 찾을 수 있다. 최남선은 민족의 정기를 담은 백두산과 금강산을 여행하고 그곳을 성스럽고 경이로운 곳으로 묘사하였다.

그러나 이 당시 백두산 인근은 민족의 정기를 쇠퇴시키기 위해 일본 제국주의가 관광 자본을 침투시킨 공간이자 제국주의 기반 확립을 위한 군사지역으로 변질되어 가고 있었다.

　　舍井浦 里에를 당도하니, 惠山鎭에서 칠〇里인데 五・六年來로 세 번

---

90) 高麗大學校 亞細亞問題研究所 六堂全集編纂委員會編, 「白頭山觀參記」, 『육당최남선전집』 6, 현암사, 1974를 참고함. 괄호 안에는 쪽수만 표기.

이나 무장단의 습격을 당하여 적지 않은 희생을 내었으므로, 방어 방법
이 더욱 엄밀하여 주재소에는 한 길 반쯤 되는 (중략) 성벽을 두르고 돌
아가면서 銃眼을 박았으며, 驚史 의 住居도 그 속에 지었는데 그것도 견
고한 이중벽으로 威住하여 (중략) 城이란 것은 (중략) 실상은 朝鮮 땅에
서 朝鮮人을 방어함이 목적임에는 말할 수 없는 느꺼움이 없을 수 없었
다. (중략) 脯胎山 아래 (중략) 아무 것 모르고 곧잘 살고 지내던 곳이었
다. 그러나 (중략) 禍難의 벌통이 헌병 파견소란 이름으로 들어와서 (중
략) 이것이 들어온 뒤로부터 생긴 여러 가지 화난의중에 가장 현저한 것
은 국경 밖으로서 침입하는 무장단과 주재소원과의 충돌로 하여 激盪되
는 불안의 파란이었다. (중략) 이때마다 주재소원의 피살이 (중략) 그치
지 아니하는데, 이때마다 독 틈에 끼인 탕관인 동민의 난처한 사정은 무
엇에 비길 수 없음이(p.46)

위 인용문에 등장하는 무장단은 독립군을 가리킨다. 공격하는 독립군
을 방어하기 위해 설치된 주재소는 견고한 이중벽을 두르고 총구멍을
박았다.91) 또한 평화로운 마을에 헌병 파견소가 들어오고 난 후부터 무
장단과 주재소원의 충돌이 지속되는데 이로 인해 동민이 난처한 사정
에 이르렀다고 밝히면서 독립군의 저항을 우회적으로 비판하고 있다.
「白頭山觀參記」에서 백두산은 민족정기가 서려 있으며 우리 민족의 우
월성을 입증해주는 성지로서 등장한다. 최남선은 백두산을 '난사의'(難
思議)라고 표현할 만큼 백두산을 과장하고 찬양한다. 그러나 당시 일본
제국주의의 지배 아래 놓인 백두산 인근은 일본 제국주의가 관광 자본
을 침투시킨 공간이자 제국주의 기반 확립을 위한 군사지역이기도 하

---

91) 최남선은 위연리 주재소에 잠시 쉬게 되는데, 城을 보며 "고대의 廢物을 새삼스러이 부
활시켰음이 우습다"고 이야기하면서 "조선 땅에서 조선 사람을 방어함에 느꺼움을 느
긴다"(p.35)고 고백한다.

였다. 때문에 독립군과 일본 헌병들의 충돌이 격해지는 곳이었다. 이러한 공간을 여행한 최남선은 우회적으로 독립군의 행적을 비판하거나 조롱하기도 하고 간도협약 체결을 암묵적으로 묵인하기도 한다. 또한 일제 식민지 지배가 이루어지고 있는 현실을 그대로 보면서도 이에 대해 어떠한 언급도 하지 않는다. 말하자면, 일제에 의한 조선 식민지 지배 자체를 묵과하고 있는 것이다. 그러므로 최남선의 여행기에서는 민족정기가 서려 있는 백두산 공간을 성역화하면 할수록 역설적으로 식민 지배 현실을 묵인하거나 외면하는 특징이 더욱 부각되게 되는 것이다.

권덕규의 「慶州行」도 이런 차원에서 다시 읽을 수 있다. 권덕규는 신라가 쇠망한 원인은 자만과 사치 때문이라고 단언한다. 신라는 국세 문물이 절정에 달했을 때 자만과 사치 때문에 멸망할 수밖에 없었다고 지적하며, 이러한 자세를 경계해야 함을 강하게 피력한다.

신라가 망한 이유로 '탑을 세운 것', '허무승을 높인 것', '금강산이 한인 탕자의 유람지로 전락한 것' 등을 들었다. 우리 민족 문화의 중요한 부분을 구성하는 불교문화를 대부분 시대를 잘못된 쪽으로 이끌어 간 것으로 치부하는 것이다. 민족혼을 일깨우기 위해 민족 문화를 부정한다는 것은 명백한 자기모순이다. 이런 관점은 민족사에 대한 허무주의에 빠지기 십상이다. 그 결과 우리 민족의 패망의 역사는 당연한 것으로 볼 수밖에 없게 되었다.

이 지점에서 일본 제국주의가 우리 민족과 민족 문화에 대해 주창했던 내용을 떠올린다. 일본 제국주의는 조선 민족성의 열등함을 강조함으로써 반도 강점을 정당화하여왔다. 가령 조선의 당쟁을 시기질투와 모함이라는 조선 민족 문화와 민족성의 결함과 관련시켰다. 그래서 조

선 멸망을 당연한 것으로 보고자 하였다. 그 결과 일본 제국주의의 반
도 강점과 강제적 근대화는 조선 왕조의 한계를 넘어서게 하는 것으로
미화되었다. 이런 상황에서, 과거 우리 민족역사의 패망을 민족 문화에
대한 편견으로 바라보는 여행기는 일본 제국주의의 이런 논리와 관련
되었다는 혐의를 받게 되는 것이다.

요컨대 이상의 여행기는 일본 제국주의 논리에 대한 명시적·암시적
저항을 담기도 하였지만 제국주의의 논리를 은밀하게 반영하기도 하였
다고 본다.

5) 개인에 대한 근대적 관찰의 실현

이념적인 성향을 담고 있거나 근대 문명의 수용에 대한 관심을 나타
내는 여행기는 개인보다는 집단이나 민족에, 내적인 것보다는 외적인
것에 더 큰 관심을 가진다. 이에 반해 이 시기 창작된 여행기 중에서는
개인의 은밀한 경험이나 내면 변화에 관심을 보이는 경우도 있다. 개인
에 대한 근대적 관찰이 실현되는 것이다.

집단의식을 지향하는 여행기의 경우 여행 주체는 자신에게 주어진
문화적인 세계관에 대한 강한 믿음을 가지고 있으며 또 이 개념과 연관
된 가치와 기준을 받아들인다. 이와 같은 문화적 바탕을 둔 현실 개념
은 존재에 대한 기본적 의문에 대해 답을 제공한다. 그리고 개인의 행
동이 가치 평가될 일련의 가치들을 규정한다. 이에 비해 개인의식을 지
향하는 여행기는 자기 내면의 불안감을 완화시키는 것에 더 큰 관심을
가진다. 그러기 위해서는 자존감을 가져야 하며 그것을 바탕으로 자신
이 이러한 가치의 문화적 기준을 충족시키거나 초과하고 있다는 사실

을 믿어야만 한다. 따라서 이들은 여행을 통해 자신의 취약한 점과 이로 인해 생겨난 불안으로부터 자신을 보호하고자 하는 의도를 내비친다.[92]

집단의식을 지향하는 여행기가 대상 세계의 의미(meaning)에 초점을 맞추는 경향이 강했다면, 개인의식을 지향하는 여행기는 여행 주체의 존재 가치(value) 문제를 성찰하기 위해 대상 세계에 대해 그 의미와 가치를 질문하는 경향이 강하다.

집단의식을 지향하는 여행기의 여행 주체는 당대 사회·문화적 요소를 집단적 차원에서 수용하고 있다. 이 경우 대상 세계가 여행 주체보다 더 커서 여행 주체는 사회가 만든 획일화된 시선 안에서 벗어나지 못하는 경우가 대부분이다. 따라서 여행 주체는 대상 세계에 압도되어 개인의 주체성을 담아내지는 못하며, 단순한 관찰자 혹은 이념적 의미 부여자로 존재한다.

이에 반해 개인의식을 지향하는 여행기의 경우 여행 주체는 대상 세계로부터 분리를 시도한다. 집단의식을 지향하는 여행기가 '집단의 목적'이라는 가치를 세워두고, 이 목적을 의식하며 끊임없이 타자를 인식하고 견제하고 그것을 일방적으로 수용하는 데에 머물고 있다면 개인의식을 지향하는 여행기의 경우 여행 주체는 부분적이긴 하지만 여행을 통해 타자를 발견하고 타자화된 대상과 관계 맺고자 하는 노력과 그에 따른 인식변화를 중요시 여기고 있다. 따라서 개인의식을 지향한 여

---

92) Thomas A. Pyszczynski, Tom Pyszczynski, Jeff Greenberg, Hanging on and Letting go : Understanding the Onset, Progression, and Remission of Depression, Springer-Verlag, 1992, pp.42~46.

행기의 경우 중요하게 부각되는 것은 여행 주체이다.

개인에 대한 근대적 관찰은 크게 두 가지로 구분해볼 수 있다. 첫째는 자기 자신에 대한 관찰이고 둘째는 타인에 대한 관찰이다.

먼저 자신에 대한 관찰의 경우는 스스로를 대상화하여 자신의 내면을 응시하는 것을 의미한다. 사르트르에 따르면 응시(regard)는 즉자와 대자 관계에서 이루어지는 것이 아니라 대자와 대자 사이에서 일어나는 것이다. 이는 응시라는 것이 단순히 보는 것이 아니라 인격을 가진 주체의 지향성이 담긴 것임을 의미한다. 대자와 대자 사이의 관계는 누군가의 시선에 내가 사로잡히는 것을 뜻하는 것이므로 타인에 의해 대상화 되는 것을 의미하는데, 자기가 자기 자신을 응시한다는 것은 스스로를 대상화(타자화)시킨다는 말과도 같은 것이다.

대자의 본질은 무(無)에 있다. 비어 있다는 것은 채우기 위해 항상 노력해야 한다는 것을 의미한다. 또 한편으로는 채우기 위해 노력하지만 늘 비어있을 수밖에 없는 것이 대자의 본질이기도 하다. 결국 비움과 채움을 반복할 수밖에 없는 것이 존재의 본질이다. 그리고 스스로를 대상화하여 기억을 반추하고, 자신을 응시할 수 있는 기회를 제공하는 것은 여행이다. 열차 밖으로 빠르게 흩어지는 풍경은 단순한 즉자이자 스침에 불과하고 열차 속에 사람들에 대해서도 별다른 흥미를 가지지 못할 경우 응시할 대상을 잃은 자의 관심은 자신의 내면으로 향하게 된다. 이렇듯 스스로를 대상화시키고 응시할 수 있는 근대적 관찰이 실현된 대표적인 여행기로는 현진건의 「몽롱한 기억」을 들 수 있다.

　　꿈을 꾸어 보아야 꿈꾼 내 자체가 꿈인 줄 느낄 수 있고 여행을 하고

야 여행하는 이 몸이야말로 원원히 나그네인줄 깨달을 수 있는 것이다"
라고 말하면서 꿈은 몽롱한 유상(幼象)일세, 몽경(夢境)에 방황할 사이에
는 꿈이 나인지 내가 꿈인지 생각할 의식이 없지마는, 여행은 말똥말똥
한 정신으로 할 수 있는 것일세, 길을 가면서도 넉넉히 자아를 돌아볼
수 있는 것이다.[93]

여행 주체는 홀로 밤차를 타게 된다. 밤이기 때문에 창밖의 풍경이
보이지 않는다. 자신의 자리 앞에 양복 입은 일본 신사를 바라보는 것
에도 싫증을 느끼게 되자 '고요한 이등 밤차'에 몸을 싣고 명상을 하며
시선을 자신의 내부로 향하게 된다. 익숙한 공간에서는 흐릿한 관점으
로 세상에 안주하기 마련이지만 낯선 공간으로 여행할 때는 긴장을 하
면서 더 또렷한 의식을 갖게 된다. 그러므로 여행은 흐릿한 정신을 쇄
신하여 자기를 바라보게 만드는 것이다.

이러한 의지를 좀 더 구체적으로 보여주는 여행기로는 노정일의 「世
界一周 山 넘고 물 건너」[94]를 들 수 있다. 이 글에서 노정일은 자신의
운명을 수동적으로 받아들이는 것이 아니라 운명은 자기가 스스로 개
척해야 한다는 적극적이고 강한 의지를 표출하고 있다.

주위를 아무리 둘러보아도 자신은 행운이라 불리는 것들 중 그 어느
것 하나 얻지 못했다. 때문에 행운을 기다릴 것이 아니라 결국 자기 스
스로 운명을 찾아 독립해야함을 깨닫는다. 숱한 방황 뒤에 얻은 깨달음
은 자기 운명을 개척하기 위해서는 노력만이 최선이라는 점이다. 명예

---

93) 玄鎭健, 「몽롱한 기억」, 『백조』 2, 1922.2. (현길언 편, 『현진건 산문집』, 한양대학교출판
   부, 2003.)
94) 盧正一, 「世界一周 山 넘고 물 건너」, 『개벽』 제19호, 1922.1.

도 덕망도 중요한 것이 아니며 "단지 개성 발전에 분투할 기회만 熱求"
하고자 하는 강한 의지를 가지고 유학길에 오르게 된다.

그의 여행기가 단순한 해외 유학 여행기와 구별되는 것은 '자기'에
대한 근대적 인식의 과정이 담겨 있다는 점이다. 인습이나 전통에서는
아무 것도 얻을 게 없다 단언하며 '자기의 운명'을 찾아 방황하다 자기
모색의 방편으로 선택한 것이 유학이었다. 아울러 유학의 전 과정이
'분투하다'라는 서술어 하나로 온통 갈무리되는 것 또한 그가 자기 발
견을 위한 자의식이 얼마나 강렬한 것이었는지 짐작할 수 있게 해준
다.95)

한편, 이익상의 「旅行地에서 본 女子의 印象, 異常한 奇緣」96)에서는
타인에 대한 근대적 관찰을 찾을 수 있다. 이 작품은 전통적 여행기에
서 보이는 단순한 스침의 대상으로서의 타인이 아니라 타인을 새로운
관점에서 관찰하여 그 속에서 근대적 특징을 발견하려 한다. 작품은 시
종일관 여행길에서 만난 여인을 마음에 두고 그 여인의 행동을 지켜보
는 것으로 전개된다.

"나의 그때의 여행은 대단히 감상적이엇다"라는 대목을 보면, 여행을
한 시기와 여행기를 작성한 시기 사이에 시간적 간격이 존재한다. 이런
시간적 간격은 기억 혹은 회상의 성격을 강하게 만들고 대상에 대한 일
정한 관조적 성찰을 가능하게 한다.

여기서의 여행은 감상적인 여행이다. 이는 분명 앞에서 살펴본 다른
여행기와는 차이가 있다. 다른 여행기에서는 이념이나 사상을 확인하거

---

95) 서경석 · 김진량, 앞의 책, p.13.
96) 李益相, 「旅行地에서 본 女子의 印象, 異常한 奇緣」, 『별건곤』 제9호, 1927.10.

나 근대 문물을 피상적으로 경험하는 외적 여행을 주로 보여주었다. 그래서 지식인으로서의 책임감과 새로운 세상에 대한 호기심이 주를 이루었으며, 여행 주체의 마음은 그런 대상 세계를 받아들이려는 설렘으로 가득했다.

그와 비교할 때 이익상의 여행기에서는 여행 주체의 내면적 갈등이나 고독, 감상성이 부각되었다. 고독하고 감상에 치우친 여행을 떠난 여행 주체는 전차 안에서 우연히 만난 트레머리에 에메날 구두를 신고 하얀 얼굴에 날씬한 몸을 가진 신여성에게 온통 시선을 빼앗긴다. 여행 주체의 관심은 오직 여인에게로 쏠리기 때문에 여행은 시종일관 여인의 일거수일투족을 따라간다. 그 여인은 다소 모호하고 신비화된 감이 있는데 이런 점 또한 사람을 매혹시키는 여인의 개성을 한껏 드러내려는 작가의 의도에서 비롯되었다고 볼 수 있다.

결국 개인에 대한 근대적 관찰이 실현되는 여행기는 민족이나 역사, 자연환경의 아름다움이나 근대문물의 경이와 같은 가시적인 대상에 대한 관심을 표현한 것이 아니라 그 중심에 선 '사람'을 인식하고 느끼고 관찰한 기록이라 하겠다.

1.3. 1920년대 여행기에 나타난 대상 세계와 여행 주체의 소통 방식

1) 대상 세계의 선택과 의미 부여

이상 여행기에서 글의 본질을 결정하는 가장 중요한 서술방식은 여행자가 낯선 여행지에 가서 어떤 대상을 선택하여 어떠한 시각에서 보고 느끼고 경험했느냐에 따라 결정된다고 할 수 있다. 이에 따라 그 특성을 살펴보면 다음과 같다.

첫째, 대상 세계를 보고 이념을 직접적으로 부각시키는 경우가 많았다. 둘째, 대상 세계를 보고 그 대상을 적극적으로 묘사하여 소개하는 경우이다. 이때는 대상 자체에 대한 감격이 곁들여지기도 한다. 셋째, 대상 세계에 대한 호기심보다는 여행 주체의 사유와 감정, 경험을 중요시한다.

▌대상 세계에 이념 부여

이 경우의 귀결점은 이념이다. 이념을 부각시키는 과정에서 개인보다는 사회적 집단의 요인을 드러낸다. 주장하는 바를 전달하려는 의지가 강하기에 독자나 청자를 의식하기도 한다. 그 극단으로 사용하는 것이 편지의 형식이다. 과거와 현재 혹은 자국과 타국, 문명과 비문명, 전근대와 근대 등을 대조하는 대조법을 통해 뜻한 바 이념을 주창한다.

가령 양명의 「萬里長城 어구에서(內蒙古 旅行記의 一節)」는 벗에게 보내는 편지의 형식을 통하여 주장하는 바를 강하게 전하려 한다. 여기에서 벗은 조선인 전체를 의미한다. 여행기는 편지의 형식을 사용하여 독자와의 친밀도를 유지한다. 그리고 이야기하기의 서술방식을 취한다. 양명은 진나라의 번영을 드높였던 만리장성이 이제는 한낱 서양인의 관광명소에 지나지 않는 장면을 목격한다. 그리고는 번영을 이룬 민족들과 멸망한 민족들에 대해 예를 들어 열거한다. 조선도 철저한 민족적 자각이 바탕이 되지 않는다면 언젠가는 사라질 수 있다는 것을 작가의 직접적인 목소리를 통해 경고한다.

감탄형 문장을 많이 구사하며, 누구나 알 수 있는 사실을 의문으로 설정하는 설의법을 자주 사용한다.[97] 여행자의 부언이 첨부되며 자신의

주장을 강조하기 위해 자신이 추구하는 가치를 마무리에 제시하며 끝을 맺는다.98)

한편, 독자나 청자를 직접 설정하지는 않지만 여행 주체 옆에 동행자를 설정하는 것도 이와 같은 효과를 고려한 서술방식이다. 가령 청우생의 「湖西의 一日, 湖西銀行의 新築落成宴을 機로 하야」가 그러하다. 여기에 등장하는 사람들은 모두 낙성식 참여라는 같은 목적으로 열차를 탔다. 여행 주체는 동행자가 있다는 사실에 "참말 남달리 위안을" 얻는다. 여행기는 낙성식에 참석하여 거기서 보고 들은 바를 시간의 흐름에 따라 설명적으로 묘사한다.

작품은 마지막 부분에다 작자의 이념적 주장을 요약하면서 마무리를 한다. 여행을 시작할 때와 목적지에 도달하기 전까지 열차 안에 동행자가 있다는 사실에 위안을 얻었던 여행 주체는 여행 마지막에 이르면 "아-同行 諸君이어 一向健全하야 朝鮮人의 特殊銀行된 책임을 堪能하라"99)고 동행자에게 직접 이념적 교훈을 제시하기에 이른다. 이와 같이

---

97) 대조법과 설의법, 감탄형 문장을 사용하여 자신이 주장하려는 이념을 강조하고 있다. "부자가 거어지를 대할 때에 「나는 언제까지든지 부자로… 거어지는 언제까지든지 거어지로 지낼 것이라」하야 내나 도야지처럼 虐待하지만 머지안은 장래에 그와 자손이 거어지자손의 門간에서 식은 밥을 구하는 날이 잇는 것이외다. 저- 소위 문명하엿다는 英人이나 法人이 印度人이나 埃及人을 대할 때에 자기네는 (중략) 천지가 업어질 때까지 문명한 민족으로 지낼 것 가티 생각하고 그네들을 無限虐待하지만 「그네들은 二千年前 印度와 埃民族에게서 이러한 虐待를 밧든 야만한 민족이엇고 또 장래에 이러한 시대가 돌아올리라」는 것을 그- 누구가 부인할가요." 梁明, 앞의 글.

98) "벗이어! 생각이 이에 이르매 나는 「우리에게 徹底한 민족적 自覺이 잇는가?」 「우리의 하는 노력이 우리의 모든 건설사업을 이룸에 부족됨이 업는가?」라고 反問하지 아니할 수 업엇사오며 이와 동시에 심한 공포로 전신이 떨림을 느끼엇나이다." 梁明, 앞의 글.

99) 이 여행은 혼자 떠나는 열차 여행이 아니라 신축낙성식이라는 공동의 목적을 위해 "어깨를 聯한 乘客의 3分 1이나 넘치는 평소의 面識의 두터웁든 신사들과 向方을 함께" 하는 여행이다. 靑友生, 앞의 글.

목적지로 함께 가는 동행자를 강조하는 것은 단순히 함께 있다는 개인 적인 위안을 얻는 차원에서 그치는 것이 아니라 단합된 힘이 모이면 국 가적인 힘을 창출하고 나아가 민족 자립을 이룰 수 있음을 암시하는 것 이라 할 수 있다. 즉, 같은 목적으로 같은 열차를 탔다는 것은 공동의 책임의식을 강조하며 동질감을 가지게 하려는 작가의 표현 장치였던 것이다. 작가는 자립의 중요성을 강조하며 조선민족으로서의 책임의식 을 강조하고 나아가 우리는 동일한 목표를 위해 같은 방향의 열차를 타 는 민족임을 보여줌으로써 조선민족이 나아가야 할 방향을 제시하고 있다고 할 수 있다.

여행을 통하여 이념적 주장을 강화시키는 경향은 박영희의 「半月城 을 떠나면서」에서 명백히 드러난다. 여행 주체는 자신의 투쟁 목적을 달성하기 위해 동지를 찾는다. 그리고 글의 마무리에서는 자신의 투쟁 이념을 정리한다.[100] 이는 여행기를 자처함에도 불구하고 여정에서 목 도했을 법한 풍경을 거의 묘사하지 않거나 혹 묘사를 하는 경우에도 자 신의 투쟁이념과 관련되는 대상만을 선택하여 제시한다. 여행기가 대상 세계를 소외시키고 자신의 이념적 주장을 추구한 극단적인 경우라 할 수 있다.

▌대상 세계에 대한 묘사와 감탄

대상 세계를 보고 그 대상을 적극적으로 묘사하여 소개하는 방식이

---

100) "모든 ○○○종교, 假面을 쓴 平和 不公平한 生活 悲慘한 奴隷이 모든 人生生活에 不健 全한 要素는 資本主義社會가 産出시킨 不幸이다. 人類의 平和를 爲하고 健全한 社會의 制度와 그 안에서 사는 民衆生活의 幸福을 爲해서는 이 社會를 ○○하며 새로운 ○○ 를 爲해서 鬪爭하지 안을 수 업는 것이다." 朴英熙, 앞의 글.

다. 대상 자체에 대한 감격이 곁들여지기도 한다.

여기에서 여행기의 가장 중요한 서술목표는 대상 세계의 재구성과 전달이다. 여행자는 새로운 세계를 소개하거나 그 세계 속에서의 경험을 전달하는 태도를 지닌다. 따라서 기존 이념에 사로잡혀 대상을 바라보거나 대상에다 적극적으로 이념을 부여하지는 않는다. 제국주의 이념에 맞서는 강력한 대체 이념을 제시하려 하기보다는 이념으로부터 해방된 대상 세계를 제시하려는 자세이다.

여행지에서 본 새로운 풍물과 사람들에 대하여 감탄과 경이감을 드러내기도 한다. 자신이 여행지에서 본 대상이 너무도 다채롭고 복잡하기 때문에 자신이 본 것을 항목을 나누어 제시하기도 한다. 또한 대상 세계를 완전히 장악하여 '자아화'하기에 역부족인 여행 주체는 그저 자신이 이동한 시간적 · 공간적 순서에 따라 대상을 묘사할 뿐 구체적 느낌을 피력하지 않기도 한다.

이색적 문화와 풍물을 소개하는 것이 주된 목표이므로 '이야기하기'보다 '보여주기'방식을 주로 구사한다. 나열법으로 대상을 옮기고 정치한 묘사나 비유를 사용하기도 한다.

가령 허헌의 「世界一週紀行(第二信), 꽃의 「바리웃드」를 보고, 다시 太西洋 건너 愛蘭으로!」를 예로 들 수 있다. 여기서 허헌은 미국의 거리마다 가득한 자동차와 다양한 인종을 자세하게 나열하여 묘사하고 있다. 「노-샌질스」(羅府)에서 「바리웃드」라는 영화를 감상한 후 이곳을 활동사진의 천국이라 묘사하며 낯선 문화에 대한 이질적 체험에 대한 설렘을 기록한다.[101] 여행 주체는 그 현란한 미국 풍물과 사람들에 의해 압도당한다. 대상에 의해 압도된 주체는 스스로 통제하기 어려운 감정을 드

러내는 데 이른다.102)

요컨대 이상의 경우들은 주로 근대 문명의 수용과 창출을 지향하는 것으로, 새롭고 다채로운 근대 문물과 풍물들을 선별하여 제시하기보다는 목격한 순서대로 나열하는 경향이 있다. 다채로운 풍물을 선별할 만큼 여행 주체가 뚜렷한 관점이나 이념을 갖고 있지 않기 때문이다. 여행 주체가 보이는 호기심과 감탄의 자세도 기본적으로 여행 주체의 이런 의식 상태에 대응하는 것이라 할 수 있다.

▌주체의 사유와 감정, 경험 표출

풍경과 풍물에 대한 관심보다는 여행 주체의 사유와 감정, 경험을 더 중시하기도 한다. 이를 위해서 주체의 시선을 부각시킨다. 주체의 시선은 관찰이라기보다는 투사에 가깝다. 주체가 어떤 감정적 기조를 갖춘 시선으로 대상을 바라보기 때문이다. 조선후기 실학자들의 여행기가 눈에 들어오는 대상의 모습들을 있는 그대로 묘사함으로써 새 여행기의 한 기원을 마련했다면 이 형에 속하는 여행기는 주체의 감정적 시선을 대상에 투사시킨다는 점에서 여행기의 새로운 서술방식을 개척했다고

---

101) "그런데 나는 이 羅府에서 數十萬 팬들이 동경하는 영화의 聖地 「바리웃 드」를 보앗다. (중략) 온갖 대규모의 映畵會社가 빡빡히 드러선 純全한 活動寫眞의 천국이리. 그 「스타지오」의 웅대한 것이 실로 놀날만 하엿스니 飛行機格納庫가치 굉장히 큰 집채가 10여개 連하여 잇섯다. (중략) 그를 구경하고는 숭내내든 俳優들 모양으로 정말 울고 불고 야단이다. 실로 活動寫眞은 세계를 축소하여 노앗다 할 것이요, 萬國人의 정서를 통일하여 노앗다 할 기관임에 틀님업다." 許憲, 앞의 글.

102) 반면 박승철의 유럽기행문 「獨逸地方의 二週間」에서는 대상을 객관적이고 침착하게 소개하고 있다. "누구든지 쾨른가서 정거장에 내리면 처음 얼는 보이는 것은 중천에 높히 솟도록 지은 敎堂일 것이외다. (중략) 시일은 630여년 役費는 5,000萬金馬克, 塔高는 157메터, 면적은 6,166平方메터이외다. 그 내부설비는 巴里에 잇는 노트담 敎堂이나 동일하고 다만 대소의 차가 잇슬뿐이러이다. 이 敎堂이 歐羅巴에 잇는 것 중에 제일이라 하나이다." 朴勝喆(1922.8.), 「獨逸地方의 二週間」, 『개벽』 제26호.

할 수 있다.

주체의 시선이 관철되는 과정에서는 사회적인 요소보다는 개인의 경험 추구나 내면 탐구로 나아간다. 자신이나 타인을 대상화하여 관찰하고 이에 대한 느낌을 내적 독백의 형태로 진술하기도 한다. 대상을 바라본 후 직접적인 감정을 술회하기보다는 대상 속에 자신의 내면을 투영시켜 바라본다. 따라서 얼핏 보면 사물에 대한 관찰을 지향하는 것 같지만 실제로는 여행 주체가 자신의 내면을 탐구한다. 회상이나 사색의 방법을 통해 개인의 자의식을 발견한다. 가령, 현진건의 「몽롱한 기억」에서 밤기차를 탄 여행 주체는 기차 안의 승객이나 바깥의 어두운 경치를 바라보지 않고 또 바라볼 수도 없다. 대신 사색과 관조로 나아간다. 어떤 풍물이나 풍경을 보여줄 구체적인 목적지가 어디인지는 중요하지 않다. 여행의 목적은 여행 주체 자신의 내면에 있기 때문이다.[103]

반면 이익상의 「旅行地에서 본 女子의 印象, 異常한 奇緣」의 시선은 타인을 향해 있다. 여기서는 소설의 가장 전형적인 모티프인 남녀의 기이한 만남과 헤어짐이 끝까지 관철되고 있다. 주체가 여행 중임에도 불구하고 풍경이나 도정, 도정에서 확인하는 이념에는 관심이 없다. 철저히 그 정체불명의 여인이 어떻게 나타나고 어떻게 이동하고 어떻게 여행 주체와 다시 만나게 되는가, 여인은 어떤 사람을 대동하고 있는가,

---

103) ""기차는 인생의 상징이다"라고 그때 나는 절절히 느끼었다. 낮이면 낮, 밤이면 밤으로, 목적지에 다다르지 않으면 말지 않는 이 끊임없는 진행이야말로, 생의 길을 걸어가는 인생의 꼴이 아니고 무엇이랴. (중략) 그러나 기차는 줄곧 다를 뿐이다. (중략) 사람이 사는 동안 쓴맛도 보고 단맛도 보며, 슬픈 일도 겪고 기쁜 일도 겪음과 다름이 없다고 할 수 있다. 기쁨도 지나가고 슬픔도 지나가는 것이다." 玄鎭健, 앞의 글.

마침내 그 여인과 여행 주체는 어떻게 되는가 등에 대해 호기심이 집중되도록 서술되고 있다. 타인에 대한 단순한 관찰에 그치는 것이 아니라 타인에 대한 초점화를 통하여 정밀하고도 집중적인 시선을 던지는 것이다. 여정은 여행 주체가 정체불명의 여인을 따라가는 과정이다. 여인을 관찰하는 과정에서 주체의 내면에 생긴 미묘한 변화도 스스로 의식하게 되는 것이다.

2) 여행 주체의 의식의 확인과 변화

여행을 시작하기 전과 여행 과정과 여행이 끝난 뒤를 비교할 때 여행 주체의 의식의 변화가 있는가 없는가, 세상을 보는 시각이 개인적인 것인가 집단적인 것인가에 의해서도 여행기의 서술방식은 결정된다.

여행의 과정에서 여행 주체는 유의미한 자극과 충격을 받기 마련이다. 여행 주체는 어떤 생각이나 의식을 가지고 여행을 시작했다가 여정에서 받은 충격이나 감동, 견문 등에 의해 애초의 의식을 바꾸기도 한다. 혹은 기존에 지녔던 의식이 전혀 달라지지 않기도 한다. 이 같은 여행 주체의 의식적 특징이 여행기의 서술방식으로 전화된다. 여행 주체가 이미 가진 어떤 생각이나 이념, 감정을 여행의 과정을 통하여 드러내어 확인하는가 아니면 여행 주체가 어떤 풍경에서 충격을 받거나 새로운 사람을 만나 새로운 관계를 형성하여 여행 전에 가졌던 생각, 이념, 감정을 변화시키는가를 따지면 여행기의 서술방식이 더 잘 설명된다.

▌의식의 확인

여행 주체의 선행 의식이 확인되는 과정을 보여주는 여행기는 여행 주체가 여행을 떠나기 전에 갖고 있던 가치관이나 이념을 확고한 것으로 설정한다. 단순한 개인의 의식이 아니라 집단적으로 공유된 의식이다. 여정은 새로운 가치를 발견하는 과정이 아니라 이미 확보된 가치가 확인되고 확고하게 되는 과정이다.

조선혼과 민족 이념의 확인을 지향하는 여행기는 우선 여행지 선정에서부터 그런 의식을 확인하는데 적절한 곳을 선택한다. 찬란한 영광의 역사를 기억하는 역사적 공간이나 명승지, 제국주의 침략으로 피폐화된 지역 등이 그곳이다. 역사적 명승지를 찾아가는 경우는 과거와 현재를 대조하는 방식을 통해 여행 주체의 의식을 확인하였다. 피폐된 국토를 여행하는 경우는 여행 주체가 적극적 관찰자가 된다. 그러나 그 관찰은 피폐된 국토 자체를 전달하려는 단순한 목적이라기보다는 주체가 담지하고 있는 이념을 드러내기 위한 것이다. 그런 점에서 두 경우 모두 여행이란 여행 주체가 가지고 있는 의식을 확인하고 잠재적 독자의 의식 속에 들어있는 민족 이념을 자극하는 수단이 된다.

계급 이념을 지향하는 여행기는 이런 목적의식이 더 분명하다.[104] 여행은 자신의 사상을 견고히 다지고 자신과 같은 뜻을 품은 동지를 발견하는 것이 목적이다. 여행 주체는 목적의식이 명백하며 여행은 그런 목적의식을 드러내는 과정으로 그려진다.

제국주의 이념의 은폐와 내면화를 지향하는 여행기에서는 여행 주체

---

104) 대표적인 작품은 박영희의 「半月城을 떠나면서」이다. 여행기의 시작은 경주로 향하게 된 원인을 밝히는 것이다. 여행 주체가 경주로 가는 이유는 고답을 본다거나 경주를 동경해서가 아니라 "무엇보다도 먼저 네 自身이 가지 안으면 안이 될 事情과 K君의 다섯 번째의 오라는 편지를 밧고서 하는 수 업시 일을 爲해서" 가는 것이다. 朴英熙, 앞의 글.

가 자신의 이념을 노골적으로 내세우지 않는다. 그보다는 여행지의 풍물이나 현실을 묘사하는 과정에서 식민지 조선의 미개한 현실과 제국의 본토의 근대화된 현실을 극명하게 대조하는 방식을 취한다. 이런 대조적 서술법은 여행 주체가 자기 목소리를 내지 않고서도 자신이 미리 갖고 있는 이념을 드러내거나 암시할 수 있게 하는 것이다.

▌의식의 변화

여행 주체가 여정에서 조금씩 혹은 급격하게 의식을 변화시키기도 한다. 뚜렷한 의식을 갖고 있지 않던 여행 주체가 여정의 경험을 통해 의식의 변화를 보여주는 경우도 있다. 가령 근대 문명의 수용과 창출을 지향하는 여행기에서 여행 주체는 새로운 문화와 풍물을 대면하는 경험을 통해서 의식의 변화를 보여준다. 여기에서 여행은 인식의 차원에서는 조선 외부의 타자를 발견하고 이를 근거로 내부, 곧 개인적 자아나 집단(국가 또는 민족)의 정체성을 재구성하는 것이다. 실천의 차원에서도 개인과 집단의 기대 또는 지향을 합리화하는 준거를 마련한다. 따라서 개인에게는 신학문 습득이라는 주장을 내면화하게 하며 집단의 층위에서는 계몽, 근대국가 수립, 국가 발전의 논리를 제시한다.[105] 근대 문물을 국내에 소개하는 문명 전달자의 의무를 지닌 자이자 새로운 경험을 통해 변해가는 개인이 된다.

근대 문명을 소개하는 과정에 있어서도 공적인 존재임을 자각하고 스스로 도덕적 잣대를 겨누기도 하며,[106] 새로운 문물에 대한 개인적인

---

105) 서경석·김진량, 앞의 책, p.10.
106) "내 생각 가태서는 이 두 가지를 공개하여 이러한 이상한 것이 잇다고 소개하고 십지 만은 우리 동양의 현상으로는 도덕과 기타 風紀 상으로 절대 此를 공개치 못할 사진

감정을 표출하기도 한다. 낯선 근대문물을 세밀하게 관찰하거나 경험하
는 과정에서 여행 주체가 기존에 가진 인식들은 조금씩 변화된다. 새로
운 경험을 통하여 자신의 마음속에 새로운 의식을 불러일으키기도 하
며,107) 한편으로는 외국과 본국을 비교하면서 조국에 대한 애착심을 형
성하기도 한다.108)

개인에 대한 근대적 관찰을 지향하는 여행기의 경우 여행의 과정은
조금은 다른 의미에서 여행 주체의 의식을 변화시키는 과정이라고 할
수 있다. 여행의 목적달성 여부보다는 여행에서의 새로운 경험이나 여
행으로 인해 얻은 심리적 변화가 더욱 주목된다. 자신이나 타인을 대상
화하여 집중적인 관심을 가지고 성찰을 지속한다. 성찰이 지속됨에 따
라 여행 주체의 의식이 달라진다. 대상과 대상화된 주체에 대한 성찰을
지속하면서 내면을 움직인 것이다.

3) 대상 세계와 여행 주체의 소통과 괴리

1920년대 여행기는 대상 세계와 여행 주체 간의 소통에서 한계를 보
인다. 여행 주체가 대상 세계를 지속적으로 탐구하거나 거기에 뿌리를

에 속하니 참으로 유감됨이 한 두 가지가 안이다." 鄭錫泰, 앞의 글.
107) 「世界一周 山넘고 물건너(2)」에서는 기숙사에서 일본인과 씨름을 하다가 태도가 변하
는 그들의 모습을 보고 "短氣하기는 그 녀석들이 참 短氣하다 마는 타인에게 지기 스
려 하는 心法은 怪하기는 하나 本 밧을 필요가 잇다. 좀 뙤지마는 이 환경에서 이 사
회에서, 禮儀之邦人의 특색으로 紳士의 태도와 체면만 차리다가는 목숨도 보전치 못하
겟다. 나도 무슨 모 양으로 엇던 노력으로던지 지지 안켓다. 이기여 나가야 하겟다."
는 생각을 하게 된다. 盧正一, 「世界一周 山넘고 물건너(2)」, 『개벽』 제20호, 1922.2.
108) 鄭錫泰는 「外國에 가서 생각나든 朝鮮 것-암만해도 못닛는 것」에서 "정신적으로 자극
이 업는 순결한 생활인 고국 생각과 물질적의 음식이 무한히 생각낫섯다"고 밝히고
있다. 鄭錫泰, 「外國에 가서 생각나든 朝鮮 것-암만해도 못닛는 것」, 『별건곤』 제12·
13호, 1928.5.

내려 경험을 형성해내려는 동기가 약하기 때문이다. 1920년대 쓰여진 여행기의 경우 여행 주체는 스스로가 시도하는 여행에 지나친 목적의식을 가질 때가 대부분이었다. 여정은 그 목적을 수행하는 것에 초점을 맞추기 때문에 여행 주체와 대상 세계의 직접적 관계는 부수적이거나 잠정적인 것에 불과하다. 여행 주체가 여행지에서 견문한 대상 세계는 시간이 흐를수록 더 미미한 존재가 되어가기 마련이다. 대상 세계는 희미한 이미지로 남았다가 결국 사라진다. 대상 세계와 여행 주체 사이의 관계가 전개되는 시점 중에서 여행기가 어떤 시점을 포착하든 정도의 차이는 있겠지만 본질적 차이는 없다.

여행 주체와 대상 세계가 잠정적 관계를 가진다는 것은 여행 주체가 여정 내내 '떠남'을 떠올린다는 뜻이다. 떠나기 위한 만남에서 깊은 관계를 형성하기 어렵다. 여행이 끝나면서 대상 세계와 여행 주체의 관계와 소통도 끝나게 마련이다.[109]

그중 여행 주체의 의식이 변화하는 경우는 여행 주체가 대상 세계와 좀 더 심각한 관계를 맺고 의미심장한 소통을 일궈낸 결과이기도 할 것이다. 가령 근대 문명의 수용과 창출에서 여행 주체는 근대 문명을 경험하면서 일정한 의식 변화를 보인다. 그럼에도 불구하고 여행 주체는 근대 문명을 취사선택할 수 있는 적극적인 소통자는 아니다. 여행 주체는 대상 세계에 대해 종속적 자리에 놓여 있어 대등하고 지속적인 소통을 하지는 못하는 것이다.

이런 양상은 개인에 대한 근대적 시선을 보내는 여행기에서도 나타

---

109) 1930년대가 되면 대상 세계를 지속적으로 탐구하거나 이에 대해 궁구하는 자세가 담긴 여행기가 등장한다.

난다.

　이런 슬데 없는 공상의 장류(長流)에서 허우적거리고 있던 나는 감은
때 모르는, 눈을 뜨게 되었다. 내 앞에 앉은 이가 어디 갔다가 돌아와서
털석하고 내려앉는 소리에 놀랬음이이라. (중략) 물끄러미 그를 바라보
고 있는 나는 문득 전일에 읽은 '모파상'의 단편 「牧歌」를 생각하였다.
(중략) 이 몇 페이지 아니 되는 단편 가운데 심각한 인생의 반어가 포함
된 듯 싶었다. 시간의 기차에 실리어 바람이 닿듯 번개가 번쩍이듯 물이
흐르듯 구름이 사라지듯, 죽음의 정차장에 아니 닿을 수 없는 것이 우리
인생이다.[110]

　위 인용문에서 여행 주체인 '나'는 눈을 감고 있다가 앞에 앉은 사람
이 털썩하고 내려앉은 소리에 놀라 눈을 뜬다. 물끄러미 그를 바라보고
있다가 문득 전에 읽은 모파상의 단편을 떠올린다. 이 순간 대상 세계
와 여행 주체의 적극적 소통은 끝난다. 여행 중 만나게 된 사람들의 행
동을 보거나 구체적 풍경을 경험하는 과정에서 어떤 깨달음을 확보하
는 것이 아니다. 대상 세계는 단지 한 계기 역할만 할 뿐이며 이를 통
해 떠올리게 된 모파상의 작품을 통하여 내면으로의 진지한 사색을 시
작한 것이다.

　1920년대는 주체가 대상 세계와 좀 더 적극적이고 지속적인 소통을
요구하기 시작한 시점으로 보인다. 주체가 근대적 욕망을 매우 강하게
담지하기 시작했기 때문이다. 이런 요구를 충족하기 위해서는 주체와
대상의 새로운 관계를 보여주는 새로운 장르가 필요했다.

---

110) 현길언 편, 『현진건 산문집』, 한양대학교출판부, 2003, pp.254~256.

1.4. 소결

1920년대 창작된 여행기 중 상당수는 이념에서 자유로울 수 없었다. 따라서 이 당시 창작된 여행기는 개인의 것이었다기보다는 민족의식을 강화하는 데 이바지하는 이념을 표현하고 강화하려는 집단의 목적에 부합하는 것이 많았다. 국가 이념의 준수와 민족이 앞으로 나아갈 방향성 제시에 주안점을 두다보니 자연스레 현재 경험의 향유보다는 미래의 목표 제시에 치중하게 되었다.

이 시기 여행기는 사실적 세계와 당대 이념을 담는 수단으로 창작된 것이 많았지만 근대적 여행 경험이 축적되고 여행 경험을 문학으로 담는 사례가 축적되면서 여행에 대한 기술 방식이 다양해졌다. 따라서 여행기 창작에 있어서도 변화가 엿보인다. 그런데 작품 외적 세계에 대한 종속성이 큰 여행기는 의식의 확인과 실현의 틀로 사용되기에는 적합했지만 내면을 들여다보는 그릇으로 사용되기는 한계가 있었다. 삶의 근본적인 문제를 묘사하고 풀어내는 데는 적절하지 못한 면이 많았다. 따라서 국가와 민족보다는 개인에 초점을 맞추고, 외면보다는 내면의 문제를 천착하고, 과거를 들춰내고 미래를 계획하기보다는 현재를 바라보고 성찰하고 향유할 수 있는 갈래가 필요했다.

1930년대에 들어 다수의 여행소설이 창작되었다는 점은 이와 관련하여 중요한 시사점을 제공한다. 세계에 교술적으로 종속된 주체의 이야기인 여행기는 작가와 글을 분리할 수 없는 관계에 놓여있었다면 허구적 세계 속 허구적 경험 주체가 등장하는 여행소설은 작품외적 세계를 고려하되 그로부터 자유로운 대상 세계와 여행 주체를 설정할 수 있었다. 그럼으로써 여행소설은 작품 외적 세계에로의 관심을 여행 주체의 내면 풍경과 개인 경험으로 돌릴 수 있게 되었다. 따라서 여행을 직접 하지 않고도 여행 경험을 구성해 낼 수 있으며, 현실적으로 쉽지 않은 여행을 허구적 경험 주체를 등장시켜 독특한 여행 경험 세계를 제시하였다고 할 수 있다.

또한 기존에 여행기가 세상에 대한 견문을 시간적·공간적 순서에 따라 나열하고 그 속에 이념적 의미를 부여하는 경우가 많았다면, 여행 소설은 세상에 대한 견문을 재구성하여 독자적 체계와 구조를 만들면 서 작품 내적 세계와의 독립성을 확보해간다. 여행기에는 여행 주체가 가진 이념과 대상 세계가 상호조명하거나 대결하는 구조를 지니는 것 이 많은데 비해, 여행소설에서는 이념성 대신 주체의 욕망과 자의식을 담으려고 하였다.

하지만 여행소설의 성행이 여행기의 소멸을 전제하는 것은 아니다. 여행소설이 성행하는 1930년대에도 여전히 많은 수의 여행기가 창작된 다. 1930년대 여행기에는 1920년대 여행기에 담긴 이념적 요소는 많이 사라지고 주체의 욕망과 자의식이 등장하기도 하는 것이다. 즉 여행소 설이 형성되기는 했지만 그렇게 형성된 여행소설이 여행기를 사라지게 한 것은 아니었다. 여행기와 여행소설은 각각 일정한 자기 고유의 영역 과 장점을 살리면서 상보적 관계로 공존하였던 것이다.

2. 1920년대 여행소설

우리나라 근대 여행소설을 '인식틀의 변모'라는 관점에서 분류한다면 크게 두 부류로 분류할 수 있다. 첫째는 비문명과 문명의 이항 대립적

인식틀에 근거한 『혈의 누』에서 『무정』까지이고, 그 다음은 1920년대를 전후한 김동인, 염상섭, 현진건 등의 소설이 그것이다. 이들 소설을 떠받들고 있는 것은 타락한 현실과 참인생, 참예술이라는 이항 대립적 인식틀이다. 그런데 참인생, 참예술을 실현하기에는 현실적 여건은 너무도 추악하다. 이에 주인공들은 떠나고자 하는 욕망과 자기 힘에 의한 세계를 건설하고자 하는 욕심으로 현실 밖으로의 탈출을 감행하게 된다.[111]

소설과 근대적 욕망과의 관련성에 대해서는 후에 김동인에 의해 구체화된 바 있다.

> 어떠한 요구로 말미암아 예술이 생겨났느냐, 한 마듸로 대답하려면 이거시다. 하누님의 지은 세계에 만족지 아니하고 어떤 불완전한 세계던 자기 정력과 힘으로써 지어 놓은 뒤에야 처음으로 만족하는 인생의 위대한 창조성에 말미암아 생겨났다. 예술의 참 뜻이 여긔 있고 예술의 귀함이 여긔 있다. 어떻게 자연이 훌륭하고 아름다우되 사람은 마츰내 자연에 만족치 아니하고 자기의 머리로써 「자기가 지배할 자기의 세계」를 창조하였다. 사람이 사람다운 가치도 여긔 있거니와 사람다운 사람의 예술에 대하여 막지 못할 집착을 깨닷는 점도 여긔 있다.[112] (밑줄 : 인용자)

김동인이 중시하는 것은 '창조성'이다. 그에 따르면 예술의 탄생은 신(神)이 미리 지어놓은 세계에 만족하지 않고, 자기 스스로 새로운 세계를 창조하려는 힘에 의해 형성된다. 이때 중요한 것은 조물주에 의해

---

111) 정호웅, 「한국소설과 <길>의 의미」, 『반영과 지향』, 세계사, 1995, p.93.
112) 김동인, 「삼천리문예 文藝評論－톨스토이와 떠스터예프스키의 비교－」, 『삼천리』 제10권 제8호, 1938, pp.220~221.

창조되어 이미 존재하는 대상 세계가 아니라, 그 세계 속에서 인간이 자기를 표현하고 싶은 욕구이다. 그 자아 표현의 욕구가 바로 예술 창조의 동기가 된다.[113] 따라서 예술에 있어서 가장 중요한 것은 '자기 자신'이다. 작가와 신을 같은 선상에 놓고 작가는 작품에 대해서 완전한 우위를 점할 수 있어야 한다고 주장했던 김동인은 작품 창작에 있어서는 조물주가 이미 정해놓은 영역이 아닌 새로운 분야를 개척하기 위해 노력했다. 조물주가 정해 놓지 않은 새로운 영역의 추구는 인간의 내면에 대한 탐구로 이어진다. '자기가 지배할 자기의 세계'를 창조하는 것에 가장 주된 임무를 맡은 것은 작가이지만, 소설에 있어 '자기'는 '작가', '현실 속 개별 주체들', '작품 속 주체' 등으로 혼재되어 나타난다. 이러한 일련의 노력은 편지 형식으로 자신의 심정을 고백하거나 방랑이나 여행소설의 형식을 차용하여 내면탐색의 길을 나서는 것으로 구체화된다.

한편, 염상섭 역시 근대의 특징과 개성의 문제를 논하는 평론에서 "근대 문명의 정신적 모든 수확물 중 가장 본질적이고, 중대한 의의를 가진 것은, 自我의 覺醒, 或은 그 恢復"[114]이라고 언급한 바 있다. 이와 더불어 그는 근대적 주체의 특징에 대해서는 다음과 같은 점을 지적한다.

> 教權의 威壓으로부터 解放되고, 夢幻에 甘醉한 浪漫的 思想의 베일로부터 버서 나와 自己의 正體를 明瞭히 凝視할만치, 깁고 오랜 꿈애서 깨여 나온 近代人은, 爲先 모든 것을 疑心하기 始作하얏다. 이 疑心이야말로 어떠한 時代에던지 모든 文化의 酵母다. 一生을 醉生夢死로 지내는

---

113) 김영민, 『한국근대소설의 형성과정』, 소명, 2005, p.226.
114) 염상섭, 「個性과 藝術」, 『개벽』 제22호, 1922.4.

사람에게는 百般의 事物에 대한 疑問이나, 批評的 精神이 잇슬 理가 업
지마는, 一旦 覺醒한 이상, 自己의 周圍를 疑心하고, 批評的 態度로 一切
을 探究評價하랴할뿐 아니라, 自己自身에까지 疑惑의 眼光을 向하게 되
는 것은 當然한 事라 하겟다. 그리하야 自覺한 彼等은, 第一에 爲先 모든
權威를 否定하고, 偶像을 打破하며, 超自然的 一切를 물리치고 나서, 現
實世界를 現實 그대로 보랴고 努力하얏다[115]

염상섭은 근대적 주체가 교권의 위압으로부터 해방되고 낭만주의 베
일에서부터도 벗어나와 자기의 정체를 명료히 응시하는 자임을 분명하
게 인식하고 있었다. 그는 근대인과 전근대인의 구분을 '의심'의 유무
에서 찾았다. 각성하지 못한 자는 사물에 대한 의심이 전혀 없이 일생
을 보내지만, 각성한 근대인은 자기의 주위를 의심하고 자기 자신에게
까지 의혹의 안광을 향하게 된다.

근대 개인주의적 자기의식의 발현은 중세적 권위에 억눌러 있던 욕
망을 표면화하고 타자에 대한 인식을 재정립하는 과정이라고 볼 수 있
다. 일본 유학생을 중심으로 형성된 근대 개인주의적 자기의식은 개인
의 욕망을 긍정하고 끊임없는 타자 만들기의 과정을 통해 변화해가는
주체를 형성하게 하였다. 그들은 유학 경험에서 만난 타자와의 관계 속
에서 주체와 타자간의 차이를 포착하고 그것을 자기화하는 과정을 거
치며 지속적으로 변화해가는 주체를 형성해나갔다. 그리고 그 과정에서
주체의 내면적 결핍을 복구하고 그 본질을 탐구하여갔다. 그 일련의 과
정이 소설 창작으로 이어졌다.

---

115) 염상섭, 앞의 글.

2.1. 근대적 주체의 자기의식 발현－김동인의 「마음이 여튼 자여」

김동인의 초기 소설 「마음이 여튼 자여」는 이러한 근대적 주체의 자기의식의 발현을 근간으로 창작된 것이다. 소설 속에는 자신의 심정을 일기나 유서 등의 글로 '쓰고 있는 자'와 그 고백을 독자들에게 '보여주는 자', 그리고 그 둘을 아울러 새로운 '내면의 발견을 이루는 자'가 서로 어우러져 존재한다.

이 소설은 크게 두 부분으로 구성된다. 전반부는 가정을 가진 주인공과 이웃학교 처녀교사인 Y 사이의 연애담을 담고 있다. 주인공은 소설의 시작에서 '마침내 고백할 날이 왔다'고 밝히며, 자신의 내면을 숨김없이 밝히고 싶어 한다. 이때 주인공은 자신의 숨은 감정을 편지와 일기, 유서의 형식으로 남겨 그 마음을 형님에게 전하고 있다. 주인공은 Y에 대한 자신의 사랑이 '영적(靈的)인 것이 아니라 육적(肉的)'인 것에 대해 번민한다. 그러나 이러한 구분이 무의미하다는 것을 깨달아갈 무렵 Y는 다른 남자와 결혼하게 된다. 소설 후반부는 Y와의 사랑에 실패한 주인공이 친구와 함께 금강산으로 떠나가는 여행담으로서 여행소설의 형식을 보여준다.

「약한 자의 슬픔」에서 스스로 '자기가 약한 것을 자각할 때 강한 자가 된다'고 이야기하던 주인공은 「마음이 여튼 자여」에 이르면 '마음이 옅은 자는 아내도 아니고, Y도 아니고, 마침내 자신'이라는 사실을 깨닫는다. 이러한 김동인의 초기 소설 주인공은 "개인의 주체적 역량이란 어떠한 것이며 그것의 지향점은 무엇인가 하는 문제를 심각하게 제시해주고 있"[116]으며, "인습적 세계에 묶여 자신의 행동을 제약받는 것이 인간의 한계라고 인지한 김동인이 주체의 욕망에 충실함으로써 그러한 한계를 벗어나고자 하려는 노력"[117]을 보인 것으로 평가된다. 그것은 소설 속 주인공 K가 자신에게 닥친 상황에 대해 물러서지 않고 지속적이고 끈질기게 사유한 결과로 볼 수 있다.

「약한 자의 슬픔」에서 엘리자베트는 자신의 운명에 순응하며 몰락의 길을 걸었지만 「마음이 여튼 자여」에서 K는 "나는 이제부터 참 삶을 살"겠다고 고백하였다. 엘리자베트보다 K의 사유의 폭이 넓어졌으며 주체의 의지도 더 강해진 것이다. 따라서 K는 엘리자베트와 같은 유형에 속하지만, 후회와 회한을 안은 엘리자베트와 달리 현실을 지향하고자 하는 주체의 의지가 강화된 주인공이라 볼 수 있다. 그리고 여행은 현실을 지향하기 위한 마음 정리의 수단으로 실현된다고 볼 수 있다.

작품 후반부에서 주인공은 실연의 상처를 잊기 위해 친구 C와 금강산으로 떠난다. 금강산 여행을 통해 묘사되는 풍경은 구체적인 현실의 모습을 지닌 공간은 아니다.

> (서방(西方) 십만억토(十萬億土)의 극락세계—요단강 저편의 대낙원(大樂園)!)
> 그 다음 순간, 그는 넓은 벌 저편 끝에 가서 닿는 기차를 보았다. 기차의 닿는 그곳은 캄캄하고 불쌍하도록 볼 것 없고, 그 안에 보이는 K, 자기는 참 어떻달지 모르도록 썩고 더러웠다. 그리고 K, 자기가 서있는 곳은 무어라고 말하기 어렵도록 아름다운 음악과 향기로 찼으며 거기 비치는 빛은 인간의 그 누렇고 붉은 햇빛과는 다르고, 참사랑의 분홍빛 빛이 둥그렇게 빛나고 있다……[118]

---

116) 박종홍, 「개인의식의 지양과 사회의식의 성숙—김동인 소설의 변모양상을 중심으로」, 『문학과 언어』 제4집, 1983, p.7.

117) 위의 논문, p.8.

118) 김동인, 「마음이 옅은 자여」, 『한국중편소설문학전집』, 을유문화사, 1970, p.124. 앞으

인용문에 등장하는 풍경은 '극락세계'로 묘사된다. 그 풍경은 여행
주체가 직접 경험한 현실의 풍경이 아니라 추상적인 관념에 의해 재구
성된 세계이다. 이러한 태도는 금강산 폭포를 대하는 부분에서도 나타
난다. 여행 주체는 폭포를 대함에 있어, 그것을 말로 표현하지 않고 스
케치북을 꺼내 그림을 그린다. 여행 주체는 대상 세계에 완전히 압도되
었기에 자기 언어로써 대상을 자기화하지 못하고 다만 "금강의 위대한
경치와 정조(情調)와 영기를 발견"119)하고 그에 탄복하는 모습을 보인
다. 그는 금강산을 바라보며 병풍산수화를 떠올리는데 그것은 '선험적
관념'을 통해 금강산을 바라보고 있었던 것이지, 한 개인의 내적 심경
을 통하여 금강산의 새로운 '풍경'을 바라보고 있는 것은 아니다.120)
따라서 여행 주체는 풍경에 압도되기만 할 뿐 유의미하고 개성적인 자
신만의 풍경을 창조해내지는 못한다.

타자에 대한 배려 면에서도 마찬가지이다. 여행에 동행하거나 여행
과정에서 만나는 타자들은 여행자에게 유의미한 존재가 되지 못한다.
여행 주체는 여정에서 타자를 수용하여 유의미한 경험을 만들기는커녕
타자를 의식하지조차 못한다. 여행 주체는 독백으로 자신의 마음을 확
인하는데 그런 점에서 여정에서는 여행 주체 '자기'만이 존재할 뿐이다.
이러한 자기에의 몰두는 "넓으나 넓은 세계의 억만 인구가 한 순간에
모두 소멸하고 물로 씻은 듯한 세계에 다만 혼자 외로이 남은 슬픔"121)

로의 본문 인용은 이 책에서 하기로 한다.
119) 위의 책, p.132.
120) 정혜영, 「풍경의 부재―김동인의 <마음이 옅은 자여>를 중심으로―」, 『한국문학이론
과 비평』 제40집, 2008, pp.478~479.
121) 김동인, 앞의 책, p.123.

으로 표현된다. 이러한 슬픔을 내부에 한가득 채운 자는 타자의 자리를 비워두지 않는다. 오직 자기에게로만 침잠해 있을 뿐이다. 따라서 여행 주체는 스스로 기대하고 스스로 실망하며 스스로 깨닫는 자기만의 세계에 몰두한다. 결국 김동인의 「마음이 여튼 자여」에서 여행 주체는 자신의 내면을 다스리기 위해 여행을 떠난 것이라 볼 수 있다. 하지만 풍경과 타자를 통해 자신을 변화시키고자 하는 의지 없이 오직 자기의 세계만 형성하려고 하였다. 여행 주체는 여행 과정을 통해 다양하고 혼란스러운 감정만을 경험할 뿐 실제적인 깨달음을 얻지는 못한다. 주인공의 깨달음은 후에 아내와 자식의 죽음이라는 충격적인 경험에 이르러서야 가능하게 된다. 여행을 통한 감정의 증폭은 여행 주체의 다채로운 내면을 형성하였지만 그 내면은 정리되지 못한 채 혼돈의 상태로만 지속되는 데에 그친다.

2.2. 여행을 통한 민족의 발견 – 현진건의 「고향」

한편 1920년대 창작된 여행소설은 현실을 간과할 수 없었다. 1920년대에는 여행기와 여행소설은 동시에 창작되고 있었다. 당시 신문은 민족의식을 고취하기 위해 여행기 창작을 권려하면서도 원고료를 아끼기 위한 하나의 방편으로 문인들을 기자로 채용해 연재소설을 쓰게 하는 경우가 많았다.[122] 여행기와 여행소설을 동시에 쓰는 기자이자 작가인 그룹이 형성된 것이다. 염상섭과 현진건도 신문기자이면서 소설가였다. 이는 여행소설 창작과 관련하여 중요한 시사점을 제공해준다.

---

122) 문인 언론인에 관한 자세한 내용은 정진석, 「인물로 본 한국언론 100년」, 11 – 문인언론인들 – 한말 일제치하, 『신문과 방송』, 1992를 참조할 것.

1920년대 식민지 시대에 민족의식을 고취하기 위해 집단의 문제를 중요시했던 여행기를 썼던 작가가 소설을 창작할 때는 개인의 문제도 다루게 되었다. 그들은 집단을 대변하는 사회의 중심계층이면서도 욕망을 가진 개인이었다. 그러나 1920년대는 주체의 욕망을 무시하지는 않았지만, 어떤 작가가 개인의 욕망에 골몰한 글쓰기를 한다면 '집단의 심각한 문제'를 간과한다는 비난을 모면할 수가 없었다. 1920년대 대표적인 문인이었던 현진건과 염상섭은 이런 고민의 중심에 있었다. 그들의 대표작이면서 1920년대 문학 중 으뜸이라 일컬어지는 현진건의 「고향」과 염상섭의 「만세전」은 근대소설의 형식이 제대로 확립되지 못하던 시대에 비교적 완성된 형식을 갖추고 외부의 문제를 주체 내부의 문제와 긴밀하게 관련시키면서 주체의 변화까지도 그려내었다. 그 속에는 시대적 상황을 대자적 존재로 놓고 그 문제에 대해 골몰하게 하는 주체가 등장한다.

'아침에는 여행기를 쓰고, 저녁에는 소설을 쓰던' 그들은 후에 일제 검열이 심해지자 소설 창작에 주력하게 된다. 그러나 그들은 식민지 상황에서 아무런 죄의식 없이 허구적 소설만을 창작할 수는 없었다. 그들 내부에 있는 죄의식을 없애기 위해서는 자아와 세계, 내면과 외면, 영혼과 행위가 이원화된 상황에서 참된 존재를 찾기 위해 상상의 공동체에서 문학적 글쓰기를 한다든가, 아니면 최소한의 민족적 공동체성을 유지하기 위해 신문기사를 쓰든가 해야 했는데, 그것은 실제 삶의 행위에서 이미 멀어져 있었다.[123] 그리고 주체 내부에도 새로운 타자를 인

---

123) 우정권, 『한국 근대 고백소설의 형성과 서사양식』, 소명출판, 2004, p.49.

식하고 그로 인해 변해버린 개인이 자리잡거나, 집단에서 개인으로 '이행하는 주체'가 자리잡게 된다. 따라서 소설 창작에 있어서도 이들은 대상에 대한 과도기적 장치를 유지한다. 이는 이들 작품에 있어서 여행자가 대상과 거리를 두고 그것을 관찰하기 가장 적합한 형태인 액자식 구조를 주로 사용하는 것으로 나타난다. 그 속에서 그들은 집단과 개인 속을 오가며 내면을 형성하고 있었던 것이다.

현진건의 「고향」은 대구에서 서울로 올라오는 차중에서 생긴 일을 소설화한 작품이다. 소설에 비중 있게 등장하는 인물은 여행 주체와 열차에서 만난 조선인 남자, 그리고 그 남자의 이야기 속에 등장하는 한 여인이다. 소설 속에 등장하는 인물들은 모두 다 평범하다.[124] 평범한 인물이 주로 등장한다는 것은 소설 속 인물이 당시 시대를 반영하는 가장 전형적 인물이라는 것을 의미한다. 따라서 전형적 인물이 자신의 현실을 이야기하는 소설 구조는 당시 현실을 미메시스적 관점에서 그려내고 있다고 볼 수 있다. 그런 점에서 「고향」도 당대 현실의 전형을 담은 것이라 보아야 할 것이다.

소설 속 등장인물 중 중요한 비중을 차지하고 있는 '여인'은 여행 주체가 여행 중에 대면한 인물이 아니라 남자의 이야기를 통해 만나게 되는 존재이다. 즉, 여행 주체는 열차에서 만난 남자의 이야기 속에 등장하는 여인과 직접적인 대면을 하는 것이 아니라 중간 전달자의 이야기에 의해 간접적으로 소개받는다. 여행 주체의 시선에 의해 부각되는 것

---

124) 현진건 소설에는 천재, 영웅, 미인 등은 가급적 등장하지 않는다. 「내 소설과 모델」에서도 밝힌 바 있듯이 그는 "평범인을 취급하되 그 평범인의 비범성을 붓잡는 데 노력한다." 현진건, 「내 소설과 모델」, 『삼천리』 제6호, 1930.5. pp.67~68.

은 창밖으로 보이는 자연 풍경이 아니라 열차를 타고 있는 승객의 모습
이다. 여행 주체는 열차를 타고 있는 사람의 모습에 깊은 관심을 가지
고 있다. 그것도 여러 사람을 동시에 분산적으로 관찰하는 것이 아니라
하나의 대상을 지정하고 그 대상에 대해 지속적이고 적극적인 시선을
보내고 있는 것이다.

> 나는 나와 마주 앉은 그를 매우 흥미있게 바라보고 또 바라보았다. 두
> 루막 격으로 '기모노'를 둘렀고, 그 안에서 옥양목 저고리가 내어 보이
> 며 아랫도리엔 중국식 바지를 입었다. 그것은 그네들이 흔히 입는 유지
> 모양으로 번질번질한 암갈색 피륙으로 지은 것이었다. 그리고 발은 감
> 발을 하였는데 짚신을 신었고, '고부가리'로 깎은 머리엔 모자도 쓰지
> 않았다. 우연히 이따금 기묘한 모임을 꾸미는 것이다. 우리가 자리를 잡
> 은 찻간에는 공교롭게 세 나라 사람이 다 모이었으니 내 옆에는 중국
> 사람이 기대었다. 그의 옆에는 일본 사람이 앉아 있었다. 그는 동양 삼
> 국 옷을 한 몸에 감은 보람이 있어 일본말로 곧잘 철철 대이거니와 중
> 국말에도 그리 서툴지 않은 모양이었다.[125]

맞은편에 앉은 그는 삼국 옷을 한 몸에 감고 있다. 이를 통해 그의
삶이 그리 녹록하지 않았음을 짐작할 수 있는데, 그는 막벌이꾼이다.
일본말도 중국말도 그럭저럭 할 줄 아는 조선인인 그는 생계를 이어가
기 위해 여기저기를 떠돌아 다녔음을 알 수 있다. 여행 주체는 처음엔
그가 마뜩치 않게 여겼으나 자신을 향해 경상도 사투리로 말을 붙이는
그에게 서서히 마음을 연다.

---

125) 현진건, 「그의 얼굴」, 『조선일보』, 1926.1.(현진건, 『현진건 문학전집』 1, 국학자료원,
    2004, p.179에서 인용)

그의 고향은 대구에서 멀지 않은 곳이다. 평화로운 농촌 마을에서 남 부럽지 않게 살았는데 세상이 뒤바뀌자 지니고 있던 땅 전부가 동양척 식회사 소유에 들어가고 말았다. 이 때문에 그도 살기 위해 서간도로 신의주로 일본 등지로 벌이를 찾아 떠돌아다녀야 했다. 그는 잠시 고향 에 들렀다가 서울로 향하고 있다. 일제의 참혹한 식민지 수탈로 인해 그의 가족과 동네 사람들은 고향을 떠날 수밖에 없었기 때문에, 그가 찾은 고향은 "꼭 무덤을 파서 해골을 헐어 젖혀 놓은 것"126) 같은 풍경 이었다.

이 작품이 특징적인 것은 여행 주체가 자신이 여행에서 겪은 경험을 진술하는 것이 아니라 열차 안에서 만난 타자가 자기의 여행 사연을 요 약해서 진술하고 있다는 것이다. 여행자는 여행자 스스로 직접 경험한 여행의 과정을 들려주는 것이 아니라 열차에 앉아 타인의 이야기를 듣 고 이야기를 전달해주는 전달자에 불과하다. 그리고 그의 이야기를 듣 고 자신의 내면을 드러내는 것도 절제하고 있다. 여행 주체에게는 애초 어떤 결핍이나 문제가 없어 보이기도 한다.

때문에 이 소설은 여행의 모티프를 차용하고 있으며 철도 여행의 뚜 렷한 외형을 보여주기는 하지만 여행 주체의 여행 경험을 직접 보여주 지 못하고 타자의 이야기를 듣고 전달하게 된다. 그런 점에서 주체의 이야기가 아니라 타자의 이야기이다. 타자의 이야기도 타자 자신의 내 면보다는 그 타자가 경험한 비참한 식민지 현실을 고발하는 것이기 때 문에 타자의 직접적인 내면은 거의 전달되지 않는다.

---

126) 현진건, 앞의 책, p.183.

여행 주체는 직접적인 경험 혹은 대상과의 관계 맺음을 통해서 스스로를 달라지게 하지도 않는다. 타자의 이야기에 공감하면서 타자의 감정을 수용한다. 따라서 주체는 대상에 대해 동일시하고 연민을 느낄 뿐 그로 인해 변화하지 않는다. 작가는 일제에 의해 수탈당하는 조선 현실의 비참한 모습을 보여주는 데 주목할 뿐, 여행 주체의 내면에 대해 관심을 돌리지는 않는다. 작가는 보고 들은 실제 현실의 일면을 포착하여 재현하는 데는 성공했지만[127] 그 과정에서 여행 주체의 역할과 여행의 비중을 최소화하였다. 여행 주체는 식민지 현실의 모순을 보여주는 도구일 따름이다. 여행 주체가 본 풍경도 기차 속 남자의 이야기를 통해 자신이 상징화 하여 떠올린 '음산하고 비참한 조선인의 얼굴' 뿐이다. 여행 주체는 직접적인 경험을 통해 풍경을 확인하는 것이 아니라 전형성을 가진 한 명의 인물을 통해 풍경을 간접적으로 경험한다. 따라서 주체가 보고 만들어내는 적극적인 풍경은 부재한다. 따라서 이 작품은 근대 여행소설의 맹아로 판단될 뿐 온전한 여행소설로 보기에는 무리가 있다.

2.3. 민족과 개인의 발견-염상섭의 「만세전」

염상섭의 소설 「만세전」의 여행 주체는 「고향」에 비해 훨씬 더 구체적이고 문제적이다.[128] 소설은 아내가 위독하다는 전보를 받은 주인공

---

127) 임규찬, 『한국근대소설의 이념과 체계』, 태학사, 1998, p.247.
128) 박종홍은 염상섭 소설 「표본실의 청개고리」와 「제야」와 같은 작품들은 주로 개인적이고 초월적인 삶에 머무르고 있는 데 비해, 후에 「만세전」 창작에 이르게 되면 개인적인 문제를 넘어서 집단적이고 경험적인 삶, 개성에서 생활로 관심의 방향이 옮아가고 있다고 보았다. 이에 대한 자세한 논의는 박종홍, 「염상섭 초기 소설, 개성의 자각과 생활의 발견」, 『현대소설의 시각』, 국학자료원, 2002를 참조할 것.

이 동경에서 서울로 여행하는 과정에 겪게 되는 사건들을 기술한다. 여기에서 주목할 것은 여행 경험이라는 직접적인 사건을 통해 외부 세계를 인식하는 주체의 인식 태도가 변화한다는 점이다. 소설은 외부의 사건을 여행 주체의 내면으로 옮겨 그것에 대해 고민하고 갈등하게 한다. 「만세전」은 '나'를 서술자의 자리에 놓았을 뿐 아니라 소설의 주체로 삼았다는 것이 주된 특징으로 주목 받는다. 이는 내면이 제도적 장치의 수준에서 벗어나 자생적 상태로 진입되고 있음을 말해주는 것이다. 그리고 아내가 위독하다는 전보를 받고 귀국하는 유학생 이인화의 내면에 비친 모습은 단순한 관념이 아니라 상당한 수준에서 현실의 구체성을 확보하고 있다는 점에서도 그 수준을 높게 평가할 수 있다.[129] 이렇듯 「만세전」은 자생적인 내면이 형성되는 과정을 담고 있는 작품이다.

「만세전」에서 관찰 대상은 제국주의 일본에 의해 수탈된 식민지 조선의 비참한 현실과 그러한 수탈에 의해 식민주의적으로 길들여진 모멸적인 조선인들의 모습이다. 그처럼 '구더기가 들끓는 묘지'와 같은 곳이 자신의 조국이며, 게으르고 비겁하며 비과학적인 몽매함까지 갖추고 있는 '조선인'들이 자신과 동일한 민족이라는 구체적인 깨달음을 받아들인다. 그리고 그 과정에서 벌어지는 내적 분열과 거부감, 그리고 그에서 파생되는 다양한 상념들이 「만세전」의 주된 내용을 채우고 있다.[130]

그러나 여행 주체는 여행지에서 사건을 직접 경험하지 않으며 자신의 욕망을 인식하고 표출하지도 않는다. 여행 주체는 개인의 내면에 대

---

129) 김윤식·정호웅, 앞의 책, pp.114~115.
130) 곽상순, 앞의 글, p.62.

해 탐지하고 있지만 그것에 대해 진지한 물음을 가급적 회피하려 하며
방관자적 태도를 견지하고 소극적으로 여행한다. 여행은 경험으로서의
여행이 아니라 관찰과 자기인식으로서의 여행이 된다. 따라서 식민지
현실을 고발하는 중립적 시선을 유지하고자 하는 고발자로서의 기능에
더 큰 비중을 주고 있다.

주인공은 여행을 통해 '스스로의 길을 힘 있게 밟고 굳세게 살아나가
야 할 자각'[131]을 해야함을 강하게 인지하지만 그것은 발견에 그칠 뿐
주체 스스로 그 문제에 대해 구체적이고 진지한 사색을 하고 결단을 내
리는 단계로는 나아가지 못한다.

그중 소설 말미 편지 내용은 주목할 필요가 있다.

나의周圍는 마치共同墓地갓습니다.
(중략)
大氣와絶緣한무덤속에서 구덱이가 化石하는것과가튼窒息이겟지요.
靜子樣!
그러나 나는 스스로를 求하지안으면 안이될責任이 잇는것을 깨다랐습
니다. 스스로의길을 차자내이고 開拓하야나가지안으면안이될 自己自身
에게 스스로 賦課한義務가잇는 것을 깨다랐습니다. 나의妻는 期於코 모
진목숨을 끈엇습니다. 그러나 決코 죽엇다고는생각할수업습니다. 웨그
러냐하면 그男便되는 나에게「너를 스스로求하여라! 너의길을 스스로開
拓하여라!」는 貴엽고重한教訓을 주고가기 때문이올시다. 果然그렷습니
다. (중략) 앗가도 내가 웨歸國을하얏든가 하는생각을하야보고 自己의어
리석은것을 스스로비웃어보앗습니다. (중략) 事實이번에와서 妻를일코갑

131) 염상섭, ≪만세전≫, 고려공사, 1924. 고려공사본의 인용은 고려공사본 판본을 담은 염
상섭, 『염상섭전집1 : 萬歲前 外』, 민음사, 1987에서 하기로 한다. 다음 인용부터는 페
이지 수만 표기하기로 한다.

니다. 그러나, 나는 일코가는것이안이라 엇고간다고생각안을수업슴니다.[132]

소극적이고 방관자적인 태도를 유지하던 주인공은 소설 마지막에 이르러 갑자기 한때 자신이 마음을 주었고, 돌아와 자신과 함께 해주기를 원하는 정자에게 편지를 보낸다. 아픈 아내를 두고도 그 건강을 염려하기보다는 '여행 중에 잠깐 스친 대구 기생에게 말을 좀 부쳐보지 못한 것을 후회'(p.85)하고, 아내가 죽음을 맞았을 때도 스스로 '초상 중에 나의 고통은 눈물 안 나오는 울음을 울라는 것'(p.99)이라고 고백하고, 아내가 죽자 '혼자 가서 가만히 누엇는게 편하다'(p.100)는 생각을 하며 곧장 떠나려고 하던 주인공이, 정자에게 보내는 편지에서는 갑자기 아내의 죽음에 대해서 그토록 안타까운 마음을 보여주는 것이다. 그것은 하나의 비약이며 위선이다. 이러한 그의 행동은 한때는 자신이 마음을 주었지만 "아무래도 데리고살수는 업"(p.101)는 정자가 자신이 돌아오기를 애타게 기다리고 있으니, 그것이 부담스러워 그럴듯한 말로 그 청을 거절하기 위한 자기변명으로 볼 수 있다.

따라서 소설 마지막 편지 부분에 조금은 낯설게 등장하는 주인공의 아내에 대한 애착과 자기자각에 대한 결심은 그가 여행의 과정에서 단계적으로 인식하고 깨닫게 되었기 때문이 아니라 갑작스럽고 감상적인 의미 비약을 했기 때문이다. 이것은 후에 개작된 수선사본 「만세전」[133]

---

132) 염상섭, 앞의 책, p.105.
133) 염상섭, 《만세전》, 수선사, 1948. 만세전은 여러 차례 개작과정을 거쳤다. 1922년 『신생활』에 「묘지」라는 제목으로 7월에서 9월까지 연재되었으나, 중간에 연재가 중단되었다. 1924년 4월에서 6월까지 『시대일보』에 《만세전》이라는 제목으로 다시 연재되어 완결되었다. 후에 고려공사에서 개작하여 단행본을 출간한 바 있으며, 그 후 1948년 2월에 수선사에서 발간된 것이 있다.

에서 편지의 내용이 간결하게 정리된 것을 고려할 때 더욱 분명해진다. 편지 속에서 보이는 '자각과 자신의 길에 대한 개척'에 대한 의지는 더 이상 진지한 성찰을 견지하지 못한 채 봉해지는 순간 중단된다. 그 편지를 받는 수신인은 정자 단 한 사람뿐이고, 편지를 보낸 후 주인공이 하는 행동은 조선을 벗어나는 것이기 때문이다. 소설 마지막에서 내년 봄에 나오라는 형님의 말에 '겨우 무덤을 빠져나가고 있다'며 후련해하는 것을 볼 때도, 편지 속에 드러나 있는 그의 말은 깊이를 가지기 어렵다.

스스로를 '어리석다'라 자칭하는 그에게 이러한 인식은 현실적 변화를 가져오지는 못한다. 그것은 자신의 내면으로부터 주체의식을 스스로 형성해내지 못하고, 시대에 굴복하거나 질식할 듯한 시대의 억압으로부터 도피하고자 하는 나약하고 소극적인 심리가 반영되어 있기 때문이다. 수선사본 「만세전」에서 더 구체적으로 밝히고 있듯 주인공은 스스로 주체가 되고 싶어 하는 움직임으로 가득하나, 그것은 '스스로 내성(內省)하는 고민이나 오뇌'가 아니라 '발길과 채찍 밑에 부대끼면서도 숨이 죽어 엎디어 있는' 나약한 존재일 뿐이다. 그 속에는 조선과 조선인에 대한 연민이 가득하지만, '연민은 아무 것도 구(求)하는 길이 못'되며, 스스로 그 속에서 주체가 되고 싶은 생각은 없다. 따라서 「만세전」의 마지막 대목에서 조선을 무덤이라 칭하는 주인공이 '겨우 무덤 속에서 빠져'나가며 홀가분해 하는 것은 주체적이고 의지적인 삶을 포기하고 안락한 삶에 몸을 던지겠다는 욕망의 표현일 따름이다.

「만세전」의 주인공은 일제가 조선인에게 행사하는 폭력과 모순을 인지한다. 그런데 그의 눈에는 그런 포악한 일제만큼이나 부정적인 존재가 있다. 그것은 일제에 아첨하거나 그 속에서 무지하게 살아가는 대다수의 조선인들이다. 조선인들이 그런 상태이기에 조선은 무덤과 다를 바 없는 것이다. 그가 여행 과정에서 만난 조선인과 다른 바가 있다면 현실의 문제점을 포착하는 눈을 가지고 이에 대해 문제의식을 지니며 부끄러움을 느끼는 것이다. 하지만 그는 조선의 문제를 자기 자신의 문제라고 인식하지 않는다. 이러한 방관적인 태도 때문에 삶을 주체적으로 꾸려가는 데까지 나아가지는 못한다.

그럼에도 불구하고 「만세전」이 1920년대 여행소설로서 문제적이라 할 수 있는 것은 소설 속의 여행이 하나의 각성의 과정을 보여주고 있으며, 그 과정에서 내면에 대한 인식과 발견이 미약하나마 이루어지고 있다는 점이다.

1920년대 여행소설로서 김동인의 「마음이 여튼 자여」가 근대적 주체의 자기의식을 발현하였다고 한다면, 현진건 「고향」은 민족과 사회를 발견하였다고 할 수 있다. 염상섭의 「만세전」에 이르러서는 민족과 사회 속에 놓인 근대적 주체의 내적 고민이 구체화되었다고 볼 수 있다.

「마음이 여튼 자여」가 관념적 여행자를 설정했다면, 「고향」이나 「만세전」은 중간자로서의 여행자들을 설정하였다. 그들은 열차 창틀을 통해 대상을 바라보거나, 자신의 내부에 벽을 치고 주체에 의해 선택된 것들만 보려하였다. 그들에게 있어 여행은 조선의 현실과 주체 내부의 문제를 확인하고 반성하는 과정이다. 그런 여행 양상은 푸코의 사상과 맞닿아 있다. 푸코는 근대 주체가 특정한 역사적 시기에 특정한 권력 장치를 통해 만들어진 산물이라고 보았다. 이는 주체는 보편적으로 존재하는 것이 아니라 특정한 방식으로 만들어진다는 것을 의미한다. 따

라서 중요한 존재는 역사를 뛰어넘은 인간 본질이 아니라 역사적 특정
단계에서 특정하게 형성되는 주체이다.[134]

　1920년대 여행소설에는 근대 속에 숨은 권력의 횡포를 고발하고 폭
로하는 과정이 담겨 있다. 그리고 그 속에서 형성되는 주체의 고민이
엿보이기는 한다. 그러나 여행 주체는 여행지에서 타자를 만나 체험을
하기보다는 여행 과정에서 목격한 권력의 모순을 관찰하고 고발하는
데 더 큰 비중을 두고 있다. 따라서 1920년대 여행소설들은 '관찰적 여
행자'가 등장하는 여로형 소설로서의 성격이 더 강하다.

　1920년대 여행소설의 이러한 성향은 1930년대 여행소설을 이해하는
시금석이 된다. 1930년대 여행소설은 1920년대 여로형 소설을 포괄하
면서 자리를 굳혀 나간다. 하지만 그것이 1920년대 여행소설과 구별되
는 것은 1930년대 여행소설 작품들 중 상당수는 내부의 자발적인 욕망
에 의해 여행지를 선택하고 여행지에 뛰어들어 직접적인 여행 경험을
하는 '경험적 여행자'를 등장시킨다는 점이다. 이런 근본적인 차이는
정신사의 문제와 관련이 있다고 본다. 1920년대 근대적 주체의 조건이
사물과 대상에 대한 의심과 비평적 정신이라는 '인식론적 관점'에 머물
러 있었다면 1930년대 주체는 의심과 비평적 정신을 현장에서 직접 경
험하는 모습을 보여주었다. 그리하여 1920년대 여행소설이 근대적 주
체를 발견하고, 그것을 통해 주체의 인식을 각성하는 문턱에 머물렀다
면 1930년대 여행소설에서 여행 주체는 그 문턱을 넘어 자신의 욕망을
표현하는 단계에까지 나아간 것이다.

---

134) 양운덕, 앞의 책, pp.10~11.

1920년대 여행소설이 당시 식민지적 상황이라는 외부적 현실에 비중을 두었다면 1930년대 여행소설은 여행을 통해 여행 주체의 욕망을 구체화하려는 의도를 엿보인다. 그 욕망은 여행 과정을 통해 발견되기도 하지만 여행을 떠나기 전 자신의 내부에 이미 완고하게 자리 잡고 있는 경우가 대부분이다.

여행소설에서 여행 주체는 모든 풍경과 타자 속에서 자기를 발견하게 된다. 이 과정을 통해 여행 주체는 서서히 감성적 삶의 재구성자, 욕망적 삶의 추구자, 대상 세계에 저항하고자 하는 문제 제기자로 나아간다. 주체의 관점이 외부에서 내부로 향하게 된 것은 어둠의 터널을 빠져나갈 비책은 외부가 아닌 주체 내부에 있다는 인식에서 비롯된 것이다. 이러한 인식이 당대 새로운 지식인층을 중심으로 하여 좀 더 선명하게 이루어졌다.

제4장 1930년대 여행소설의 존재 양상

1930년대는 민족주의적 성향이 약화되고 사회주의 혁명 사상이 중시 하였던 이념과 투쟁의식이 약화되면서 계급과 사상을 지향하는 집단 우위의 작품들은 새로운 흐름을 모색하게 된다. 그렇다고 해서 민족 사 상이나 계급에 대한 의식이 전혀 없었던 것은 아니나 그 사상성은 1920 년대 그것과는 비교가 되지 않을 만큼 약해져 있었다. 이는 1920년대부 터 확대되기 시작한 개인의 욕망과 개성을 존중하는 흐름이 원인이며 계급투쟁의 관점을 고려할 때는 카프 해체가 가장 큰 원인이 되었다고 할 수 있다. 더욱이 일제의 탄압이 심해짐에 따라 카프 소속 작가들의 전향의 움직임이 시작되고 1931년과 1934년에는 두 차례 카프 검거가 이뤄지게 된다. 이를 계기로 총독부에서는 카프의 합법성을 인정하지 않기로 방침을 세우고 카프 맹원들의 결의에 따라 1935년 카프가 해체 되면서 프로문학은 자취를 감추게 되었다. 1935년 이후 우리 문학에서 사회주의 문학을 지향하는 흐름이 없었던 것은 아니지만 '개인'으로서 의 문학인만 존재했을 뿐 더 이상 조직적인 사회주의 문학운동은 존재

할 수 없었다.[135]

따라서 이 시기가 되면 앞선 흐름과는 다른 새로운 흐름이 형성되게 된다. 그것은 집단에서 분리된 개인이 새로운 방향을 모색한 데서 비롯한 것이다. 이것은 명백히 어느 시점에서 시작된 것이 아니라 그 이전부터 서서히 자라난 것이다. 1930년대 작가들은 서서히 그들의 사상성을 약화시키며 집단이 아니라 개인 나름의 새로운 창작 방향을 모색하게 되는데 이런 흐름이 여행소설을 통해 구체화된다.

한편 이 시기는 『동아일보』, 『매일신보』, 『조선중앙일보』 등의 신문이 다량 발간되었고, 『신여성』, 『신동아』, 『조광』 등의 잡지가 간행되어 이른바 신문잡지의 전성시대가 펼쳐지기 시작한다. 다양한 신문과 잡지가 생겨나면서 경영의 합리화는 불가피한 것이었고, 이러한 시류는 '외관에 대한 집착'과 '깨지기 쉬운 자아가 상품의 소비와 결합'되는 형국으로 나타난다.[136] 그리고 이러한 형국으로 인해 물질에 대한 집착과 주체의 욕망 표출은 더욱더 가속화되기 시작한다.

---

135) 채호석, 「검열과 문학장─1930년대 후반 한국문학에서의 검열과 문학장의 관계 양상」, 『외국문학연구』 제27호, 2007, p.316.

136) 다양한 신문과 잡지가 생겨나기 시작하면서 경영의 합리화는 불가피한 것이었고, 이로 인해 신문과 잡지의 성격이 상업적으로 현저히 변질된다. 이 당시 신문 광고란에는 다이어트법, 화장품 고르는 법 등 소비자의 기호에 맞는 다양한 기사를 담기 시작한다. 이에 대한 자세한 논의는 강심호, 『대중적 감수성의 탄생』, 살림, 2006, pp.36~49를 참조할 것.

1. 자기전환을 통한 이념의 확립과 욕망의 응시

1.1. 이성에서 감성의 시대로의 전환 – 이광수의 「유정」

일찍이 이광수는 소설에 대한 자신의 생각을 피력하면서 자신은, '文
士로 자처하기를 즐겨한 일이 없'[137]으며, '作品을 쓴다는 意識으로 썼
다는 것보다는 대개가 論文 대신으로'[138] 쓴 것이며, '동포에게 通情할
수 없는 心懷의 일부분을 말하는 方便으로 小說의 붓을 든 것'[139]이라
밝힌 바 있다.

많은 수의 소설을 발표하였지만 자신은 여전히 문사가 아니라고 밝
힌 이광수는, 사회 교화나 계몽사상의 전파 수단으로 문학을 이용하는
전통적인 문학관을 그대로 계승하면서도 도덕이나 종교에 예속되어 있
는 문학을 독립시켜야 한다고 주장한다. 이를 통해 '정(情)에 의한 미를
추구'하여야 한다며 문학성을 강조한다.[140] 이광수의 이런 이중성은
"교화의 수단으로서의 문학을 추구하면서도 존재적 현실인 정의 문학
에 안주하려는 이광수 문학의 이원성"[141]을 의미하는 것으로 평가 받
은 바 있다. 그러나 이는 단순히 이광수 문학만이 지닌 이원성이 아니
라 근대로의 과정으로 향하는 과정에서 대부분의 문인들이 갖게 되는
보편적인 혼란이었을 것이다. 다만 많은 수의 문인들은 당시 근대 흐름
을 수용하고 자신의 의식을 열어 보인 데 반해 이광수는 자신이 이전에

---

137) 이광수, 『이광수전집』 10, 삼중당, 1971, p.480.
138) 위의 글.
139) 위의 글.
140) 구인환, 「李光洙의 「無情」 – 지향적 욕구와 존재적 현실의 갈등구조」, 『한국 현대소설
    작품론』, 문장, 1986, pp.50~51.
141) 위의 글, p.51.

굳건하게 내세운 계몽이론을 확고히 하기 위해, 정에 이끌리는 자신의
의식을 억누르고자 하는 다짐의 일환으로 글을 남겼던 것이라 판단된
다. 「유정」142)은 이성과 감정 사이를 오가며 느끼는 혼란, 욕망과 의지
사이를 넘나드는 작가의 의식과 당대 시대적 분위기를 담은 여행소설
이라 할 수 있다. 「유정」에 나타나는 '사랑의 대상과 형태'가 개인의
욕망과 사회적 윤리 사이에서의 방황과 혼란을 가장 명백하게 대비하
는 것이기 때문이다.

작품은 주인공 최석이 자신과 친한 형인 N에게 보내는 편지 흐름을
따라 전개된다. 사건의 시작은 온건하고 탄탄한 가정을 가지고 교육자
로 일하고 있는 주인공 최석의 집에 친구의 딸인 정임이 오면서부터이
다. 정임은 자신의 친구 남백파의 외딸이다. 남백파는 중국 각지로 표
랑하던 중 천진에서 관헌에게 체포되어 감옥에서 복역하게 된다. 이때
병을 얻어 퇴원하게 되지만 그 병으로 인해 끝내 죽음을 맞게 된다. 그
가 세상을 떠날 때 주인공 최석에게 정임과 그의 아내를 맡기게 된다.
남백파의 아내는 중국인인데, 자신은 고국에서 남편의 분묘를 지키며
살겠다고 하여 최석은 어린 정임만을 데리고 조선으로 들어온다.

정임이 오기 전 주인공의 가정은 아무 문제가 없이 평온하였지만 정
임이 오고난 뒤 주인공 최석과 최석의 아내, 그리고 친딸 순임과의 사
이는 혼란스러워진다. 그것은 최석이 정임을 무척이나 아끼기 때문이
다. 자신의 처와 친딸이 정임을 몹시도 질투하자 최석은 정임을 자기
가까이 두기를 거부하고 일본으로 보내 그곳에서 교육을 시킨다.

---

142) 이광수, 「유정」, 『조선일보』, 1933.

그러던 어느 날 정임이 각혈을 하고 위독하다는 전보를 받게 되자 그는 정임이 있는 곳으로 가서 정임이 병이 나을 때까지 그 곁에서 병간호를 하게 된다. 이때까지 최석이 정임에게 가지는 마음은 아버지로서의 감정이었다. 그는 자신의 친딸을 보듯 정임을 보았으며 정임의 장래를 걱정하는 데에 온갖 신경을 다 썼다. 그러나 집으로 돌아오니 사정이 심각하게 달라져 있다. 자신의 아내가 정임의 일기를 보게 된 것이다.

> C선생은 내 아버지가 아니냐. 아아 나는 왜 그이를 아버지라고 못 부르는가. 왜 C선생을 그이라고 부르는가. 내가 죄다! 죄다! (중략) 나는 원산을 축복한다. 원산은 나에게 그이와 함께 하는 하룻밤을 주었다. 캄캄하게 어두운 밤. 바람에 구름은 뭉게뭉게 하늘과 바다가 모두 열정으로 끓는 밤에 나는 그이와 단 둘이 있는 하룻밤을 가졌다. 비록 그것이 한 시간도 못 되는 아마 반 시간도 못되는 짧은 시간이었으나 그동안만 그이는 완전한 내것이었다. 아아 일생에 잊혀지지 못할 그 시간.[143]

정임은 양아버지인 최석을 사모하고 있다. 그것은 정임이 개인의 욕망이었지만, 그것을 고백한 일기장을 최석의 아내가 읽으면서 엄청난 전환을 불러일으킨다. 그 일기장은 정임과 같은 방을 쓰는 아이가 정임을 모함하기 위해 일기장을 훔쳐 최석의 아내에게 보낸 것이었다. 그 아이는 최석의 아내에게 '정임의 각혈의 이유가 최석의 아이를 유산하면서 생긴 것'이라 거짓말을 한다. 그 말과 함께 정임의 일기장을 읽고 아내의 의심은 깊어진다. 최석은 순임을 기다리다 순임이 돌아오지 않

---

143) 이광수, 「유정」, 『이광수 전집』 8, 삼중당, 1962, pp.39~41. 앞으로의 본문 인용은 이 책에서 하기로 한다.

자 정임과 삼십분 남짓 그 주변을 걸어 집으로 돌아온 것일 뿐인데, 아내는 정임의 일기장을 잘못 읽고 정임과 최석 사이의 관계를 의심한다. 아내는 동네 사람들에게 소문을 내기까지 하니, 그로 인해 최석은 '에로교장'이라는 누명을 쓰고 학교를 나와 여행길에 오른다.

최석의 여행은 자신과 정임 사이의 결백을 주장하기 위한 방편으로서의 여행이었다. 그리고 그렇게 자신이 떠나주는 것이 정임의 앞날을 위해 가치 있는 것이라 여겼다. 최석은 떠나기 전 마지막으로 정임을 만나 자신이 정임의 마음을 알고 있다고 말하고는 작별 인사를 한다. 그리고 멀고 먼 시베리아로 홀로 긴 여행을 떠난다. 그것은 죽음과도 같은 여행이었다.

그런데 문제는 최석의 마음의 변화였다. 최석은 정임과 마지막 작별 인사를 하던 날의 모습이 떠올라 혼란스럽다. 자신이 정임의 양아버지이니 윤리적으로 정임에 대한 욕망을 떠올리면 아니 될 터인데, 여행길에 오른 최석은 정임이 자꾸만 그립기만 하다.

> 형! 나는 보통 사람보다는, 정보다는 지로, 상식보다는 이론으로 이해보다는 의리로 살아왔다고 자신하오. 이를테면 논리학적으로 윤리학적으로 살아 온 것이라고 할까. 나는 엄격한 교사요, 교장이었소. 내게는 의지력과 이지력 밖에 없는 것 같았소. 그러한 생활을 몇 십년을 더 살더라도 내 이 성격이나 생활 태도에는 변함이 없으리라고 자신하였소. 불혹지년이 지났으니 그렇게 생각하였던 것이 아니요? 그런데 형! 참 이상한 일이 있소. 그것은 내가 지금까지 처해 있던 환경을 벗어 나서 호호탕탕하는게 넓은 세계에 알몸을 내어던짐을 당하니 내 마음 속에는 무서운 여러 가지 변화가 일어나는구료. 나는 이 말도 형에게 아니하려고 생각하였소. (중략) 그런 생각이 일어날 때에는 나는 스스로 놀라고

스스로 슬퍼하였소. 그래서 스스로 숨기기로 하였소. 그 숨긴다는 것이 무엇이냐 하면 그것은 열정이요 정의 불길이요 정의 광풍이요, 정의 물결이요. 만일 내 의식이 세계를 평화로운 풀 있고, 꽃 있고, 나무 있는 벌판이라고 하면 거기 난데없는 미친 짐승들이 불을 뿜고 소리를 지르고 싸우고, 영각을 하곡 날쳐서, 이 동산의 평화의 화초를 다 짓밟아 버리고 마는, 그러한 모양과 같소. 형! 그 이상야릇한 짐승들이 여태껏, 사십년 간을 어느 구석에 숨어 있었소? 그러다가 인제 뛰어나와 각각 제 권리를 주장하오?

(중략)

지위, 명성, 습관, 시대 사조 등등으로 일생에 눌리고 눌렸던 내 자아의 일부분이 혁명을 일으킨 것이요? 한 번도 자유로 권세를 부려 보지 못한 본능과 감정들이 내 생명이 끝나기 전에 한 번 날뛰어보려는 것이요? 이것이 선이요? 악이요?

그들은 내가 지금까지 옳다고 여기고 신성하다고 여기던 모든 권위를 모조리 둘러엎으려고 드오.[144] (밑줄 : 인용자)

이것은 그동안 자신이 지닌 가치를 뒤엎는 충격적인 경험이었다. 최석은 그동안 '정'보다는 '지'로 살아왔다. 논리와 윤리, 의지력과 이지력으로 살아온 그에게 이 모두를 한꺼번에 거스르는 사랑이라는 감정이 찾아온 것은 참으로 혼란스러운 경험이다. 그것은 이성에서 감성으로의 경계에 놓인 것이며 죽음을 떠올릴 만큼 고통스러운 것이다. 그동안 억눌러 왔던 그 모든 '열정과 정의 불길'이 한꺼번에 터져나와 '각각 제 권리를 주장'하게 되고 '지위나 명성, 습관이나 시대사조 등으로' 꾹 눌러왔던 욕망이 표출되게 된 것이다. 그것은 '여태껏 옳다고 여기고 신성하다고 여기던 모든 권위를 모조리 둘러엎을 만큼' 충격적이지

---

144) 이광수, 앞의 책, pp.91~92.

만 현실에서 이를 표출할 수는 없다.

여행 주체가 여행지에서 보게 되는 풍경은 모두 정임과 닿아 있는 것들이다. 그것은 관찰의 대상이면서도 관념의 대상이며 한편으로는 허상이기도 하다. '짙은 남빛의 수면에 조그마한 거울만한 밝은 곳을 보며, 정임의 눈과 코, 이마가 서려 있는 것 같은 환영을 느끼며, 얼굴 뿐아니라 몸 온통이 실물'과 같이 보이기도 한다. 그리고 지평선에 떠오른 별을 보면서도 정임을 떠올린다.

그러던 여행 주체는 여행지에서 자신과 유사한 처지에 있는 타자를 발견하게 된다. 그들은 한때는 사제간이었지만 지금은 부부가 되었다. '사제 간에 혼인이란 것이 부녀간에 혼인한다는 것과 같이 생각'[145]되며, '제자인 여학생을 데리고 달아난다는 것은 살인강도를 하는 이상으로 무서운 일'[146]이 되던 시대에 그들은 사랑을 하게 되었다. 그리고 그로 인해 죽음을 결심하게 되지만 이를 극복하고 마침내 낯선 땅에서 부부인연을 맺게 된다.

이런 그들의 모습은 여행 주체의 욕망이 간접적으로 실현된 것이라 할 수 있다. 여행 주체는 이들을 보며 자꾸만 정임을 떠올린다. 그리고 그리운 마음이 간절해지면 간절할수록 상사병은 심해진다. 사랑으로 인해 죽을 만큼 몸이 쇠약해지지만 그의 욕망은 윤리적 억압에 눌려 발현되지 못한다. 그가 할 수 있는 것은 정임을 마음에 품고 낯선 곳에서 죽음을 맞는 것이다. 여행 주체의 욕망은 자신의 마음속에서만 꾹꾹 눌러진 채 세상에 드러나지는 않는다. 그리고 죽는 그 순간까지 여행 주

---

145) 이광수, 앞의 책, p.81.
146) 위의 책, p.82.

체의 마음속에는 세상 사람들의 말과 도덕적 결백 속에서 자유로워짐
을 생각한다. '정(情)'의 실현을 꿈꾸지만 그것은 내면에 숨겨진 채, 자
신이 할 수 있는 것은 의지로써 욕망을 억누르는 일 뿐이다. 그리고 욕
망의 억압을 통해 여행 주체의 이성 및 신념과 의지가 굳음을 확인하게
됨을 다행으로 여긴다.

굳건한 이성 중심의 사유에서 이성에서 감성으로의 이행은 무정의
시대에서 유정의 시대가 됨을 의미하는 것이다. 무정의 시대에 억압되
었던 욕망은 유정의 시대가 되면 서서히 그 모습을 드러낸다. 그러나
그것은 단순히 '정'의 유무로만 표출될 뿐, 동등한 두 개인이 주체적인
자리에서 의미를 맺는 사랑이라고 하기에는 미약한 것이었다.

「유정」에서는 욕망을 발견하지만 그 욕망은 외부로 발현되지 못하고
철저하게 주체의 내면 속에서만 싹트게 된다. 그리고 그것은 부정하면
할수록 자꾸만 커져가는 감정이기도 하였다. 그러나 욕망은 이성으로
억압한다고 해서 감춰지는 것이 아니었다. 주체 스스로의 자각과 개인
의 욕망이 중시되는 사회적 풍조가 상승 작용하여 주체의 욕망은 자꾸
만 표출될 수밖에 없게 된다. 이런 근거들에서 이 작품은 1930년대 여
행소설의 서막을 알리는 것이라고 볼 수 있다.

1.2. 이념의 정립 - 박화성의 「신혼여행」

식민지 현실을 극복하기 위해서는 '계급 사상을 선택하는 것이 가장
합리적인 방법'[147]이라 여겼던 박화성은, 「신혼여행」[148]을 통해 그런

---

147) 서정자, 『한국근대여성소설 연구』, 국학자료원, 1999, pp.66~67.
　　박화성 문학의 특징으로는 ①지도적 인물의 등장 등 선민적 지식인의 역할에 중점을

소신과 고민을 구체화하고 있다.

신혼여행은 통속적으로 낭만성을 동반하지만, 이 작품에서 신혼여행은 빈궁한 현실을 목도하게 함으로써 주체의 인식이 변화되게 하는 역할을 한다. 먼저 신혼여행지의 선택부터가 다르다. 신혼여행지로 선택된 곳은 목포이다. 목포는 일제 식민지 당시 미곡과 면화의 수요에 그 경기가 달렸던 도시였다. 1897년 개항한 이 항구에 일본인들은 국제 개항장을 만들고 요충지를 모조리 점유한 뒤 마음 내키는 대로 바다를 메우며 시가지를 만들었다. 이곳에는 동양척식회사 지점이 설립되고, 도정 공장, 유곽이 밀집되었는데,[149] 소설 속 주인공인 준호와 복주가 목포에서 보게 되는 풍경도 주로 이들이 어울려 만드는 풍경이었다. 일본인들이 세운 근대적 시가지에는 나날이 술집과 카페가 번성하고 이와는 대조적으로 사람들 생활 터전은 황폐화되어가고 이념이나 사상을 이야기하는 공간인 청년 회관은 사라져가고 있었다.

준호와 복주는 목포로 가는 호남선 삼등열차를 선택한다. 호남선에서 보는 풍경은 경부선에서 보는 풍경과는 달랐다. 산과 들의 풍경은 아름다웠지만 집들은 초라하기만 했다. 경부선의 승객은 부자와 일본 사람이 많지만 호남선의 승객은 대부분 가난한 농민들이었다.

부잣집에서 자라고 R보육학교 졸업반에 있는 복주는 그런 목포가 탐탁지 않다. 그러나 준호는 식민지 조선 현실을 가장 잘 보여주고 있는

두고, ②이론의 순수성을 신봉하는 복본주의적 성격의 이념을 방략으로, ③궁핍의 문제를 식민지 현실에 저항하는 제재로 택하여 집중 탐구한 점을 들 수 있다. 서정자, 『한국 여성소설과 비평』, 푸른사상, 2001, pp.398~399.

148) 박화성, 『조선일보』, 1934.1.
149) 노형석, 『한국 근대사의 풍경』, 생각의 나무, 2006, pp.274~275.

그곳을 '가치 있고 귀하고 중한 데'로 인식하며, '풍경을 그저 방관하기보다도 그 눈앞에 보이는 현실에 몰입'하라고 권고한다.

「신혼여행」은 홀로 떠나는 여행이 아니라 동행자가 있는 여행이다. 여행 주체는 풍경이나 여행지의 타자와 관계를 맺지만 그에 못지않게 동행자와 관계를 맺는다. 복주는 동반자 준호로부터 일방적 영향을 받는 관계를 시작한다.

「신혼여행」의 인물관계는 사제관계에 가깝다. 남편인 준호는 아내인 복주를 보며 '어린애를 키워서 어른을 만'들겠다는 생각을 하게 되는 것이다. 사제관계는 지도하는 내용의 절대성을 전제로 한다.150) 사제관계의 인물구조를 가질 때, 주체의 인식 변화는 가르치는 위치에 놓인 사람의 가치관에 따라 크게 좌우된다. 식민지 구조의 모순과 계급의식을 고발하는 것에 가치를 부여하는 준호를 무조건적으로 믿고 의지하며 마음의 스승으로 따르는 복주가 여행 마지막엔 준호의 사상에 의해 전도될 것을 짐작하는 것은 크게 어렵지 않다.151) 따라서 그들의 '신혼여행'은 준호가 자기의 사상을 복주에게 전도시키는 여행이라고 할 수 있다.

그들은 기차 안에서 한 노파를 만난다. 그 노파는 여행 중에 만난 타자이면서 복주의 인식 변화에 기여하는 인물이다. 노파는 제 몸을 가누지 못할 만큼 나이가 들었으며 가난의 무게가 가득하다.

---

150) 노형석, 앞의 책, p.75.
151) 이러한 복주의 생각은 다음과 같은 문장에서 직접적으로 드러난다. "엄한 스승처럼 종아리에서 피가 나도록 때려가면서 가르칠것은 가르쳐 주는 남편! 자모보다도 더 깊고 상냥스럽게 아끼고 귀여워하고 사랑하여 주는 저 위대하고 고마운 남편에게 잠간인들 이러한 불만을 가져서야 될 것인가?" 박화성, 「신혼여행」, 『고향 없는 사람들―박화성 단편집』, 푸른사상, 2008, p.75.

"저것 보 내가 상경할 때만 할찌라도 여기가 전부 바다이었소 저기
저 언덕 포푸라나무에까지 물이 닿았으니 낮은 데 있는 집들은 어떻게
되었겠소?"

기차가 천천히 달려 지나갈 때 준호는 손가락으로 창밖을 가리키며
복주에게 말하였다. 검푸른 벼가 가득히 들어 서 있어야 할 논에는 진흙
탕 물을 뒤집어 쓴 벼가 물에 녹아져 있고 밭에는 흙이 물에 패어내려
간 자리를 제하고는 역시 흙물을 뒤집어 쓴 풀잎들이 따갑게 비치는 볕
에 시들어져 있었다.

(중략)

"다섯 식구가 살다가 저렇게 집이 허무러지고 농사가 말못되게 되는
통에 다섯 식구가 다 갈라졌지유."

노파는 코를 치마귀에 횅 풀면서 다시 눈물을 씻었다. 복주는 창 밖에
지나는 홍수의 비참한 자취를 목도하고 바로 자기 곁에서 눈물을 흘리
면서 서러워하는 노파를 볼 때 비록 신문이 떠들며 수해 참상을 보도하
였으나 자기와는 전연 거리가 멀다고만 생각하였던 현실이 완연한 사실
로 자기 눈 앞에 나타날 때 꿈에서 깬 듯한 놀라움과 동정이 복주의 가
슴에서 머리를 들고 일어났다.152)

박화성의 소설은 궁핍의 현장 그 중에서도 자연재해로 인해 극도로
고통을 당하고 있는 농촌이 주로 등장하는데,153) 「신혼여행」에서도 이
노파를 매개로 하여 궁핍한 농촌이 등장하게 되었다. 노파는 홍수에 집
을 잃고 갈 곳 없이 떠도는 인물이다.

여행지에서 만난 노파를 통해 복주는 여행 전에 가졌던 의식에 큰
변화를 보인다. 그것은 말로만 듣던 현장을 눈으로 직접 목도하는 경험

152) 박화성, 앞의 책, pp.66~67.
153) 이와 관련된 작품으로는 이 글에서 다루는 「신혼여행」이외에도 「홍수전후」, 「한귀」
　　등이 있다. 서정자, 앞의 책, p.351을 참조할 것.

을 통한 의식의 변화이다. 홍수 피해로 인한 노파의 고달픔은 복주에게
로 전이된다.

여행 주체는 여행을 통하여 간접적으로 경험하던 세계를 직접적으로
부딪쳐 생생한 경험을 하게 된다. 박화성의 「신혼여행」을 박영희의 여
행기 「半月城을 떠나면서」와 비교하면 이런 점이 분명해진다. 두 작품
은 정도의 차이는 있지만 사회주의 이념을 지향하고 그 의지를 굳히는
여행을 담고 있다는 점에서 비슷하다. 그런데 박영희의 여행기는 '분명
한 계급의식을 가진 여행자'가 자신의 의식을 확고히 하는 계기로만 여
행을 활용할 뿐 타자와의 만남이라는 경험을 통해 나타나는 의식의 변
화를 보이지는 않는다. 이에 반해 박화성의 여행소설에서는 여행자가
타자와 만나는 경험을 겪게 되고 그 경험을 통하여 여행자가 의식을 변
화시키는 모습을 뚜렷이 부각시킨다. 작품 세계에서 대상 세계가 차지
하는 자리가 훨씬 확장되었다는 점에서 여행기와 대비되는 여행소설의
한 국면을 설명할 수 있다.

복주의 주체의식은 점차 변화되어 A섬에 도착해서는 놀이터와 같은
관광지보다는 노동이 이루어지는 삶의 현장이 더 가치 있는 곳이라고
인식하기에 이른다. 그곳에서 복주는 가난한 부인들과 벌거벗은 어린애
들을 만나게 되며, 그것을 통해 가난과는 동떨어진 생활을 한 자신의
지난날을 부끄러워하기도 한다.

「신혼여행」에서 여행을 떠나기 전 여행 주체는 상처나 결핍이 없다.
그런 점에서 이 작품은 여행대상으로부터 압도당하여 대상 세계가 주는
의미를 그대로 받아들이는 데 급급한 여행기와 별반 큰 차이를 보이지
않는다. 다만 여행의 경험을 통해 이루어지는 여행 주체의 변화가 여행

기와 비교되지 않을 정도로 강하고 지속적이다. 여행의 과정에서 여행 주체에게는 지속적이고 강한 충격에 의한 일종의 자기전환(transformation) 이 이루어진다고 볼 수 있다.

1.3. 이념의 우회 – 엄흥섭의 「방울속의 참소식」

엄흥섭은 카프의 중앙위원을 차지할 만큼 사회주의 의식이 투철한 작가였다. 그는 뒤에 카프 내에서 벌어진 『군기』사건154)으로 카프 내에 서 제명을 당하고 동반작가로 분류되긴 하였지만, 그가 1930년대 소설 을 통해 가장 뚜렷하게 실천하고자 한 것은 사회주의 의식이었다.

「방울속의 참소식」은 직접적이지는 않지만 사회주의 문제를 다루고 있는 작품이다. 소설 속 주인공은 정임이다. 남편인 김진우는 실직을 당하고 서울로 올라가지만 삼년이 지나도록 아무런 소식이 없다.

> 한달에 한장의 엽서는고사하고 두달석달 반년 일년-이년삼년이 되도
> 록한마듸의 욕이라도쓴 엽서조차 바다볼수업섯다 정임은 소식업는 첫번
> 몃달을 그남편에대한 한업는 울분과 원망속에서지내엿다 그러나 한달에
> 양복입은사나히들이두세번식은 으레히와서 남편의의가잇는곳을 대라고
> 서들을때엔 오히려 한장의 엽서조차 안온것이 쏘아대답하는데에 커다란

---

154) 엄흥섭은 카프중앙위원회 위원직을 맡을 만큼 카프에 있어 중요한 역량을 담당하였던 작가였다. 그러나 1931년 기관지 『군기』를 둘러싼 조직분규로 인해 카프에서 제명된 다. 『군기』는 개성지부에 있던 양창준의 문제로부터 연유된 것인데, 이 사건에 연류 되어 엄흥섭 역시 경성본부로부터 카프 강제 제명처분을 받게 된다. 이를 계기로 그의 문학적 성향은 다른 양상을 보이게 되지만, 그럼에도 불구하고 그의 소설에 가장 큰 근간이 되는 것은 사회주의 의식이다. 군기 사건과 엄흥섭 소설 변모양상에 대한 구체 적인 논의는 이주홍, 「엄흥섭 소설 연구–제재 및 작가의식의 변모양상을 중심으로」, 『국어교육연구』 제30집, 1998 ; 배팔수 「엄흥섭 연구–해방 전후의 귀향의식을 중심으 로」, 『한국어문연구』 7호, 1992 ; 박선애, 「엄흥섭 소설 연구–1930년대를 중심으로」, 숙명여자대학교 대학원 석사학위논문, 1991을 참조할 것.

용긔를 길녀주엇다[155]

정임의 집으로 한 달에 두세 번씩 찾아오는 양복 입은 사람들은 사회주의 운동을 하는 남편을 감시하고자 하는 인물로 추정된다. 정임의 남편은 스스로 더 큰 일을 하고자 집과 연락을 끊은 것으로 보인다. 어느 날 정임은 친구인 보라로부터 남편이 서울에 있다는 소식을 듣고 어린 딸 '운자'[156]를 업고 서울로 향하게 된다.

남편을 찾기 위해 서울로 향하는 정임의 머릿속에는 오직 남편에 대한 생각만이 가득하다. 다른 여자가 생겨 자신을 버리려하는 게 아닐까 하는 고민도 하지만 품속에 잠들어 있는 운자를 바라보며 남편을 이해하고자 애쓰기도 한다.

> 서울의 지리를잘모르는그는 보라를 압세우고 그의남편의 려관을찾기 위하야 동대문서 서대문행을탓다
> (중략)
> 『엄마–저–기 아부지』 운자는 손가락으로 양복광고의 사진을 가르키며 종알거렷다(중략)
> 『글세 신문지 쪽에서도 사내그림만보면 모다 아부지라는구려 글세 이 웃애들이 골목에나가면 글세 그림책을펴들고 너 아버지다 라고 놀니너라고 야단이라우글세』
> (중략)
> 던차가 서대문에 다엇슬째엔 전긧불이 가로등(街路燈)을 확 발키엿다

---

155) 엄흥섭, 「방울속의 참消息」, 『문학창조』, 1934.6.
156) 정임의 딸 이름이 '운자(雲子)'인 것 역시 남편과 관련된 사연 때문이었다. 딸이 태어났는지조차 알지 못할 남편을 생각하며 딸을 바라보던 중, '구름처럼 떠돌아다니는 애비의 딸이니 구름운자나 한자 따서 이름을 지으라'는 친정어머니의 조언에 따라 운자라 이름 지은 것이다.

평동이십오번지는 비교뎍찻기쉬엿다 대문에 『김진우(金鎭友)』의 명함이
커다란문패겻헤부텃다.
　『집은 이집이로구료!』
　정임은 가슴이 몹시 쮜기시작시햇다
　서울풍속에물들은 보라는 닷자곳자로먼점대문안으로쑥들어갓다
　안에서 더르렁하고 미닫이열니는소리가문밧게 정임의 귀에까지똑똑
이들닌다157)

　서울에 도착한 정임은 남편의 주소를 알고 있다는 친구 '보라'와 함
께 남편이 있는 곳으로 향한다. 정임은 서울의 거리를 걷고 있지만 서
울 풍경이 눈에 들어오지는 않는다. 풍경이라고 해야 고작 남편을 떠올
린 양복 입은 광고와 남편 집 문패를 떠올린 가로등불의 풍경 뿐이다.
그녀의 모든 관심은 남편에게로만 향해 있기 때문에 그 목적에 의해 여
행의 과정은 외면된다.

　남편의 주소지를 찾아 들어간 정임은 운자와 함께 그 방으로 들어가
머문다. 정임은 그곳에서 남편의 흔적을 찾지만 남편에 대한 기억은 너
무도 까마득하기만 하다. 방을 정리하다 한 통의 봉투를 발견하게 되는
데 그 속에는 젊은 여자의 사진과 그 여자에게서 온 편지가 들어있다.
자신에게 그토록 무심하던 남편에게 새로운 여자가 있다고 생각하는
정임의 머릿속은 복잡해진다.

　그때 인기척이 들렸다. 정임은 긴장한다. 그러나 문을 열고 들어온
사람은 남편이 아니었다. 친구가 알려준 주소는 남편과 이름이 같은 다
른 남자의 주소였던 것이다.

---

157) 엄흥섭, 앞의 글.

그 집을 나와 전차에 올라타서는 과거에 남편이 했던 말을 떠올린다.

> 『만일 앞흐로내가 당신과 쩌러저 삼년혹은 십년이라도 소식이없다면?』
> 하고 결혼시의 남편의 뭇든이말이 섯든 정임의 머리를 시첫다
> (중략)
> 『만일 그런일이잇더라도 그것을 괴로움으로알지는말우, 만날째엔 우
> 리에게 깁분일날일터이니까!괴로움이없는날엔우리가만날터이니가……
> 하……』
> 먹지도잘못하는 술을먹고 삼년전어느날밤 이러케 말하고 어듸로 쩌나
> 겟다든 그의말이 아조 또렷하게 쩌올낫다
> 던차가 경석역에 다엇다 (중략) 갑작이 경성역넙은광장을 방울을찬 신
> 문배달부가 다름치고잇다
> 「호외 다 호외다」사람들은 수군거리엿다 한장의 호외가 쥐어진 정임
> 의 손은 대합실을 들어가면서 던등불앞에 패여젓다 (중략) 거긔에는 굵
> 은 활자의 자긔남편의 성명도 잇섯다. 이십여명의 사진과 함끠!158)

남편은 자신의 길을 알고 있었다. 결혼할 당시 남편은 지금과 같은
상황이 올 것을 예상하고 있었던 것이다. 그 사실을 떠올리자 "지금 이
러한 고통을 남겨줄것을 남편은결혼당시 부터 생각하고잇섯나 생각하
메 새삼스럽게 남편이 더한층 야속"하게 느껴진다. 그러다 정임은 한
장의 호외를 발견한다. 그 속에서 굵은 글자로 쓰여진 남편의 이름과
사진을 본다. 남편은 쫓기고 있었던 것이다. 정임은 한동안 깊은 충격
에 빠지게 되는데, 여행은 정임이 그 충격을 지닌 채 집으로 향하는 차
를 타는 것으로 마무리 된다.

---

158) 엄흥섭, 앞의 글.

이처럼 「방울속의 참소식」의 여행 주체는 박화성의 「신혼여행」과는 달리 여행을 떠나기 전 남편의 부재라는 결핍에 봉착해있다. 그리고 여행의 목적이 남편 찾기라는 아주 뚜렷한 목적을 지닌 것이기 때문에 풍경이나 타자가 여정에 개입하지 못한다. 오직 여행 주체가 남편을 만나는가 만나지 못하는가에 초점이 맞춰져 있다. 여행은 결국 남편이 지명수배를 받고 있다는 사실을 발견하는 것으로 끝난다. 여행 주체의 결핍이 해소되지 못하고 여행지 타자와의 경험도 성립되지 않은 것이다. 이건 작자의 의도라 할 수 있다. 작자는 여정을 배제시킴으로써 '남편의 지명수배' 사실의 자각 쪽으로 여행 주체의 여행이 귀결되도록 만들었다. 그럼으로써 사회주의 이념 지향을 강력하게 만들었다. 작가는 다른 남자의 집 방문이라는 반전과 신문 호외를 통한 남편과의 간접적 상봉이라는 모티프를 사용하여 이런 의도를 효과적으로 실현시켰다. 여행 주체는 결말에서 남편의 사정을 알고 충격을 받는다. 그러나 그것은 단지 충격일 뿐 이로 인해 자기전환이 이루어지지는 않는다.

이상의 소설들은 비교적 1930년대 전반에 쓰여진 여행소설이다. 이 시기 가장 중심에 있었던 것은 욕망의 문제와 계급의 문제였다. 욕망의 문제는 1930년대 여행소설의 보편적인 관심사였다. 그러나 사회주의 문학은 이 시기 이후로 서서히 자취를 감추게 된다. 사회주의 문학은 문학 자체로 존재하는 것이 아니라 문인 그룹과 조직의 존재 등에 의해 개인을 넘어선 사회적 제반 요소들과 결부되어 있다. 그러나 카프에 대한 일제의 탄압이 강화되고, 이에 따른 카프 단원들의 잇따른 전향[159]

---

159) 노상래는 「전향론 연구」에서 전향의 개념과 전향을 낳게 된 사회문화적 배경을 구체적으로 살펴본 바 있다. 그는 전향의 개념을 내리는 데 있어 일본의 경우와 한국의 전

과 내부 혼란 등으로 방향성이 상실되면서 마침내 카프가 해산되기에
이르자 문학은 새로운 패러다임을 맞이하게 된다. 문학적인 것과 정치
적인 것이 일치하는 패러다임에서 벗어나 문학과 정치가 분리되는 새
로운 현실이 펼쳐진다. 이로 인해 문학 자체를 제외한 모든 것은 논의
에서 벗어나게 된다.[160] 여행소설 역시 카프가 해산되고 사상성이 약해
지면서 카프 해산 이전과는 다른 흐름을 겪게 된다. 여행 주체의 여행
은 사상과 이념에서 분리되어 그 자체로서의 문학성을 추구할 수밖에
없게 되는 것이다.

2. 주체의 내적 갈등과 풍경의 재구성

2.1. 환락과 도피 – 이효석의 「천사와 산문시」

여행소설에서 여행 주체는 대체로 새롭고 낯선 공간을 여행지로 선
택하지만 가끔 익숙한 공간을 여행지로 선택하기도 한다. 「천사와 산문
시」[161]의 여행 주체가 이 경우에 해당한다.

향을 구분하여야 한다고 본다. 일본의 전향이 '강제에 의해 일어난 사상의 변환과 자
발적인 사상의 변환 모두를 가리키는 것, 그 중 특히 맑시즘을 포기하고 천황제로 복
귀하는 것'인데 반해, 한국의 경우는 '순전히 강제에 의해 일어난 사상의 변환이며 특
히 혁명 이론에 바탕을 둔 사람들의 사상 변환'이라 밝힌 바 있다. 이에 대한 자세한
논의는 노상래, 「전향론 연구」, 『한민족어문학회』 26집, 1994를 참조할 것.
160) 채호석, 앞의 글, p.317.
161) 「천사와 산문시」는 소설이라는 이름을 달기는 했지만, 실제로는 시나 여행기에서 별
반 나아가지 못했다는 인상을 주기도 한다. 이는 김문집의 지적과도 그 맥을 같이 한
다. "소설은 작가의 꿈의 산물이나, 그는 또한 인생의 비평이 아니면 안 된다. 다시 말
하면, 소설은 그 근저에 있어서 결국 산문정신의 소산이 아니면 안 된다. 그러므로 소
설은 그것이 시이기 전에 먼저 산문이어야 한다. (중략) 소설에 있어서 산문적 정신,
즉 비평적 정신이 그 우위를 점하지 못하고, 시적 정신에 압도될 때에는 그는 제재의
협소와 사상의 빈약을 초래하고 말 것이다. (중략) 이효석 씨의 최근의 작품에 있어서

소설에서 여행 주체는 도시가 주는 새로움에 놀랄 필요도 없고 도시 풍경을 의미 있는 것으로 여기지도 않는 생활인의 시선을 지닌 여행자이다.162) 따라서 여행지로 택한 '잠깐만에 보는 서울은 표면에 관한 인상에 관한 한도 안에서는 그다지 신기한 변화'163)를 보이지는 않는 것이다. 여행 주체는 도시를 내면화하여 그 일부가 되었으므로 도시는 여행 주체에게 무료함만을 제공하는 곳이 되었다. 이러한 도시의 성격과 도시인의 습성에 대해 벤야민은 다음과 같이 묘사한 바 있다.

거대한 중앙 집중화 현상, (중략) 하지만 이러한 현상의 대가로서 치루어진 희생이 어떠한가는 나중에 가서야 비로소 발견된다. 며칠 동안 중심가의 보도를 거닐다 보면 우리는, 런던사람들은 그들의 도시를 가득 메우고 있는 문명의 기적들을 모두 완성시키기 위해 그들이 지닌 인간성의 가장 훌륭한 부분을 희생시켜야만 했고, 또 그러한 문명의 기적들 속에 잠들어 있는 수많은 힘들이 활용되지 못한 채 억압되어 있다는 사실을 알아차릴 수가 있다. 거리의 혼잡 속에는 이미 무엇인가 인간의 본성에 거슬리는 면이 있다. 동일한 특성과 능력, 동일한 이해관계를 지닌 이들은 모두가 행복해지기 위한 사람들이 아닌가?……그런데도 그들은 마치 서로 아무런 공통점이 없으며 아무런 상관도 없는 것처럼 서로 치닫고 스쳐 지나가고 있는 것이다.

정신이 산문적 정신을 압도하려는 경향에 나는 도리어 불안을 느낀다." 김문집, 「조선 문예학의 미학적 수립론」, 『조선중앙일보』, 1936.4.
162) 이와 같은 소설 속 여행 주체의 모습은 작가 이효석의 도시경험과도 밀접하게 연관이 있다. 평창에서 태어나긴 했지만, 그의 생활과 가치관은 도회적 습속에 익숙하다. 이효석은 근대적 지식의 산실이라고 하는 경성제일고보에 입학하게 되는데 이 무렵부터 도시경험은 내면화된다. 더욱이 1931년 카프검열 취업 사건에 대해서 근본적인 회의를 가지고 경성농업학교에 영어교사로 부임한 뒤로는 카페, 소시지, 버터는 그에게 생활화된다. 최익현, 「모더니즘과 시선-이효석의 도시풍속과 자연의 발견」, 『어문연구』 26호, 1998, p.179.
163) 이효석, 「天使와 散文詩」, 『사해공론』, 1936.4, p.134.

그들 사이에 유일한 합일점이 있다면 그것은, 각자는 보도를 거닐 때에 우측통행을 지켜야 하며, 그럼으로써 서로 지나치는 두 무리가 서로 통행에 지장을 받지 않도록 해야 한다는 묵약이다. 그렇지만 어느 누구도 다른 사람들에게 단 한번만이라도 시선을 던져 줄 생각은 하지 않는다. 이러한 개인들이 작은 공간으로 밀집해서 밀어닥치면 밀어닥칠수록 잔인한 무관심, 즉 자신의 사적인 관심사에만 무감각하게 고립되는 현상은 그만큼 더 역겹고 자존심을 상하게 하는 것으로서 나타나게 된다.164)

벤야민은 도시의 형성은 인간성 상실을 담보로 하고 있는 것이라 보았다. 도시 사람들은 서로에게 관심을 가지지 않으며 서로 치닫고 스쳐간다. 그들은 서로에게 스쳐지나가는 대상에 그칠 뿐 더 이상의 유의미한 존재가 되지 못한다. 그들에게 존재하는 것은 오직 규약이다. 제도에 의해 도시인들은 점점 더 고립되어 간다. 그리고 이로 인해 가치의 전도 현상이 벌어지기도 한다. 이러한 벤야민의 도시에 대한 견해는 이효석165)의 「천사와 산문시」에 등장하는 여행 주체의 여행 경험에서 함축적으로 나타난다.

---

164) Walter Benjamin, 반성완 편역, 「보들레르의 몇가지 모티브에 관해서」, 『발터 벤야민의 문예이론』, 민음사, 1983, p.132.
165) 이효석은 「천사와 산문시」가 창작되기 이전에 「노령근해」(1930.5.), 「상륙」(1930.6.), 「북국사신」(1930.9)과 같은 여행을 주된 모티프로 사용한 작품을 창작한 바 있다. 그러나 「노령근해」와 「상륙」은 여행지에 도착하기 전 여행 주체의 기대와 설렘만 담고 있을 뿐 풍경도, 타자도 존재하지 않는다. 따라서 여행지에서 겪는 주체의 경험과 그에 따른 인식변화 역시 부재되어 있다. 「북국사신」은 앞선 두 작품에 비해 여행지에서의 경험이 구체화되어 있다. 러시아 여인의 키스를 경매로 산 것에 대한 기쁨을 편지 형식으로 적고 있는 이 소설은 욕망과 사랑이라는 소재라는 점에서 「천사와 산문시」와 그 맥락을 같이한다. 이렇듯 1930년대에 들어서서, 여행에 대한 관심을 소설로 창작하는 이효석은 1936년에 이르러서는 「천사와 산문시」를 발표하게 된다. 「천사와 산문시」는 「북국사신」의 모티프가 변용된 것으로 앞선 작품에 비해서 이효석의 '여행과 여인에 대한 상관관계'와 그에 따른 '주체의 인식변화와 관점'을 비교적 면밀하게 볼 수 있는 작품이라 볼 수 있다.

「천사와 산문시」에 등장하는 여행 주체는 일제가 세워둔 '백화점'[166]
과 상품을 냉정하게 무시할 수도 있을 만큼 도시 생활에 익숙한 자이
다. 그는 "처음으로 여행하는 사람같이 새로선 건축물에 놀랄필요도없
고 백화점에 들어가 정신을 빼앗는것도없고 상품의 무지쯤은 지릅떠볼
것없이 랭정하게 무시할수있"[167]기 때문에, 도시의 화려함에는 별반 관
심이 없다.[168]

　그런 그에게 있어 풍경으로 인식되는 것은 오직 '여인'이다.

　변하여 가는 용모, 철에맞는 치장이 늘 새로운풍경을 지어 불과 한철
만이면서도 자연 괄목상대하게 된다. 결국 도회문화의 앞잡이를서는것
은 여인풍경이요 색정문화의 발달이 곧 건전한도회를 거러간다고말함
은 일종의 역설일까. 거리에서 만나는 모르는여인의 표정을 살피고 나
부끼는 마프터에 주의를 보내는 마음은 건전치 못한것일까. 여행을 하
는 마음은 그무엇을 찾는마음이니 그무엇이 바로 그것이아닐까. 「절스
대외탐구」를쓴 발삭자신의 찾은 절스대는 우주의 마즈막원수도아니오
그렇다고 「인간히극」의 진리도아니오 실로 몇사람의 여인이 아니었던
가. 그는 예술의 지팽이를 짚고 여인을찾은 한사람의 평범한 나그내었

166) 일제는 본국의 식량난과 인구 문제를 해결하기 위해 조선의 상권을 밀어내고, 조선 상
　　권의 절반 이상을 차지하는 독주 체제를 구축했다. 일본 상권의 핵심은 1920년대 중
　　반 이후 본격적으로 등장하는 일본 기업의 근대식 백화점들이다. 서울에 백화점이 등
　　장함에 따라 조선 시대 나라를 대표하는 전통적인 상가들은 모두 사라지고 경성의 판
　　도는 일제 중심으로 철저하게 재편하였다. 노형석, 앞의 책, pp.108~113.
167) 이효석, 앞의 글, p.134.
168) 이렇게 생활인의 시선을 지닐 때, 존재하게 되는 풍경은 크게 두 가지 유형으로 나타
　　날 수 있다. 첫째는 익숙한 공간 속에 대한 지속적인 관찰이며, 둘째는 익숙한 공간의
　　삶에서 일탈적 체험을 하는 것이다. 익숙한 공간 속에서 내부 모순을 발견하기 위해서
　　는 풍경에 대한 지속적인 관찰이나 독특한 타자와의 관계 맺음이 요구된다. 그러나 「천
　　사와 산문시」의 여행 주체는 적극적인 관찰자가 아니라 단조롭고 소극적인 시선을 가
　　졌기 때문에 주변 풍경에 대해 별반 관심이 없다. 다만 그는 익숙한 공간에서의 단조
　　로운 생활에서 벗어나기 위해 일탈적 체험을 갈구한다.

다. 세상에 많은 사람도 결국 그런 여행자가 아닐까.[169)

'나'에게 여인은 타자가 아니라 풍경이다.[170) 여인이 타자가 아니라 풍경으로 인식된다는 것은 여인을 바라보는 여행 주체의 시선이 일시적이며 그 깊이가 얕음을 의미한다. 따라서 여행 주체는 풍경을 그저 '관찰'하는 자에 그친다.

그러나 「천사와 산문시」의 풍경이 특징적인 것은 여인 풍경을 관찰하는 여행 주체가 풍경을 감상하는 까닭이 '그 무엇을 찾는 마음'에 있다는 데 있다. 여행 주체의 내면에는 어떤 대상을 만나 그 대상을 통해 새로운 인식에 도달하고 싶은 욕망이 내재되어 있다. 따라서 주체의 문제가 간과되고 있는 듯하지만 실제로는 엄연히 주체가 베일을 쓰고 존재하는 것이다.

이때, '그 무엇을 찾는 마음'이 생겨난 것은 도시적 특성에 기인한다. 그것은 도시적 이중성과도 밀접하게 관련되어 있다. 도시는 화려함과 공허함이 동시에 공존하는 곳이다. 도시의 화려함은 보여주기의 일환일 뿐 그 속은 텅 비어 공허함을 조장한다. 도시는 명백히 인간의 이성이 자연을 정복하고 파괴한 자리에 세운 구조물임에도 불구하고 종국에는 그 스스로가 개발한 자연의 변형태인 도시에 의해 인간의 이성은 철저히 유린당하기도 한다. 따라서 도시는 근대의 물질적 상징이며 본질적

---

169) 이효석, 앞의 글, pp.134~135.
170) 이효석의 소설 속 주인공들은 현실과 관계 맺지 않고 끊임없이 부유하는 특성을 가지고 있다. 여성의 재현도 이러한 특성이 관철되고 있는데, 남성 주인공들에게 여성은 자연과 마찬가지로 풍경으로 비춰지고 있다. 백지혜, 「이효석 소설에 나타난 '여행'의 의미 연구」, 『현대문학연구』 제251집, 2002, p.40.

가치가 전도된 현장이라고 할 수 있다.[171] 가치가 전도된 현장에는 가
난과 소외, 단절과 불안이 산재된다.

> 하숙의 이층은 춥고 을씨녕스럽다. 방바닥에는 숯불이있고 이방속에
> 는 식은 물통이 있을뿐이오 호텔이 바라보이는 외겹 유리창으로는 몬지
> 와 바람이 새여들어 (중략) 이웃방에서는 하급회사원인 홀아비가 어미없
> 는 사남매를데리고 쓰린 아츰저녁을 보내는눈치다. 숙성한 맏딸에게서
> 유행가를 배우며 한구절 한구절 서툴게받는 중년사나히의 재치없는 목
> 소리가 밤이면 처량하게 측은하게 흘러온다. 아래층에서는 몇호실에선
> 지 회사에다니는 여사무원이 해산한지 삼칠일도 못되었다. 유성기 회사
> 에 다니는 아해 아비의꼴은 볼수없이 밤중이면 어린것만이 목에불이다
> 리게 우는것이다. 그 안타까운 아우성이 이웃방 홀아비의 유행가와 우
> 연히 이부합창이 될 때가있다. (중략) 이 모든 옆방의사람들은 마즌편큰
> 호텔의 모양을 하얌없이 바라보면서 각자의 초라한 생활을 좁은 방속에
> 꾸깃꾸깃 움츠려버리는것이다.[172]

여행 주체가 여행지에서 여인이 가득한 찻집으로 가는 까닭은 현실
의 초라한 생활을 잊기 위해서이다. 그것이 일시적인 행위이며 허무함
을 조장한다 할지라도 무기력한 일상에서 벗어나 화려하고 새로운 경
험을 갈망하는 마음은 지속된다. 현실이 고되고 괴로울수록 사람들은
더욱더 다방과 카페라는 환상에 빠져들고 중독되었다. 일제의 상권 침
탈이 가져온 화려한 상품의 매력에 뒤덮인 근대 도시는 도시를 활보하
는 사람들에게 있어 마법의 장소로 비춰졌다. 이러한 마법의 장소에서

---

171) 한만수, 「1930年代 모더니즘文學의 心理的 異常性 研究」, 중앙대학교 대학원 박사논문,
    2001, p.40.
172) 이효석, 앞의 글, pp.135~136.

많은 것들은 꿈과 환상이라는 외피를 쓰고 도시에 범람하였다. 당시의 다방과 카페도 도시인들의 불안과 꿈과 욕망을 표출하는 환상의 장소, 판타스마고리아(pantasmagoria)의 경험을 할 수 있는 도시공간이었다.[173] 그곳은 지저분한 거리와는 단절된 공중에 홀연히 솟은 듯한 세상이다. 따라서 그 곳에서 만난 도회의 여자는 '천사'로 인식된다. 여행 주체는 스스로 천사로 인식하고 있는 여인을 통해 일탈을 꿈꾼다.

여행지에서 만난 여인은 나와 지속적인 관계를 가질 수 없다. 여행 주체는 돌아가야 하는 존재이고 게다가 함께 하는 대상이 단 하룻밤의 유희를 위한 카페 여인이기 때문이다. 그러나 1930년대 당시 카페 여성이 '설명되는 대상'이 아니라 '보이는 대상'이며 '소유되는 대상'[174]인 데 반하여, 「천사와 산문시」에 나타나는 여성은 보이는 대상이자 소유하는 대상이면서도 설명되는 대상이 된다는 점이 주목된다. 여행 주체가 그 여성을 천사라 칭하며 격조를 높여주는 데다가, 여인을 통해 발견한 사랑에 대한 자신의 감회를 진지하게 술회하고 있기 때문이다.

> 엄숙한 표정을 지니고 사랑과 욕심의구별을 세우랴고 골人살을 찚으림은 칼날로 바다물을 가르랴는것과도같어 거의 무의미한 헛수고인듯하다. 사랑과욕심은 서로 뗄수없는것이니 사랑이있으면 반듯이 욕심생이기고 욕심솟는곳에 자연 사랑도 붙는 것이다. 즉 사랑없는곳에는 욕심도없는것이며 욕심없는곳에 사랑이 있을리는 더욱 만무하다. 사랑과욕심을 가를수 없음은 (중략) 찬란한 내용은 책부터찬란하듯이 찬란한사랑

---

173) 이에 대한 자세한 논의는 장유정, 『다방과 카페, 모던보이의 아지트』, 살림, 2008, pp.81~85를 참조할 것.

174) 서기재, 「근대 관광 잡지 『관광조선』의 탄생」, 『여행의 발견 타자의 표상』, 민속원, 2010, p.62.

이면 욕심도 찬란하여야 한다. 이것을 뒤집어 말하면 욕심 찬란해야 사랑도 찬란하여지는 것이다. (중략) 거리의 천사라고 반듯이 욕심의 대상만이 되는법은 아닌듯하다. 거리의천사도 마음의천사가 될수 있다. 욕심으로부터 들어와서 마음을흔든다. 그런 사랑도 있는 것이다.[175]

인용문에 따르면 사랑과 욕심은 구별할 수 있는 것이 아니다. 사랑으로부터 드는 사랑도 있으며 욕심으로부터 드는 사랑도 있다. 그 경계는 불분명한 것이다. 거리의 천사도 마음먹기에 따라 진정한 천사가 될 수 있다. 중요한 것은 대상을 바라보는 주체의 인식과 시선에 달려 있다.

그러나 「천사와 산문시」에 나타나는 사랑이란 대상과의 적극적인 감정 교류와 정서적 합일을 동반한 상호소통으로서의 사랑이 아니라 욕망을 추구하는 주체의 심리를 합리화하고자 하는 자의적 해석에 의한 사랑이라는 성격이 강하다. 따라서 여인과의 만남을 통해 주체의 변화가 나타나기는 하지만 그것은 개인적인 욕망의 변형태일 뿐 지속적이고 완성된 형태라고 할 수는 없다. 작가가 욕심으로부터 드는 사랑을 여행의 주된 관심거리로 삼은 것은 '욕망을 추구'하고자 하는 작가의 근대적 주체로서의 성향이 담겨 있는 것이라고 할 수 있다. 그러나 그 방법에 있어 현실에 뿌리내리고자 하는 의지보다는 현실을 초월하고자 하는 열정이 압도적으로 부각되었다.[176] 여행은 더 이상의 대상과의 지속적인 관계 맺음을 가능하게 하지 않는다. 그것은 여행지에서 만난 타자가 카페 여급이라는 사실과 그 여급과의 사랑이 정신과 육체가 일체되어 합일을 이룬 사랑이 아니라 육체적 욕망만을 추구한 반쪽짜리 사

---

175) 이효석, 앞의 글, pp.139~140.
176) 김윤식·정호웅, 앞의 책, p.172.

랑이기 때문이다. 무계획적으로 욕망을 지향하는 여행은 더 이상의 의
미 있는 연속된 경험으로 나아가지 못하고 일회적 추억으로 그치고 만다.

이 작품은 여행이 순간적 일탈을 경험하게 하는 것이라는 전제에 가
장 충실한 것이라 할 수 있다. 그러나 그 여행이 여행 주체의 현실 일
탈을 충족시키는 데에 그칠 뿐 거기에서 더 나아가지 못했다는 점에서
한계를 지닌다.

2.2. 시대 모순에 따른 내면의 고뇌 - 이태준의 「패강랭」

이태준은 상고주의를 지향했던 작가이다.[177] 그런 그에게 있어 1937
년과 1938년은 대단히 중요한 과도기였다 할 수 있다. 1937년 중일 전
쟁이 일어나 당시 조선을 둘러싼 국제적 정서는 몹시도 불안했다. 일본
은 '내선일체'라는 미명 아래 우리 민족의 민족적 특성을 소멸시키는
정책을 우선적으로 강행했다.[178] 이러한 시대적 불안은 그의 작품에 소
재와 정서에서 변용을 가져온다. 평온한 마음을 유지할 수 있을 때는
한 공간에 머물며 고완(古翫)의 취미를 즐겼지만, 시대적 탄압으로 인해
심리적 혼란이 가중되자 그 답답증으로 길을 나설 수밖에 없게 된다.

---

177) 1925년 「오몽녀」를 시작으로 문단활동을 시작한 상허 이태준은 만주사변(1931년)에서
　　중일전쟁(1937년)을 거쳐 태평양전쟁(1941년)에 이르는 시기에 가장 왕성한 작품 활
　　동을 펼쳤다. 이태준은 가장 암울하고 혼란스런 시기에 가장 활발하게 창작 활동을 한
　　것이다. 이는 미적 자율성을 옹호하며 예술적 기법에서 탁월한 성취를 보여주고 있는
　　이태준의 작품이 개인적 취향의 소산이면서도 당대의 심각한 역사 상황과 긴밀하게
　　관련된 것임을 암시한다. 민충환, 「단편 미학의 대가가 보여 주는 현실의 단층」, 『「패
　　강랭」(외)』, 범우사, 2007, p.7.
178) 「패강랭」이 발표된 1938년 1월은 우리말에 대한 일제의 탄압이 극에 달해 있었던 시
　　기이다. 김도희, 「이태준 단편 「패강랭」(浿江冷)의 항일문학적 성격」, 『현대소설연구』
　　20, 2003, pp.240~241.

때문에 이태준은 인생의 고비, 정치적 과도기, 문학적 고비마다 만주, 소련, 중국과 같은 문제적 공간을 여행하며 그에 따른 기행문을 남겼다.179) 「패강랭」이 창작된 시기 전후로는 원산 여행을 다룬 「여정의 하루」(1934), 동해안 여행을 다룬 「해촌일지」(1936)를 남겼다. 이들은 분량이 짧은 여행기 형식이다. 여행기는 당시 이태준의 내면을 파악하고 그가 사용했던 담론의 구조를 인식할 수 있는 계기가 되었다.180) 그러나 여행기라는 장르는 작가의 구체적인 내면을 정밀히 묘사하기에는 한계가 있었으므로 장르를 바꾸어 여행소설을 시도했던 것으로 보인다.

옛 도시의 유적지들은 현대에 이르러 사라진 양식의 의미를 돌아보게 하고 양식에 대한 노스탤지어를 느끼게 한다는 점에서 여행 주체가 옛 도시를 여행할 때의 느낌은 골동품 수집가가 고완품을 찾는 행위의 느낌과 근본적으로 다르지 않다. 이 향수의 심리구조는 혐오스런 일상으로 다시 돌아가야 한다는 탄식과 결합하여 허무, 절망의 노스텔지어로 증폭된다.181)

「패강랭」에는 시대적 탄압이 거세짐에 따라 정신적 가치와 물질적인 가치 사이에서 혼돈을 겪는 작가의 분신과 같은 주인공이 등장한다.182)

---

179) 이태준은 만주와 소련, 중국을 여행하고, 「만주기행」(1938), 『소련기행』(1947), 『혁명절의 모쓰크바』(1950), 『위대한 새 중국』(1952)과 같은 작품을 남겼다. 특히 그는 「패강랭」이 창작된 해와 같은 해인 1938년에 만주를 돌아본 연후에 『만주기행』을 발표했다. 이와 관련된 자세한 논의는 권성우, 「이태준 기행문 연구」, 『상허학보』 vol. 14, 2005, pp.188~189를 참조할 것.

180) 권성우, 앞의 글, p.190.

181) 최혜실, 『한국현대소설의 이론』, 국학자료원, 1994, pp.210~211.

182) 기존의 4분법적 시점 분류에 따르면 「패강랭」은, 서술자가 이야기 속에 등장하는 인물이 아니고 등장인물의 심리까지 꿰뚫어 볼 수 있는 전지적 서술자가 사건을 내적으로 분석하고 있다는 점에서 '전지적 작가 시점'에 속한다. 그러나 이 작품은 주인공 '현'을 '나'로 바꾸어도 작품에 변화가 없다. 따라서 이 작품의 실제 서술 효과는 '1인

이 작품에는 이러한 여행자의 내적 고민이 여실히 드러난다.

여행소설에 등장하는 주인공들은 여전히 전근대적 삶이나 예술, 가치관을 내면화하거나 전근대적인 것이 근대적인 것들보다 우월하다고 여기는 인물들이다. 작가도 근대와 자신을 대립시키는 반면, 전근대와 자신을 동일시하고 있다.183) 이태준이 찾는 여행지가 주로 명승지인 것도 이와 같은 선상에서 생각해볼 수 있다. 옛 것에 대한 애착은 자연에 대한 관심으로 나아간다. 이태준에게 있어 자연은 곧 국토이고 훼손되지 않는 과거이며 손상당한 자존심의 마지막 의지이다.184) 그러나 그러한 자연풍경조차도 일제 근대화로 인해 파괴되어가고, 쇠락해간다.

「패강랭」에서 주인공 '현'은 실직 위기에 처한 친구 '박'의 편지를 받고 그를 위로하고자 십여 년 만에 평양을 방문하게 된다.

> 다락에는 제일강산(第一江山)이라, 부벽루(浮碧樓)라, 빛 낡은 편액(扁額)들이 걸려 있을 뿐, 새 한 마리 앉아 있지 않았다. (중략) 다락에 비겨 <u>대동강은 너무나 차다.</u> (중략) 푸르기는 하면서도 마름(水草)의 포기포기 흐늘거리는 것 (중략) 물은 흐르나 소리도 없다. (중략) 현은 피우던 담배를 내어던지고 저고리 단추를 여미었다. 단풍은 이제부터 익기 시작하나 날씨는 <u>어느덧 손이 시리다.</u>
> '<u>조선 자연은 왜 이다지 슬퍼 보일까?</u>'185) (밑줄 : 인용자)

칭 주인공 시점'의 그것과 구별되지 않는다. 따라서 소설에서 서술을 구성하는 두 요소로서 '눈'과 '목소리'를 구별하여야 하며, 사건을 바라보는 초점 주체가 작중 인물인가 아니면 작품 바깥에 존재하는 초월적 주체인가에 대한 고려가 필요하다고 본다. 김성진, 「서사 교육에서 맥락과 장르의 관계에 대한 연구」, 『문학교육학』 30호, 역락, 2009, pp.306~307.
183) 김양선, 『1930년대 소설과 근대성의 지형학』, 소명, 2003, p.131.
184) 김윤식·정호웅, 앞의 책, p.212.
185) 이태준, 「패강랭」, 『패강랭(외)』, 범우사, 2007, pp.119~120. 앞으로의 본문 인용은 이 책에서 하기로 한다.

평양 부벽루에 올라 대동강을 내려다보는 그의 마음은 슬프다. 단풍이 이제 막 들기 시작하는 날씨지만 대동강 물은 이미 차고 자신의 손은 시리기만 하다. 차갑고 서늘한 기운이 그의 몸까지 전이된 것이다.

현이 대동강 앞에 서서 서글픔을 느낀 데에는 크게 두 가지 원인이 있다. 첫째는 친구 박에게서 지싯지싯한 자기의 모습을 보았기 때문이고, 둘째는 너무도 달라져버린 평양 풍경을 목격했기 때문이다.

정거장에 나온 박은 수염도 깎은 지 오래어 터부룩한데다 버릇처럼 자주 찡그려지는 비웃는 웃음은 전에 못 보던 표정이었다. 그 다니는 학교에서만 지싯지싯 붙어 있는 것이 아니라 이 시대 전체에서 긴치 않게 여기는, 지싯지싯 붙어 있는 존재 같았다. 현은 그런 지싯지싯함에서 선뜻 자기를 느끼고, 또 자기의 작품들을 느끼고 그만 더 울고 싶게 괴로워졌다.[186]

정거장에 나온 친구 박의 모습 속에는 자꾸 찡그려지는 비웃음이 있다. 그 비웃음을 만든 건 그의 어려운 생활이다. 그의 생활을 어렵게 만든 건 일본 제국주의가 '내선일체'라는 미명 아래 조선어 말살정책을 강행했기 때문이다.[187] 고등보통학교에서 조선어와 한문을 가르치는 박은 수업 시간이 반이나 줄고 그 학과마저 사라질 위기에 처해 있다.

'현'의 입장도 '박'의 그것과 크게 다르지 않다. 작품을 쓰는 현에게

---

186) 이태준, 앞의 책, p.121.
187) 이태준은 민족문학과 반민족문학을 가늠하는 가장 중요한 잣대로 언어를 설정할 만큼 조선어에 대한 애착이 남다른 작가였다. 이러한 그의 조선어에 대한 인식은 조선 문학의 장래에 대해 논한 좌담회 자료와, 소설 『해방전후』에서 더욱 구체화되고 있다. 이에 대한 자세한 논의는 노상래, 「해방기 자기고백 소설 연구(Ⅰ), 『한민족어문학』 32호, 1997을 참조할 것.

있어 조선어 사용 금지는 직장을 잃게 했고 자신의 존재를 구차한 것으로 인식하게 만들었다. 때문에 '현'은 '박'의 모습 속에서 자신을 발견하게 되면서 그 마음이 전이되어 울고 싶을 만큼 괴로워지는 것이다.

> 오면서 자동차에서 시가도 가끔 내다보았다. 전에 본 기억이 없는 새 빌딩들이 꽤 많이 늘어섰다. 그 중에 한 가지 인상이 깊은 것은 어느 큰 거리 한 뿌다귀에 벽돌공장도 아닐테요 감옥도 아닐 터인데 시뻘건 벽돌만으로 무슨 큰 분묘(墳墓)와 같이 된 건축이 웅크리고 있는 것이다. 현은 운전수에게 물어 보니 경찰서라고 했다.
> 또 한 가지 이상하다 생각한 것은 그림자도 찾을 수 없는 여자들의 머릿수건이다. (중략) 현은 평양 여자들의 머릿수건이 보기 좋았었다. (중략) '피양내인'들만이 가질 수 있는 독특한 아름다움이었다. 그런 아름다움을 그 고장에 와서도 구경하지 못하는 것은, 평양은 또 한 가지 의미에서 폐허廢墟라는 서글픔을 주는 것이었다.
> 현은 을밀대(乙密臺)로 올라갈까 하다 비행장을 경계함인 듯 총에 창을 꽂아 든 병정이 섰는 것을 발견하고는 그냥 강가로 내려오고 말았다.[188]

평양은 어느새 새 빌딩들이 들어서고 분묘와 같은 경찰서와 비행장이 들어섰다. 일제의 식민 정책이 도시의 풍경으로 나타난 것이다. 여자들의 머릿수건이 없어졌다는 사실도 현을 실망시킨 것 중의 하나였다. 그로 인해 이제 "평양도 서울과 별루지지 않"게 되어버렸다. 일본 제국주의로 인해 근대화가 급속히 진행되었던 경성에 비해 지역의 전통적 독자성을 유지하며 조선다움을 고수했던 평양도 어느새 근대적

---

188) 이태준, 앞의 책, pp.121~122.

도시로 변해버렸다.

일제에 의해 전통마저 말살되고 있는 식민지 평양 풍경은 '현'에게 폐허라는 인상만 남긴다. 폐허가 된 평양 풍경을 관찰하게 되면서 느끼는 씁쓸함은 자신에게로 전이되고 마침내는 내면적 서글픔이 되는 것이다.

풍경을 통해 생성된 서글픔은 타자와의 만남을 통해 구체화된다. 현은 평양의 유명한 요릿집인 동일관에서 두 친구를 만난다. 한 명은 이곳 부회 의원이자 실업가인 '김'이고, 다른 한 명은 낮에 만났던 '박'이다. 그리고 머리를 물들이고 지진 동일관 기생들과 '흰 저고리 옥색 치마를 입고, 머리도 가르마만 탄' 그들과는 다른 모습의 기생 '영월'이 동석한다.

여행지에서 만난 인물들은 그들이 가진 가치관에 따라 크게 두 부류로 나눌 수 있다. 제국주의 근대화를 추종하는 시대 타협적인 인물들과 전통적인 것에 대한 그리움과 애수를 가지고 있는 전통 지향적인 인물이 그것이다. 첫째 부류에 해당하는 인물은 현의 친구인 김과 젊은 기생들이며, 둘째에 해당하는 인물은 현과 박, 그리고 나이 많은 기생 영월이다.

이들이 지닌 가치관은 인물의 대화와 모습을 통해 구체화되는데 먼저 평양에 머릿수건이 사라진 것을 두고 나누는 김과 현의 대화에서 두 인물의 성격을 짐작해볼 수 있다.

"그런데 박 군? 어째 평양 와 수건 쓴 걸 볼 수 없나?"
"건 이 김 부회 의원 영감께 여쭤 볼 문젤세. 이런 경세가(輕世家)들이

금령을 내렸다네."

　(중략)

　"이 자식들아, 너이야말루 빌어먹을 자식들인게……. 그까짓 수건 쓴
게 보기 좋을 건 뭐며 이 평양부 내만 해두 일 년에 그 수건 값허구 당
기 값이 얼만지 알기나 허나들?"

　하고 김이 당당히 허리를 펴고 나앉는다.

　"백만 원이면? 문화 가치를 모르는 자식들……."[189]

　김은 부회 의원직을 맡고, 시대에 민감하여 일본어 사용을 즐겨 하고
땅 노름으로 돈을 벌기도 하고 현에게 방황 전환을 하라고 적극 권하는
시대를 추종하는 인물이다. 김에게 있어 머릿수건으로 대표되는 고유한
평양의 문화는 경제적으로 아무 이익이 되지 않는 무가치한 것일 뿐이
다. 이에 반해 현은 고유한 문화 가치를 중시 여기며 옛 것에 대한 그
리움을 간직한 인물이다. 그러나 그런 현은 어느새 주변으로 물러나 있
어 세상의 주류가 되지 못한다. 이러한 현의 심리는 나이 많은 기생 영
월의 모습에 그대로 투영되어 나타난다.

　기생 영월과 '현'은 한때 능라도에 어죽 놀이를 차리기도 하고, 함께
부벽루로 여행을 가기도 했었다. 그러나 그때의 흥은 사라지고 지금
'현'의 마음 깊은 곳은 생활의 근심이 가득하며, 영월의 얼굴 역시 세월
의 자국으로 얼룩져 있다. 영월의 머리엔 예전에 쓰던 머릿수건이 사라
졌고 손님들이 평양말보다 서울말을 더 좋아하는 까닭에 더 이상 평양
말을 쓰지 않는다. 그러나 그녀는 다른 기생들처럼 재즈를 틀고 댄스를
추는 대신 장구채를 뽑아 잡고 단재 신채호의 가사를 부른다.[190] 영월

---

189) 이태준, 앞의 책, p.127.

에게는 아직 조선적인 것이 남아 있다. 그리고 이런 그녀의 곡조를 받아주고 끝난 후에는 눈물까지 글썽거리는 박 역시 조선의 것을 소중히 여기는 전통 지향적 인물이다.

반면 김과 젊은 기생들은 전통을 거부하고 근대화를 추구하는 무리이다. 김은 보이를 불러 유성기를 가져와 재즈를 틀어 놓는다. 그때서야 잠잠히 앉아 있던 젊은 기생들은 "저희 세상인 듯 번차 김과 마주잡고 댄스를 춘다." 결국 세상은 장구채를 잡고 가사를 부르는 이들을 시대착오적인 인물이라 여기고 새로운 변화에 재빠르게 변하는 존재들만 중시할 뿐이다. 시대가 '돈과 실속'만을 추구하게 한다는 것은 영월의 입을 통해 진술된다.

> "자네두 그래 딴슬 허나?"
> "잘 못 한답니다."
> "글세, 잘 허구 못 허구간에?"
> "어쩝니까? 이런 손님 저런 손님 다 비월 맞추자니까요."
> "건 왜?"
> "돈을 벌어야죠"
> "기생일수록 제 돈이 있어야겠습디다."
> (중략)
> "돈 많은 사내헌테 가면 되지 않나?"
> "돈 많은 사내가 변심 않구 나 하나만 다리고 사나요?"
> 박이 나앉는다. 그리고,
> "난 한푼 없는 놈이다. (중략) 자네 돈 뫘으면 나하구 사세?"

---

190) 가사의 내용은 단재 신채호가 지은 시의 일부로 '산도 막히고 물이 끝난 곳에 다다라 문득 한탄하노니, 마음 놓고 노래하고 울부짖고 싶어도 그나마 되지 않는구나'라는 내용이다. 이태준, 앞의 책, p.129.

(중략)

"참, 돈 가진 기생이나 얻는 수밖에 없네 인젠……."

하고 현도 웃었다.

"아닌게아니라 자네들 이제부터 실속 채려야 하네."

하고 김은 힐끗 현의 눈치를 본다.191)

영월은 손님들의 비유를 맞추기 위해서 댄스를 추어야 한다. 시대는
금전을 중시하고 버림받지 않는 기생이 되기 위해서는 돈이 더욱 필요
하다. 결국 돈을 벌기 위해서는 어쩔 수 없이 시대와 타협할 수밖에 없
다. 직업도 없고 돈도 없는 현과 박은 영월을 보며 자신이 할 수 있는
거라곤 "돈 가진 기생이나 얻는 수밖에 없"다고 한탄한다. 그리고 그들
을 보며 김은 "이제부터 실속 채려야"함을 재차 강조하자, 현은 더욱
서글프기만 하다.

「패강랭」에서 여행 주체인 '현' 옆에는 여러 명의 여행지 타자들이
존재한다. 타자들은 객관적으로 보아 강한 존재이지만 여행 주체는 그
들에게 긍정적인 의미를 부여할 수 없다. 여행 주체는 타자와 적극적으
로 관계를 맺지 않으며 타자를 수용하여 스스로를 달라지게 하지도 않
는다. 주체와 타자는 대립각만 세우고 겉도는 것이다.

현은 한참 난간에 의지해 섰다가 슬리퍼를 신은 채 강가로 내려왔다.
강에는 배 하나 지나가지 않는다. 바람은 없으나 등골이 오싹해진다. 강
가에 흩어진 나뭇잎들은 서릿발이 끼쳐 은종이처럼 번뜩인다. 번뜩이는
것을 찾아 하나씩 밟아본다.

(중략)

---

191) 이태준, 앞의 책, pp.131~132.

"이상견빙지……이상견빙지……."
밤 강물은 시체와 같이 차고 고요하다.[192]

작품 말미의 풍경이다. 바람은 없으나 등골은 오싹하고, 나뭇잎들은
서릿발이 끼쳐 은종이처럼 번뜩이는 풍경이 제시된다. 담배를 피우려고
하지만 성냥하나 없이 춥고 허한 그곳에서 현은 '이상견빙지(履霜堅氷
至)'[193]를 반복해서 중얼거린다. 그것은 이제 곧 닥칠 현의 앞날에 대한
막막함의 표현이며, 나아가 영월과 박에게도 닥칠 시련을 암시한다.

현은 지금 서리를 밟았다. 이제 곧 닥칠 얼음, 길고 긴 시련을 각오하
여야 한다. 이는 작품 서두에 조선의 자연을 둘러보며 "조선의 자연은
왜 이다지 슬퍼 보일까?" 하는 탄식 속에 담긴 조선의 암담한 운명 예
감에 대응된다.

「패강랭」에서 여행 주체의 귀환이 생략된 이유도 이러한 관점에서
생각해볼 수 있으며 이는 결국 작가의 주제의식과도 연관된다. 주인공
현은 평양만은 옛 것이 고스란히 보존되어 있으리라는 기대를 갖고 평
양을 방문했다. 그러나 평양도 경성과 다르지 않았다. 경성에 비해 제
국주의 근대화의 물결이 비교적 덜하리라 기대했던 평양의 달라진 모
습에서 주인공이 느끼는 마음 역시 '서리를 밟은 마음'이다. 현의 절망
은 세상 그 어디에도 더 이상 물러설 곳이 없는 시대의 절망과도 유사
하다. 그 장소가 익숙한 곳이며, 도피처가 될 수 있다고 믿었던 곳일 때
그 패배감은 배가 된다. 결국 「패강랭」은 이제 더 이상 물러 설 곳이

---

192) 이태준, 앞의 책, p.133.
193) 履霜堅氷至는 주역의 곤괘(坤卦)에 나오는 말로 '서리를 밟으면 머지않아 매서운 겨울
　　이 닥칠 것'을 의미한다.

없는 지식인의 불안과 고민이 고스란히 드러난 작품이다. 작품 속에는 일제 말기 경계의 삼엄함과 그로 인해 소멸해 가는 것들을 지켜보는 회한과 냉혹한 시대에 살아남기를 고민하는 지식인의 허무와 이로 인한 내적 갈등이 담겨 있는 것이다. 따라서 주체의 내적 고민과 번뇌가 극에 달했다. 그러나 작가는 제국주의 근대적 인간과 전근대적 인간을 대조시켜 여행지에서의 사건 자체를 서술할 뿐 더 이상은 나아가지 못한다. 그것은 생활과 도덕 중 어느 한쪽을 버리지도 선택 할 수 없는 당대 지식인의 답답한 마음을 대변해주는 것이기도 하다. 그러면서도 주인공으로 하여금 사회에 대해서는 시니시즘으로 인생에 대해서는 아이러니로, 대인 관계는 페이소스로 대처하며 세상과 벽을 치고 자신의 세계에만 몰두하게 한다.194)

이태준은 골동품을 수집하고, 난(蘭) 가꾸기에 몰두하는 등 옛것에 대한 강한 애착을 가진 상고주의를 지향했던 작가였다. 그는 동양적 세계관을 표상하는 대상을 철저히 자족적인 것으로 보고 그에 대한 자신의 심경만을 토로하는 식의 작품 세계를 형성한다. 그런데 골동품은 그 가치로 인해 그것을 잘게 분석하는 것이 허용되지 않는다. 따라서 그것을 대상화하여 작품을 쓸 때 주체와 대상과의 거리는 쉽게 좁혀지지 않게 된다.195) 여행소설에서 여행 주체도 마찬가지이다. 「패강랭」에서 여행 주체는 여행지에서 만난 타자의 자리를 남겨두지 않고 대립각만 세우는데 이는 수필 정신과 동궤에 놓인 것이라 할 수 있다.

이 작품에서 여행 주체의 시선이 시종일관 애수에 젖어 있으며, 여행

---

194) 김윤식·김현, 『한국 문학사』, 민음사, 1984, p.200.
195) 김동환, 「1930년대 말기의 산문정신과 글쓰기의 유형」, 『국어교육연구』 1, 1994, p.31.

지에서의 사건도 관계의 형성과 발전이 아니라 차이를 대조하는 데 머물고 있다. 그것은 그의 여행이 새로운 시작으로서의 여행일 수 없으며, 과거에 대한 애착과 변해가는 현재에 대한 반발만을 담고 있음을 뜻한다.

2.3. 낭만적 사랑의 합일 추구-이무영의 「전설」

이무영의 「전설」은 『삼천리』에 2부로 나누어 연재되었다. 1부는 준구와 용자와의 만남과 애정관계를 설명하고 있고, 2부는 실제로 여행길에 오르는 것으로 이야기가 전개된다.

「전설」은 여행지에서 만난 여인에게 관심이 쏠리고 그 여인을 초점화한다는 점에서 앞에서 살펴본 이익상의 여행기 「旅行地에서 본 女子의 印象, 異常한 奇緣」과 유사한 전개방식을 보인다.196) 그러나 이익상의 여행기에서 여행 주체는 여행지에서 처음 만난 매력적인 여인을 초점화하고 관찰하는 것에 그친 데 반해, 「전설」에서 여행 주체는 미리 알고 있던 여인과 여행지에서 다시 만나는 설정을 통해 그 만남이 더욱 적극적인 관계로까지 발전해 가도록 전개하고 있다는 점에서 차이점을 지닌다. 이익상의 여행기에서 여행 주체는 여행지에서 만난 여인을 초점화하여 지속적인 관찰의 시선을 보낸다. 그런 점에서 대상에 대한 지속적인 관찰이 부각되었다고 할 수 있다. 그러나 여행 주체는 여인을 보자마자 호감에 사로잡히며 그로 인해 여행지 내내 그녀를 관찰하게 되는 관찰자일 뿐 그녀와 관계를 만들어내지는 않는다. 이에 반해 이무영의 소설에서 여행 주체는 여행지에서 만난 타자를 초점화하여 이야

---

196) 이 책 3장 1절 '1920년대 여행기' 중 '5) 개인에 대한 근대적 관찰의 실현' 부분 참조.

기를 전개한다는 점에서는 이익상의 여행기와 비슷하지만 여행 주체가
타자에 대해 보내는 시선이 단순한 관찰자의 차원에 머물러 있지 않다
는 점에서 차이점을 지닌다. 여행소설에서 여행 주체는 여행지에서 만
난 대상과의 적극적인 관계 맺음을 통해 기존에 지녔던 사고 및 가치관
을 변화시켜 나가는 적극적인 주체로 변모한다. 대상을 대하는 태도에
있어서도 대상에 대한 표면적 인식에서 머무는 것이 아니라 대화와 내
면 교류를 통해 존재론적인 차원의 소통을 이루어내는 것이다. 여행기
가 자신이 기존에 가지고 있는 관념이나 사상을 여행 경험을 통해 더욱
견고히 구축해나가는 과정을 담은 기록물이라면 여행소설은 여행지에
서 타자와의 관계 맺음을 통해 적극적으로 주체를 변화시키는 과정을
담은 기록이라는 전제가 여기서도 관철되고 있다.

「전설」에서 준구는 친구 '함'에게 함의 친척 여동생인 용자를 소개받
는다. 준구는 용자의 외모와 지적 능력에 매력을 느끼게 되고 몇 번의
만남을 함께하면서 마침내 그녀와 결혼을 결심한다. 그러던 어느 날 용
자는 준구에게 다른 사람과 결혼을 하겠다는 청천벽력과도 같은 선언
을 한다. 용자가 다른 사람과 결혼을 결심하게 된 까닭은 준구에게는
'생산력이 없다'는 것이다.

> 아침을 끓에먹고 저녁걱정을 하는 가난한 예술가의 안해될사람이란
> 먼저 그 가난을 극복할 용기가 잇어야하고 가난을 초월한 비범(非凡)한
> 여성이라야 한다는 것을 알엇어요. (중략) 난 현재 내가 가지고잇는 교
> 양과 수양만으로는 서선생의 안해될 자격이 못된다는것을 발견햇습니
> 다. (중략) 희생과 생활과는 다르지요. 허지만 사람이란 희생을 위해서
> 결혼한다는것은 무의미하지요. 생활을 위해서 결혼을 하는것이지. 생활

이 없는데 히생이 무슨 필요가 잇읍니까. 물론 이 생활이란 말은 먹고 입는것만을 의미한것은 아닙니다.[197]

스스로도 자신이 교양 있는 현대 여성이라 생각하는 용자는 결혼에 있어서도 분명한 자기 소신을 가지고 있다. 용자는 정신적 희생을 동반한 사랑보다 물질적인 생활안정을 보장해주는 것을 더 선호하는 여인이다. 때문에 준구와 같이 가난한 예술가의 아내가 되려면, 가난을 초월한 비범함을 지녀야 하는데 자신은 그럴 자신이 없다고 고백한다. 그리고 자신은 생활을 위해서 결혼을 하는 것이지 희생을 하기 위해 결혼하는 것은 아니라는 생각을 직접적으로 피력하면서 부와 권력을 지닌 H시의 굴지의 재산가인 윤의 둘째아들과 결혼한다.

용자는 이전의 소설의 여주인공들과는 달리 스스로의 판단과 가치관에 따라 결혼할 대상을 직접 선택한다. 더구나 그녀는 자유연애를 주장하는 단계를 지나서 연애와 결혼을 분리해서 생각하기에 이르렀다. 사랑이 아니라 물질적 가치를 중시하는 용자의 모습은 당시 만연한 물질만능주의 시대적 분위기를 반영한 것이라 볼 수 있다.

자신에게 실연의 상처를 주고 떠난 여인으로 인해 방황하던 준구는 그녀가 결혼해서 살고 있는 H시를 강연 차 방문하게 되는 기회를 얻는다. 준구의 여행은 '강연'이라는 분명한 목적이 있긴 하지만 강연보다는 용자와의 만남에 관심이 더 집중되어 있다. 그러나 그는 자신의 욕망을 억누르며 스스로를 통제한다. 그녀는 이미 사회가 그어놓은 제도에 따라 한 남자의 아내가 된 여자이기 때문이다.

197) 이무영, 「傳說」, 『三千里』, 1938.10. pp.278~279.

사, 오년전 준구는 H시에 와 본적이 있지만 H에는 그때의 면모란 별
로 찾어볼길도 없었다. (중략) 상투를 틀었든 한학자가 금시에 양복을
빠뜨리고 나선것같은 인상을 그는 차에서 나리면서 받았다. (중략) 옛것
이 하나 하나 없어지는 현대도시 한 복판에서 오늘날의 문화인인 준구
는 그 찬란과는 인연이 먼ㅡ아니 정반대되는 정막을 느끼면서 걸었다.
이 번영 이문화 이 눈부신 시설ㅡ모든 찬란은 마치 고목에다 가화(假花)
를 매단듯이 값싸보인다. 비록 적고 비록 추할망정 날르 날로 헐려가고
있는 기와집이 크고 화려한 서양건축 보다는 어덴지 모르게 전통(傳統)
이 있어 보인다. 넥타이니 모자니 하는 양품점 보다는 양으로 치나 가격
으로 치나 그 몇십분지 몇 밖에 안될 조고만 포목상이 더 자리잡혀 보
이고 상품다워 보이는것은 무슨 까닭일가……198)

준구가 H시의 풍경을 바라보는 심정은 씁쓸하다. 넓게 확장된 신작
로와 화려한 상가의 간판을 바라보면서 '상투를 틀고 있던 한학자가 금
시에 양복을 빠뜨리고 나선 것'을 연상한다. 어색하고 모순된 도시풍경
은 '고목에다 조화를 매단 것과 같이 값싸 보인다.' 그리고 스스로는 크
고 화려한 서양건축보다는 추하고 낡아가는 기와집이 더 전통이 있어
보인다고 생각한다. 이는 준구의 가치관을 알 수 있는 대목이다. 준구
는 근대화의 발전보다는 조선 전통의 것을 더 소중하게 여기는 인물이
다. 따라서 그는 근대와 전근대가 섞여 있는 도시 풍경에서 씁쓸함을
느낀다. 또한 풍경을 대하는 그의 심정이 씁쓸함으로 일관되는 것은 H
시를 바라보는 그의 시선이 그렇기 때문이다.

강연장은 화려한 선전과는 달리 텅 비어 있다. 문학에 대해 강연하지

---

198) 이무영, 「傳說」, 『三千里』, 1938.11. pp. 252~253. 앞으로의 본문 인용은 이 책에서 하
기로 한다.

만 청중들은 문학을 위해서가 아니라 무료함을 달래기 위해 앉아 있고 강연자인 준구 역시 강연에 집중하지 못한다. 문학은 더 이상 시대나 현실을 담아주는 시의적절한 것이 되지 못했고 시간만을 보내게 하는 공상으로 전락했다. 하루가 다르게 근대화의 물결로 변해가는 시대에 더더욱 금전과 속도에 집착하게 된 사람들이었다. 문학에 현실을 담을 수 없는 작가와 문학에서 현실을 볼 수 없는 사람들이 모여 앉은 강연 장에서 진지함과 열의를 찾기는 어려웠다.

그런데 준구를 강연에 집중하지 못하게 한 결정적 원인은 용자 때문 이었다. 용자가 오지 않았던 것이다. 준구는 용자가 오지 않았다는 사 실에 모욕감까지 느끼지만 그래도 그의 머릿속에서 용자 생각을 떨쳐 낼 수는 없다. 강연을 마친 준구는 숙박을 하기 위해 찾아간 여관에서 전보 한 통을 받는다. 이 전보로 인해 그는 새로운 사건이 기다리고 있 는 또 다른 여행지인 B호수로 향한다.

> 산골작을 막어서 모은물이라 성성한 기운도 없었다. 이런 사수(死水) 를 조타고하는 사람들의 심사가 알수없었다. (중략) 조고만 증기선은 죽 은물우를 미끄러 지고있다. 나무한개 풀한폭 반반한것이 연변에는 물따 라 온 山제비가있다금 가로 질를뿐이다. 물도 죽은물, 산도 죽은산 동물 까지도 생기가 없으나 오직 그의 젊은피만이 뛸뿐이다. 그는 이러한 자 연을 정복하는 공사에 자기의 몸을 던저보고 싶은 충동을 받었다 R에게 청해서 이곳에서몇달 굴러보리라는 결심을 굳게하고 멀리 보이는 산장 에 배가 닿기를 기둘넜다.[199]

---

199) 이무영, 앞의 책, p.255.

B호수는 멀고도 외딴 곳에 위치하고 있으며 대규모 공사가 한창 진행 중이다. 자연을 파헤쳐 개발하고 있는 그 곳은 산도 물도 동물도 생기가 없이 죽어가고 있었다. 이를 보면서 준구는 자연을 정복하는 공사에 자기의 몸을 던져보고 싶은 충동을 느낀다. 몸을 던져 자연을 정복하는 것과 같은 거대한 사건이 자신에게 닥쳤으면 하는 바람 때문이다. 따라서 준구는 그 곳에서 몇 달을 머물겠다는 즉흥적인 결심까지 하게 된다.

여기서 풍경은 단순한 관찰 대상이 아니다. 자연은 죽어가는 데 그는 활기가 넘친다. 새로운 것을 개척하는 공사에 대해 부정적인 생각을 가지면서도 한편으로는 그것에 대해 기대감을 지니고 있는 그는 전근대와 근대 사이에 놓인 인물이다. 이러한 그의 생각은 전통적 규범 질서와 근대적 욕망 사이의 갈등을 가져온다. 그곳에 몸을 던져보고 싶은 충동을 느끼는 것은 자신이 지니고 있던 가치관에 변화를 시도하고자 하는 바람에서 비롯된 것이다. 그런 점에서 작가는 풍경 묘사를 통해 주인공의 심리와 앞으로 주인공에게 펼쳐질 사건을 암시하고 있다.

B호수에서 준구는 그토록 기다리던 용자를 만난다. 용자는 R씨의 이름을 빌려 준구에게 전보를 치는 대담함을 보여주었다. 다른 남자와 결혼을 하겠다는 말을 조금도 힘 안들이고 거침없이 해내던 그녀는 남편이 있는 여자이면서도 통속소설의 여주인공처럼 대담하고 적극적인 자세를 보인다. 그런 용자를 바라보는 준구는 한편으로는 불안하면서도 또 한편으로는 반갑다.

그러나 지금의 준구는 달랐다. 그는 벌써 생의 약동을 모를 이 죽은자연에서 먼저와같은 환멸도 허무도무기력도 느끼지 않었다. 물결, 한줄기 이르킬줄도 모르는 물이오 나무한폭 없는 물까것만 그는 이 죽은자연에 그무슨 생의 약동을 느끼는것이었다. 그것은 환희였고 허망이었다. 끓인 물처럼 생명력이 없던 물에서 그는 파도를 느꼈고 잔솔한폭없다는 야산 에서 새소리를 듣는것처럼 느끼어졌다. 호수에는 짓누던 꼬리를 치며 잉어떼가나대는것도 같았다. 그것은 인생의 상징이었고 생명력의 약동 이엇다. 이 죽은 자연에 생의힘을 부어준것을 보름 달이라고 처음에는 생각한 준구였다. 그러나 한동안 달이 구름속에 묻혔을때서야 그 생명 력의 원천이 용자라는것을 깨달었든 것이었다.[200]

여기서 자연은 관찰과 연상의 대상이 아니라 나의 심리가 투영된 상 관물이다. 풍경에 대한 관찰이 시작되기 전에 준구의 내면심리가 먼저 존재한 것이다.[201] 준구의 마음은 호숫가에서 용자를 만난 후부터 변해 간다. 자연을 보는 그의 시선에 활력이 되살아나니 자연도 살아난다. 죽은 자연에 생명을 부여해준 존재가 용자였다. 그리고 용자가 침묵하 면 온 세상 생물들이 죽은 것처럼 느껴지기도 한다. 여행 주체의 심리 에 따라 자연이 달리 보인다는 것은 풍경에 대한 투사가 주조를 이룬다 는 것을 뜻한다.

준구의 모든 관심과 욕망은 용자에게 향해 있다.

「선생님! 저밑으로 뛰어들고 싶지 않으서요! 저 용소슴 치는 물확속으

---

200) 이무영, 앞의 책, p.259.
201) 이는 여행의 마지막 용자가 준구를 떠나려고 할 때 풍경을 보는 준구의 심리에서도 잘 나타난다.
"그 오라고 오란 키쓰가 끝날때부터 이 고산의 자연에 붙어섰던 생명력도 다시금 시 들기 시작하였었다. 그 펄펄 뛰던 물은 끓었다 식은 듯 끈기가 없어지고 벍언 산잔등 은 숨끊어진 하마(河馬)의 등처럼 생기를 잃어가는 것이었다." 위의 책, p.263.

로!」

(중략)

그는 그 무슨 힘째문인지는 모르면서도 상기가 되었었다. <u>외부에서</u>
<u>새어든 그무슨 힘에 의해서가 아니다 내부에서─젊은피가 끓는 가슴속</u>
<u>에서 터저나오는 그무슨힘</u>─억제할길 없는 정렬이 폭풍저럼 그의 전신
을 휩쓸고 말었든것이었다 그것은 벌서 생명력의 약동이 아니었다. 괄
괄소리를 내며 전신에 퍼지는 젊은피의 창일이있다.─아니 지성(知性)에
반항하는 정렬의 발악─도덕(道德)이 「타락」이라고 부르는바 바로 그것
이었다.202) (밑줄 : 인용자)

여기서 추구된 것은 집단의 이념이나 당대의 도덕률이 아니라 개인
의 욕망이다. 용자는 말을 거침없이 하는데 준구는 그 말이 억제할 길
없는 내부의 욕망에서 우러난 것이라 생각한다. 그것은 도덕에 의해 검
열되지 않은 욕망 그 자체를 담은 것이다.203) 용자는 주체의 인식과 판
단이 시대나 외부의 도덕률에 얽매이지 않고 개인의 욕망이라는 내부
의 힘에 따르기를 원한다.

「용자씨 그만 그치십시요! 그만!」

(중략)

지금 그가 확연히 깨달고 있는 사념이라면 그것은 용자는 결코 행복
되지 못하다 는것 뿐 이었다.

「용자씨 진정하십시요! 용자씬 당신이 지금 어떤 환경에 놓여저 있다
는 것을 잊어서는 안됩니다」 그러나 이것은 용자에게 타일르는말이 아
니다. 준구는 자기 자신에게 한 말이었다. 그러나 뜻밖에 용자가고개를

---

202) 이무영, 앞의 책, pp.260~261.
203) 여기서 작가는 "독자제군은 지금의 용자의 행동을 도덕이라는 척도로만 재고서 그에
  게 추한 이름을 붙이지 않을 것"을 당부하고 있기까지 하다. 위의 책, p.261.

번쩍들었다.

「또 지성논입니까? 김선생님두 이 시대의 작가니까 지성이란것을 멸
시할 수는 없겠지요! 허나 전요새의문학자들이 그렇게 지성 지성하다가
과학자가 될까바 겁납디다요!」

「그러면 용자씬 오늘일을 조곰도 지나친일이라고는 생각지 않으십니까」

「전 과학자가 아닙니다. 전 인간입니다. 사랑한다는것은선입니다. 미
입니다. 선을 행하고 미를 찾은것이 무엇이 지나친일입니까?」[204]

용자는 지성과 도덕 따위와는 무관한 사랑의 정열만이 가치가 있다
고 본다. 그리고 그것만이 절대 선이고 절대 미라고 주장한다. 용자에
게 의미 있는 것은 절대선을 추구하는 일, 그것은 결국 자신의 내부에
있는 욕망에 충실한 행위이다. 준구는 이런 태도를 보이는 용자가 지금
행복하지 않다고 판단하고 자신과 결혼을 하자고 제안한다.

그러자 용자는 말을 바꾼다.

용자는 동생을 타일르듯 말소리를 나추었다.
「그것은 절대로 안됩니다. 이 시대에 태여난이상 우리는 이시대의 도
덕을 지켜야 하지요 무모를 거역해서도 안되고 사랑할수있는 남편도 일
평생 섬겨야 하지요 R호수가의 오늘밤일은 한 전설로 남겨두시지요 그
옛날 견우와 직녀의 이야기처럼 몇백년 몇천년후까지 이사람의 입에서
저사람의 입으로 전해지는 전설이 되게……그옛날 하늘나라의 임금님
이 좀더 관대했다면 직녀의 전설이 안생겼겠지요. 그러나 그것이 그때
의 도덕이었습니다……」[205]

---

204) 이무영, 앞의 책, p.261.
205) 위의 책, p.263.

1930년대는 성 개념의 모호성과 다양성이 서로 모순되는 두 가지 조류를 만들어낸 시기이다. 하나는 가족 중심의 담론이며, 다른 하나는 가족의 틀에서 벗어난 담론이었다. 하지만 이 중 어느 것도 기존 제도를 절충할 수 있는 유의미한 방식을 제시하거나 정립하지는 못하였다. 자신의 의지대로 사랑을 선택하기 위해서는 사회적 조소와 비난과 감시를 무릅써야 했기 때문에 부담스럽고 두려웠다. 그리고 적어도 외형적으로는 이 시기 조선에서 이뤄진 자유연애는 대부분 비극적이고 불행한 파국을 맞았다.[206]

용자는 내적 욕망에 따라 사랑을 추구하고자 하지만 실제로는 그 시대의 도덕률에서 자유로울 수 없는 여자였다. 따라서 그들의 사랑은 시간이 아주 많이 흐른 뒤 '전설'로만 전해질 뿐 현실에서 이뤄질 수 없는 것이었다. 자신의 욕망과 정열에 따라 사랑하라고 스스로를 부추기면서도 그것을 행동으로 옮기는 데는 현실적 장애물이 너무도 많았던 것이다. 죄책감과 도덕적 금기에서 차단된 R호수에서의 단 하루의 사랑만이 시대가 그들에게 허용한 사랑의 전부였다.

결국 여행은 생활로의 복귀를 전제로 한다. 여행의 일회성이 그러하듯 도덕률을 벗어난 사랑은 세상과 차단된 그곳에서만 허용될 뿐 일상의 영역으로까지 확대되지 못한다. 준구가 용자를 만나 그녀를 데리고 현실로 돌아오는 것은 불가능했다. 현실은 욕망이 아니라 이성에 의해서 돌아가는 냉정한 곳이기 때문이다.

그럼에도 불구하고 준구는 여행지에서 만난 용자로 인해 세계관적

---

206) 김경일, 『여성의 근대, 근대의 여성』, 푸른역사, 2004, pp.158~159.

전환을 하게 된다. 이성적 판단으로만 살아가던 준구는 세상을 사는 데 가장 중요한 것은 욕망이라는 진실을 깨닫고 그에 따라 살아가려 발버 둥 치게 된 것이다. 그리고 그 욕망이 현실 앞에 좌절되는 것을 보고는 "자연에 붙어섰던 생명력도 다시금 시들"고 삶의 모든 것에 생기를 잃 어가는 것을 경험하게 된다. 세상이 미리 그어놓은 선에 의해 주체의 욕망은 좌절된다. 인간이 욕망을 추구할 공간은 그 어디에도 없다는 것 을 알게 된 준구는 현실의 제도나 규범에 의해 패배자가 된다. 그래서 여행을 마치자 어느 절간으로 들어가 자취를 감추게 된다.

이 소설에 있어 여행 경험은 하나의 유의미한 충격이다. 자신이 예상 했던 것과는 달리 여행지에서 맞은 새로운 충격은 순식간에 여행 주체 의 인식을 변하게 만든다. 그것은 여행을 마치고 난 뒤 여행 주체의 삶 을 변화시킬 만큼 강렬한 경험이다. 그러나 세계라는 큰 경험 앞에서 주체는 다시 한계에 봉착한다. 여행은 유의미하고도 충격적인 경험을 가져다주었고 그 결과 인식적으로 달라진 여행 주체는 앞으로의 삶을 전환할 수밖에 없는 처지에 이른 것이다.

2.4. 과업 수행과 의식 확장 – 박태원의 「윤초시의 상경」

박태원의 단편소설은 대개 어떤 결핍으로 인해 정상적인 상태가 파 괴됨으로써 발단된다. 그리고 그 결핍 중 가장 자주 등장하는 것은 주 인공의 가족이나 친지의 부재다.[207] 「윤초시의 상경」 역시 존재해야 하

---

207) 강헌국, 「박태원 단편 소설의 서사 구조」, 『상허학보』 2, 1995, p.139. 강헌국은 이 논 문에서 박태원의 단편 소설에서 나타나는 서사구조를 '결핍–금지–위반/소멸–임무 의 인지–출발–시련–구출[구출의 실패]–승리/노력–[패배/실패]–귀환'의 구조로 밝힌 바 있는데, 이 책에서 다루고자 하는 「윤초시의 상경」도 이와 같은 구조를 취하

는 인물이 부재하고 그것을 찾는 과정이 여행의 형식을 통해 나타나고
있는 작품이다.

윤 초시는 한 가정에 마땅히 있어야 할 사람이 자리를 비우자 그 사
람을 찾는 과업을 도맡게 된다. 따라서 개인적인 욕망 추구의 여행이라
기보다는 임무수행으로서의 성격이 강하다. 윤 초시가 여행을 가야 하
는 이유는 홍수가 서울에서 카페 여인과 살림을 차린 뒤부터는 아내도
팽겨 치고, 아버지가 병환이 위중한 데도 통 집에 내려올 생각을 않기
때문이다. 홍수는 윤 초시에게 글공부를 배운 적이 있고 윤 초시를 잘
따르니 홍수의 집에서 특별히 윤 초시에게 부탁을 한 것이다. 이 부탁
을 거절하지 못한 윤 초시는 나이든 몸으로 한 번도 가 본 적이 없는
서울로 여행을 떠난다.

> 윤초시가 경성역에 내린 것은 그로서 사흘째 되는 날 저녁이었다. 차
> 에서 내리는 길로, 그는 사람들에게 휩싸여, 이리 밀리고 저리 밀리며
> 당연히 마중을 나왔어야 할 구장의 아들 갑득이를 찾았으나, (중략) 갑
> 득이의 모양은 그곳에 보이지 않았다. (중략) 난생 처음 서울이란 곳을
> 올라온 그로서, 더구나 갑득이만 만나면 그만이라고 애당초에 하늘같이
> 믿던 마음이 있어 놓은 터이라, 이것은 참말 딱하기 한없는 사실이었다.
> (중략)
> 「저어, 서대문을 어디로 가오?」
> 지게꾼은, 조고만 보따리와 낡은 박쥐우산밖에는 짐이라 할 짐을 가
> 지고 있지 않은 시골 노인을 한 번 훑어보고서, 다음에 턱으로 저편을
> 가리키며,
> 「저리루 가보슈」한마디 하고는 돌아선다.

―――――――――

고 있는 작품이다.

손가락으로 가리켜 주어도 시원치 않을 것을, 되는대로 턱을 한번 치
켜 보였을 뿐이니[208]

윤 초시는 역 앞에 마중오기로 한 갑득이를 만나지 못하자 서울 한
복판에서 갈 곳 몰라 한다. 달리는 자동차를 피하지 못해 손주뻘밖에
안 되는 사람에게 욕을 먹기도 하고 여기저기 길을 헤매며 주소에 적힌
집을 찾고자 한다. 인정 없는 사람들 속에서 낙심하고 있던 차 한 젊은
여인의 친절한 도움으로 간신히 갑득이의 집에 도착하게 된다. 그런데
갑득이는 자신의 볼 일만 볼 뿐 홍수 찾는 일엔 관심이 없다. 어쩔 수
없이 윤 초시는 또다시 홍수 집 주소가 적힌 종이를 손에 들고 혼자 문
을 나섰다. 길에서 여인에게 또다시 길을 물었는데 자세히 보니 그 여
인은 어제 갑득이의 집에 가는 길을 안내해주던 바로 그 여인이었다. 더
구나 그 여인은 홍수와 함께 살고 있는 바로 그 카페여급 숙자였다.

간교한 카페여급의 꾐에 빠져 유흥을 즐기느라 집에 내려오지 않는
것이라 판단하던 윤 초시는 홍수의 집을 방문하여 오래도록 병상에 들
어 있는 홍수를 만난다. 그런 홍수 곁에서 숙자는 정성을 다하여 간호
하고 있다. 숙자의 그런 행동을 보면서 윤 초시는 기존에 지녔던 자신
의 선입견을 바꾸지 않을 수 없었다.

「폐가 성하지가 못허답니다.」
(중략)
「그래, 제 수입이라군, 도무지 딱 끊겨 버리구, 약값은커녕, 하루 세끼

---

208) 박태원, 『윤초시의 상경』, 깊은샘, 1991, pp.75~76. 앞으로의 본문 인용은 이 책에서
하기로 한다.

밥 끓여 먹기도 어려울 지경이라, 그래, 숙자가 다시 카페루 나가게 됐
습니다마는……」

하고, 홍수는 윤 초시의 얼굴을 똑바로 보며,

「저이들이 이럭허구 사는 걸 선생님께선 으떻게 생각하실지 모릅니다
마는, 숙잔, 참말 무던헌 여잡니다. 참말 그런 여잔 다시 없죠」

「……」

윤 초시는 잠깐 어찌 대답할 바를 모르는 채 멍멍히 앉아 있었다. 어
제 저녁 전찻길에서 처음 길을 배웠을 때부터, 윤 초시는 그 숙자라는
색시에게 은근히 호감을 가지고 있었다. 솔직하게 말하자면, 지금 홍수
가 그를 가리켜 무던한 여자라고 말하는 것에, 그저 무조건하고, 동의를
표하고도 싶었다. 그러나 그것은 자기가 띠고 온 사명과는 서로 배치되
는 의견이다. 윤초시는 좀 난처하였다.[209]

윤 초시는 한결같은 마음으로 자신을 희생하며 간병을 하는 숙자의
태도에서 감동을 받았고 홍수가 건넨 말에도 공감하였다. 그러나 자신
에게 부여된 소임을 다하기 위해 부친의 병환 소식을 전하며 고향으로
함께 내려가자고 권할 수밖에 없다.

이를 지켜보던 숙자도 홍수에게 윤 초시를 따라 고향으로 내려갈 것
을 권한다.

「아까 말씀에, 절, 은인이라구까지 과분헌 말씀을 하셨습니다마는, 절
참말 그렇게 생각해 주신다면, 제발이지, 절 고약헌 년이 되지 않게스리
선생님 모시구 댁으로 내려가 주세요. 그리구 부모님 병환도 나시게 하
여 드리구, 부인 마음도 편안허게 하여 드리세요. 저 하나 때문에 왼 집
안이 그처럼 불안하셔야 어찌헙니까?」 (중략) 「제가 이 뒤에 설사 불행

---

209) 박태원, 앞의 책, pp.88~89.

허다 허드래두 그건 어쩌는 수 없는 일이죠. 저 하나의 불행으루 왼 집
안이 평화로우시고, 행복되신다면……, 당신의 부모님께서나 부인께선,
댁의 행복을 위허시어 저의 불행을 요구허실 권리가 있으시죠. 허지만
그 권리가 제겐 없으니까요」(중략) 숙자는 용하게 거기까지 말을 이어
서 하였으나, 북받쳐 오르는 울음을 이내 더 참을 길 없어, 그는 그대로
그 자리에 엎어져 소리를 내어 느껴 울었다……210)

숙자는 배려심과 희생정신이 강한 여성이다. 숙자에게 홍수는 자신의
전부이지만 홍수의 행복을 위해 자신의 불행을 감수하고 그를 돌려보
낼 것을 결심한다. 윤 초시는 착한 마음씨를 가진 숙자에게서 홍수를
뺏고 크나큰 불행을 준 것 같아 미안하기만 하다. 그리고 자신이 서울
로 온 것에 대한 회한이 일어났다. 떠나는 홍수의 마음을 어둡지 않게
하기 위해, 간신히 얼굴에 웃음을 짓는 숙자의 모습을 보며 윤 초시는
슬프고 괴롭고 또 죄스러움을 느낀다.

윤 초시는 그에게 한마디 위로하는 말을 주고 싶었으나, 적당한 말이
쉽사리 생각되지 않았다. 혼자 초조하였을 때, 플래트홈에 벨이 한 차례
울리고, 기적 소리가 들린 다음에, 덜컥 하고 차체가 움직이었다.
그 순간, 윤 초시의 머리 속에 '논어'의 한 구절이 떠올랐다. 그는 그
대로 황망히 창 밖으로 고개를 불쑥 내밀고, 거의 울음 섞인 목소리로
숙자를 향하여 소리쳤다.
「색씨, 잘 있우, 덕불고라 필유인이라(德不孤 必有隣)고, 성인께서도
말씀하셨지. 마음이 그처럼 착하고 좋은 일이 왜 없겠수? 색씨, 부디 잘
있수.」211)

---

210) 박태원, 앞의 책, p.94.
211) 위의 책, p.95.

윤 초시가 자신의 마음속에 일어나는 감정을 다스리는 방식은 하늘의 뜻과 힘을 인정하는 것이다. 착한 일을 하면서 살았으니 마침내 하늘이 도울 일이 있을 것이라는 기대이다. 여행 주체가 대상에게 해줄 수 있는 실제적인 방법은 존재하지 않는다. 그것은 애초 이 여행의 목적이 그 대상을 고려한 것이 아니기 때문이다. 여행에서 윤 초시는 목적을 수행하는 자이지 직접적인 갈등의 주체자로 등장하지는 않는다. 따라서 윤 초시는 등장인물을 관찰할 뿐, 사건과 관계의 중심으로 들어가 그 속에서 실제적인 영향력을 행사할 수 없다.

이 작품에서 여행 주체는 여행을 떠나기 전 어떤 상처나 결핍이 없다. 하나의 임무를 수행하기 위한 목적론적인 여행이다. 처음 대하는 여행지에서 여행 주체는 대상 세계에 압도당한다. 따라서 풍경의 관찰에 있어서도 전이나 투사가 일어나지 않는다. 다만 여행 주체가 여행지에서 만난 대상에 대한 지속적인 관찰을 통해 스스로 의식을 변화시켜 간다는 점이 독특하다. 여행 경험을 통해 여행 주체의 의식이 변해가는 과정을 순차적으로 보여주고 있다는 데에서 의미가 있지만 여행 주체는 관찰자일 뿐 더 이상의 자각의 단계로 나아가지는 못한다.

3. 새로운 주체의 모색

3.1. 내면 궁구를 통한 주체 재확립─최명익의 「심문」

낭만주의가 자신감 있는 주체적 표현이라는 주관적 측면을 강조했다면 리얼리즘은 총체성을 바탕으로 한 객관적 현실인식을 중시했다고 할 수 있다. 이에 반해 모더니즘은 주체와 현실과의 제한된 내면적 관

계, 주관과 객관이 연관된 자기인식을 중시한다.212) 여기서 주관과 객
관이 연관된 자기 인식을 표현하기 위한 방법으로 풍경이 사용된다.

모더니즘을 대표하는 작가이며 평양중심의 동인지 『단층』213)을 창간
하는 데에 참여한 최명익은 소설 창작에 있어 그림을 그리듯 풍경을 묘
사하는 방법을 주로 사용하였다.214) 그는 주로 내면심리를 나타내기 위
해 풍경을 묘사하는데 그중에서도 「심문」은 내면 심리 묘사가 특히 두
드러진다.

1) 존재론적 풍경

풍경은 여행 주체의 선택의 문제와 밀접하게 연관된다. 풍경을 바라
보는 주체의 심리가 풍경의 대상을 선택하고 시선을 관할한다. 「심문」
에는 풍경을 관찰하는 주체와 풍경 속에서 자기 내면의 일부를 발견하
는 주체, 풍경을 계기로 하여 직접 자기 내면을 바라보는 주체가 공존

---

212) 나병철, 『근대성과 근대문학』, 문예출판사, 1995, p.169.

213) 『단층(斷層)』은 평양을 중심으로 한 관서(關西) 지역의 역량 있는 신인들이 집결하여
의욕적인 작품을 발표함으로써 창간 당시부터 동시대 문단의 주목을 끌었다. 동인들
전부가 평양이나 인근 지역 출신이다. 그중에서도 소설 부문은 유항림·김이석·최정
익·김화청·김매창 등 대부분의 동인들이 평양 광성중학 출신의 동문으로 짜여 있어
동인 구성에 있어 지역적 차별성을 뚜렷이 하고 있다. 이들이 작품의 주요 무대를 '평
양'으로 삼고, 지식인의 황폐화된 내면 심리를 공통적으로 다루고 있는 것은 이러한
유대감과 일정한 관련을 가지고 있는 것으로 보인다. 김정훈, 「『단층』시 연구」, 『국제
어문』 42집, 2008, p.342.

214) 나는 늘 소설과 그림을 연결해 생각하는 습관이 있다. 일본에 가 있을 때부터 미술전
람회라면 부지런히 다녔고 또 될수록 화가들과 이야기할 기회를 얻으려고 했다. 화가
들은 그림을 전람회장에 내걸기 전에 데셍공부를 많이 한다. 데셍이 화가가 되는 기초
공부이듯이 소설가가 되는 데도 그런 무엇이 있지 않을까? 이런 생각을 하면서 나는
그림 앞에 섰고 화가들의 설명을 듣기도 했다. 한설야, 이기영, 박세영, 송영, 박팔양,
이북명, 이원우, 엄흥섭, 윤세중, 신고송, 이근영, 최명익, 「최명익, 소설 창작에서의 나
의 고심」, 『나의 인간수업, 文學수업－재(在)·월(越)북 작가들의 인생역정과 문학수업
의 고백록』, 도서출판 인동, 1990, p.256.

한다.

「심문」의 풍경은 크게 두 가지로 나눌 수 있다. 첫째는 여행지에 도착하기 전 여행 주체가 홀로 바라보는 기차 안 밖의 풍경이고, 둘째는 여행지에 도착해 바라보게 되는 하얼빈 풍경이다. 먼저 여행지에 도착하기 전까지의 풍경은 주체의 내면을 환기한다. 외부의 풍경은 풍경 그 자체로 존재하기보다는 내면을 관찰하는 방식으로 재현된다. 이에 비해 여행지에 도착해 바라보는 풍경은 주체나 타자의 내면을 원관념으로 하는 상징적 알레고리로 재현된다.[215] 「심문」에 풍경이 특징적인 것은 앞에서 살펴본 다른 작품들과는 달리 풍경을 인식하고 재현하는 데 있어 대상에 대한 관찰과 연상, 전이와 투사, 자기 내면의 성찰과 발견이라는 단계 모두를 포함하고 있다는 사실이다. 「심문」의 풍경은 1930년대 여행소설 가운데 가장 다양하고 완벽한 형태를 갖춘 것이라 볼 수 있다.[216]

▌관찰과 연상

주인공 명일은 삼 년 전에 아내 혜숙과 사별하였다. 하나 있는 딸을 기숙사로 보내고 중학교 도화 선생 노릇도 그만두고 한동안 일정한 직업도 없이 지내다가 홀로 여행길에 오른다. 작품의 서두는 풍경을 관찰하는 것으로 시작된다.

---

215) 알레고리로서의 풍경은 주인공들의 심리와 상황을 묘사하기 위한 소설적 장치라고 볼 수 있다.
216) 뿐만 아니라 「심문」은 타자에 의해 변화되어가는 주체의 문제에도 깊은 관심을 가진다. 이 책에서는 「심문」을 여행소설의 완성으로 본다. 따라서 다른 작품에 비해 다소 길게 논의를 전개하고 있다.

시속 50몇키로라는 특급 차창 밖에는 다리 쉼을 할만한 정거장도 역
시 흘러갈 뿐이었다. 산, 들, 강, 작은 동리, 전선주, 꽤 길게 평행한 신
작로의 행인과 소와 말. 그렇게 빨리 흘러가는 푼수로는 우리가 지나친
공간과 시간 저편 뒤에 가로막힌 어떤 장벽이 있다면, 그것들은 칸바스
위의 한 텃취, 또한 텃취의 '오일'같이 거기 부디쳐서 농후한 한폭 그림
이 될 것이 아닐까? 고 나는 그러한 망상의 그림을 눈 앞에 그리며 흘러
갔다. (중략) 이 창밖의 그것들은 (중략) 다 흩으러진 폐허 같고, (중략)
차체도 폐물 같고, 그러한 차체에 빈틈없이 나붙은 얼굴까지도 어중이
떠중이 뭉친 조련사같이 보이는 것이고, 그 역시 내가 지나친 공간시간
저편 뒤에 가로막힌 칸바스 위에 한 텃취로 붙어 버릴 것같이 생각되었
다.217)

열차에 올라 주인공 명일이 보게 되는 것은 차창 밖 풍경이다. 차창
밖을 보지만, 실제로 하나의 대상을 마음 놓고 바라볼 수 있는 것은 아
니다. 기차의 속도가 어떤 풍경도 마음 놓고 온전히 자신의 것으로 포
착할 수 없게 만들기 때문이다.218)

기차는 그 특유의 속도감으로 인해 무수히 많은 새로운 공간들을 보
여주었지만, 다른 한편으로는 스치는 장면 중 그 어떤 장면도 유의미한
것으로 포착할 수 없게 만들었다. 따라서 여행 주체가 보게 되는 풍경
은 자신이 선택하거나 제어할 수 있는 대상으로서의 풍경이 아니라 자
기 의지와 관계없이 흘러가는 장면들의 반복에 불과하다. 따라서 풍경

---

217) 최명익, 「심문」, 『제삼한국문학』, 수문서관, 1988, p.317. 앞으로의 본문 인용은 이 책
    에서 하기로 한다.
218) 기차의 속력이 야기한 새로운 파노라마적 시각은 현실과 공간의 스펙터클화 및 대상
    세계가 가진 객관성의 모호화, 움직이는 유동적인 시각, 기차의 기계적인 틀에 종속되
    는 시각의 기계화와 그로 인해 주체의 시각적 통어력(주체) 상실을 가져왔다. 주은우,
    앞의 책, p.382.

은 그저 '흘러갈 뿐'이다.

그러나 명일은 밀려나는 풍경을 단순히 관찰하는 것에서 그치지 않는다. 그 속에서 "장벽에 부딪히는 풍경에서 풍속화나 인정극의 배경으로 되는" 자기 자신을 연상하는 것이다. 이러한 연상의 기법은 주체의 시선이 외부에서 내부로 점차적으로 전이되고 있음을 뜻하는 작가의 장치라 볼 수 있다.

▌전이

마샬버먼에 따르면 근대성(Modernity)은 공간과 시간의 경험, 자아와 타자의 경험, 인생의 가능성과 위험성에 대한 경험이다. 근대성은 민족과 계층, 종교를 넘어서는 모든 인류를 통합하는 것임과 동시에 인류를 끊임없는 해체와 재생, 투쟁과 모순, 모호성과 고통의 소용돌이로 몰아넣는 양면성을 지닌다.[219] 근대성의 주된 특징이라고 할 수 있는 '양면성'은 「심문」에도 고스란히 반영되어 주인공의 심리를 알 수 있는 중요한 기제로 사용된다.

열차의 속도감에 젖어 있던 주인공은 점차 "스릴을 향락"하면서도, 주체의 내면 깊은 곳에서는 "내가 탄 특급의 속력을 '무모'로 느끼고, 뒤로뒤로 달아나는 풍경이 더 물러갈 수 없는 장벽에 부딪쳐 한폭의 그림"이 되는 시대에 "나 역시 이렇게 빨리 달아나는 푼수로는 어느 때 어느 장벽에 부디쳐서 어떤 풍속화나 혹은 어떤 인정극 배경의 한 텃취의 '오일'이 되고 말른지" 모른다는 불안감을 경험한다.

---

219) Marshall Berman, 윤호병·이만식 옮김, 『현대성의 경험』, 현대미학사, 2004. p.25. 여기에서는 Modern을 '현대적'으로 Modernity를 '현대성'으로 번역하고 있으나, 이 책에서는 '근대성'으로 옮겼다.

나는 열차 속에서 정지되어 있는데 근대적 물질문명의 한 전형인 열차는 끊임없이 새로운 풍경을 보여준다. 이는 세상에 뒤쳐져 가는 명일의 불안한 심리를 간접적으로 드러내는 것이라 할 수 있다. 그러한 장면들을 보며 '한 폭 그림이 될 것'을 떠올린다는 것은 시간의 공간화이다. 시간을 공간화시키는 심리 저변에는 '내가 지나친 공간 저편 뒤'의 기억이 그저 한 터치로 붙어 버릴까봐 염려하는 속도에 대한 거부와 지나간 과거에 대한 집착이 담겨 있다. 그것은 빠르게 변하는 근대화의 속도 속에 속수무책인 지식인의 무력감과 주체의 불안감이 전이된 것이기도 하다.

열차가 오룡배에 가까워질수록 명일은 유랑과 전쟁에도 무심히 달아나던 무심하고 부정적인 면을 지닌 열차가 "유한에 소홀지 않은 풍류적인 성격의 일면"을 가진 듯이 느껴지기도 한다. 열차의 이중성을 떠올리자 무심하게 자신을 떠났고 가끔은 풍류적인 의미로 다가오기도 했던 여옥을 떠올린다.

이렇듯 열차로 대표되는 근대화의 '속도'에 대한 인식과 그것에 대한 태도, '즐김과 거부'라는 양가적 심리는 주인공의 내면 투사의 방법을 통해 구체화된다.

▌투사와 반추

「심문」에 있어 양가적 시선은 본래적 자아와 생활적 자아의 대립으로 나타난다. 그 속에는 1) '재혼을 해야 한다는 나'와 '재혼을 해서는 안 된다는 나' 2) '그림을 그려야한다는 나'와 '그림을 그릴 수 없다는 나' 3) '사업가인 친구를 부러워하는 나'와 '그의 속물근성을 미워하는 나' 4) '여옥을 소유하고 싶어 하는 나'와 '여옥으로부터 멀리 떠나야 한다는 나'가 공존하는 양상을 보인다.[220] 이렇게 자신의 모습을 진지하게 궁구하여 지속적인 자기 분열을 경험한다는 것은 그만큼 이 소설에서 '나'의 위치와 심리가 중요해졌음을 뜻한다. 결국 '나'의 분열을 멈출 수 있게 하는 것은 주인공 명일의 주체적인 판단과 결정에 달려있다는 사실을 간접적으로 제시하는 것이라 볼 수 있다.

근대화의 속도는 고스란히 사랑에 대한 속성으로 구체화된다. 근대화의 속도를 이야기하면서 명일이 여옥을 떠올린 것은 열차의 속도 못지않게 사랑의 속도 또한 빨랐고 성급했음을 의미한다. 그리고 근대화의 상징물인 열차를 바라보는 여행 주체의 심리가 그러했듯이 여옥을 보는 명일의 시선도 양가적이다.

> 침실의 여옥이는 전신 불덩어리의 정열과 그러면서도 난숙한 기교를 가춘 창부였고, 낮에는 교양인인 듯 영롱한 그 누이 차게 빛나고 현숙한 주부인양 다정한 입술은 늘 침묵하였다. (중략) 나는 간혹 여옥이의 얼굴에서 죽은 내 처의 모습을 발견하게 되는 것이 반갑고도 슬픈 것이다. (중략) 나만이 밤의 여옥이와 낮의 여옥이가 딴 사람이라고 보아왔지만 여옥이 역시 나를 밤과 낮으로 구별하여 보는 것이 분명하였다. 그렇다면 본시부터 모호하던 두 사람의 심정의 초점이 더욱 모호해진다기보다는 밤과 낮으로 다른 두 여옥이와 두 '나'로 분열하고 무너져가는 마음의 풍경을 멀거니 바라볼 밖에는 별 도리가 없는 듯하였다. 그러한 모델을 대하는 제작자인 나라, 이중의 관찰과 이중의 인상으로 갈피를 잡을 수 없는 몽타쥬가 현황이 떠오르는 칸바스 위에 애써 초점을 맞추어 한붓

---

220) 이밖에도 작품 후반부에 가면 '현혁을 미워하는 나'와 '현혁을 동정하는 나', '여옥처럼 죽고 싶어 하는 나'와 '그래도 살아야겠다는 나'가 등장한다. 이강언, 「성찰의 미학」, 『최정석박사회갑기념논총』, 1984, p.461.

한붓 붙여가노라면 나타나는 것이 눈 앞의 여옥이라기보다, 내 머릿속의
혜숙이에 가까워지므로 나는 화필을 떨어치거나 던질밖에 없었다.[221]

여옥은 낮과 밤이 다른 이중성을 보인다. 명일이 여옥을 바라보면 죽
은 아내인 혜숙의 모습이 자꾸만 떠오른다. 바라보고 있는 대상은 여옥
이임에 반해 그리고 싶은 대상은 혜숙이가 되는 것이다. 그가 그리고
싶은 대상은 이미 온건하게 존재하고 있다. 그러나 그녀는 부재한다.
결국 그림 작업이 진행될수록 그리는 대상이 여옥이 아니라 혜숙을 닮
아간다는 것은 명일이 아직 과거에 대한 집착과 미련에서 벗어나지 못
했음을 의미한다.

여옥은 토라져 하루 종일 '시계' 속을 들여다본다. 근대에 있어 시간
은 인간의 모든 행동과 사고를 규제하는 것이다. 철도의 이용자가 늘어
나면서 생겨난 근대적 생활양식은 시간절약과 시간엄수라는 감각이었
다. 시계는 자연과 인간을 분리하면서 인간을 일차원적으로 규제한
다.[222] 여옥이 시계를 관찰하며 하루 한나절을 보냈다거나 시계소리와
심장 고동 소리를 동일한 것으로 간주하는 시선 속에는 근대화의 속도
에 따라 심장소리를 맞추고 사는 현대인에 대한 부정적인 시선이 내포
되어 있다.[223]

명일은 새 사랑을 만드는 데 성급했다. 이것은 조선의 성급하고 일방

221) 최명익, 앞의 책, pp.322~323.
222) 박천홍, 앞의 책, p.342.
223) 여옥의 근대화에 따른 부정적 시간 인식은 다음과 같은 구절에서도 찾을 수 있다.
    "그런 때 혹시 여옥이라는 마음이 싸라서 하는 말로, 언젠가는 사내 가슴에 귀를 붙이
    고 밤새도록 심장의 고동을 듣고 나서, 머리가 욱신거려 사흘이나 앓은 적이 있었다
    고 하였다" 최명익, 앞의 책, p.324.

적 근대화에 대한 작가의 상념이 탈바꿈된 것이기도 하다. 근대화와 사랑은 알맞은 시간이 필요하다. 그런데 조선은 엉겁결에 근대화되어갔고 명일은 자신의 죽은 아내인 혜숙을 채 잊기도 전에 여옥을 취하였다. 조선이 중세 전통을 정리하고 그 바탕에서 근대화를 이루지 못했듯이, 명일은 과거에 대한 미련을 지우거나 그것에 대한 감정을 채 정리하기도 전에 다른 사랑의 대상을 찾았다. 따라서 그것에 몰두하지 못하고 부유하게 되었다. 명일의 이러한 인식은 단순히 여옥과의 관계에 그치는 것이 아니라 전반적인 삶의 태도와도 연관된다. 과거에 대한 미련 때문에 현재에 충실하지 못했던 명일은 그 어디에서도 자신의 열정을 쏟지 못했다. 과거에 대한 미련으로 인해 미래로 나아가고 싶지만 한 발짝도 나아가지 못하게 되는 것이다.

명일에게 필요한 것은 속도감이 아니라 과거에 대한 정리가 동반된 신중함이었다. 근대화에 부산물이 되는 것이 아니라 온전한 주체로 살아가기 위한 반성의 시간이 필요했다. 명일은 과거에 대한 집착을 떨쳐내고 그것에 대한 마음의 정리를 할 시간이 필요했다. 여행은 그런 명일에게 필요한 갱생의 시간을 확보해줄 것이다. 명일이 여행을 떠난 근본 동기도 여기에 있었을 것이다.

이는 결국 스스로에 대한 성찰로 이어진다.

▌성찰

「심문」에 나타나는 주체의 분열은 주체에 대한 성찰을 보여주기 위한 하나의 장치라고 볼 수 있다. 주체에 대한 성찰이 이루어지기 위해서 분열은 반드시 필요한 것이 된다.

성찰이 진행되는 과정에서 주체는 둘로 쪼개져 또 다른 주체와 객체의 관계가 만들어진다. 주체적 자아(I)는 대상화된 자아(me)를 다시 반성적으로 자신의 시선에 의해 감싸 안는다. 바로 이러한 이중성으로 인해 성찰적 시선은 단순한 내향적 시선과 구분된다. 내향적 시선은 '내면'을 탐색하는 집요함과 세심함을 구비하고 있기는 하지만 그것만으로 자동적으로 성찰성이 확보되는 것은 아니다. 성찰적 시선은 하나의 자아가 다른 자아를 인식, 판단, 지각의 대상으로 전유하는 시선의 분리를 구조적으로 요구한다.224)

> 낮과 밤이 다른 여옥이는 여옥이가 그런 것이 아니라, 맹목적이어야 할 사랑과 순정을 못 가지는 나의 태도에 여옥이도 할 수 없이 그럴 것이 아닐까? 여옥이와 나는 열정과 순정이 없다면 피차의 인격과 자존심을 모욕하고마는 관계가 아닐까? 그런 관계이므로 낮에 냉냉한 여옥이의 태도는 밤의 정열의 육체적 반동이 아니라 여옥이의 열정을 순정으로 받아주지 않는 나에 대한 반항일 것이다. 그러므로 나는 그 히스테릭한 여옥이의 열정을 순정으로 존중하여야할 것이요, 낮에 보는 여옥이의 인당과 귀에 혜숙이의 그것은 이중 노출로 보는 판상을 버리고 여옥이 그래도 사랑해야 할 것이다.225)

이와 같이 과거의 나와 현재의 나, 욕망하는 나와 욕망을 금지하는 나의 분열 현상은 '주체'에 대한 성찰을 통해 드러난다. 내부 세계에 존재하는 다양한 자아의 양상에 눈뜨면서 자기 자신을 객관화시킬 수 있

---

224) 김홍중, 「근대적 성찰성의 풍경과 성찰적 주체의 알레고리」, 『한국사회학』 제41집 3호, 2007, p.190.
225) 최명익, 앞의 책, pp.325~326.

는 거리도 마련된다.226) 낮과 밤이 다른 여옥의 이중성을 지켜보던 '과거의 나'와 현재 시점에서 그 상황을 회상하는 '지금의 나' 사이에는 시간성이 개입된다. 초점화된 '과거의 나'와 서술하는 '현재의 나'는 동일한 의식을 가진 것이 아니다. 초점자와 서술자가 일치하지 않음으로써 확보되는 시간적 거리는 과거의 사건을 새롭게 평가할 수 있는 계기가 된다. 이로 인해 '주체와 객체' 관계는 새로이 정립된다. '지금의 나'는 '과거의 나'를 새로이 인식하고 '과거의 나'를 아우른다. 이 과정을 통해 새로운 주체로 거듭나게 된다.227)

결국 여옥의 이중성은 명일의 이중적인 태도에서 기인한 것이다. 이는 간접적으로는 여옥이보다 명일 자신이 성찰해야할 것이 더 많음을 의미하는 것이기도 하다. 맹목적이어야 할 사랑과 순정을 못 가지는 나의 태도가 여옥이를 그렇게 만들었다. 여옥이 속에서 죽은 아내인 혜숙을 발견하면 안 되며 혜숙을 잊음으로써 이젠 돌아오지 않을 과거를 청산해야 하는 것이다. 결국 주인공의 양가적 시선은 자신의 에너지를 한곳에 모으지 못해 일어나는 분열이었다. 또 이러한 시선은 성찰과 새로운 도약을 하기 위해서 반드시 필요한 작업이었다. 이는 기존에 자신에게 온 마음 다해 열정을 불태울 만한 대상과 의지가 없었다는 것을 의미한다. 또, 분열된 시선으로 자기 자신을 바라봐야할 반성적 시간이

226) 김명석, 『한국소설과 근대적 일상의 경험』, 새미, 2002, p.31.
227) 뿐만 아니라 작가적 존재가 노골적으로 나서서 작품의 서술 동기를 직접적으로 알려주기도 한다. "독자 중에는 이 '그래서 나역시……'라는 말에 불쾌를 느끼고, 그만 것을 동기나 이유로 행동하는 나를 경멸하는 이가 있을는지 모를 것이다. 사실은 나는 그러한 독자를 상대로 이 여행기를 쓰는 것이다"(p.330)라고 말하고 있는 것이 그러하다. 여기서 작가적 서술자의 강한 노출은 존재론적인 동기 부여를 위한 것으로 볼 수 있다. 이에 대한 자세한 논의는 박종홍, 「최명익 창작집 『장삼이사』의 초점화 양상 고찰」, 『국어교육연구』 제46집, 2010을 참조할 것.

필요했었음을 의미하는 것이기도 하다. 따라서 풍경을 통해 보게 되는 것은 속도감에 대한 성찰이자 사랑에 있어서의 성급함에 대한 반성, 과거에 집착하여 현재에 온전히 정열을 쏟아 붓지 못하는 나에 대한 각성이라고 할 수 있다. 그런 새 출발을 위한 도약의 공간이 필요했던 것이다.

명일이 여행지로 선택한 하얼빈은 명일의 이러한 심리 상태와 무관하지 않다. 1930년대 하얼빈은 러시아와 미국, 일본 등과 같은 제국주의 열강의 무대이자 근대 도시 발전과 기획에 따른 일종의 계획 도시였다. 일본은 만주를 '일본의 생명선'으로 삼아 사활을 건 대륙 침략을 수행하고 있었지만 이것이 식민주의자들의 눈에는 꿈의 실현으로 비춰졌다.228) 그곳은 정치적 변동이나 경제적인 노동력에 따른 난민, 망명자, 이민들이 옮겨와 다양한 인종이 공존하고, 전통과 근대가 서로 혼재되어 있는 식민지 공간이기도 하였다.229) 그러면서도 만주 하얼빈은 또 하나의 '기회'와 '전복'이 갖춰진 가능성의 공간이기도 했다. 위기라는 것이 다른 한편으로는 기회가 되는 것처럼 본국에서 제대로 역할을 하지 못하던 이들이 새롭게 성공할 수 있는 공간이 되기도 하였다. 즉, 하얼빈은 경제·정치·사회적으로 제국과 식민지의 경계를 느끼고 그 한계를 생각하던 사람들이 제국의 위치에 올라설 수 있는 기회의 공간이

---

228) 만주사변으로 본격적인 대륙침략을 단행한 일제가 <오족협화(五族協和)>라는 건국이념으로 만주국을 세운 때는 1932년이다. 만주 여행은 1930년대 후반을 표상하는 시대적 담론의 형태를 띤다. 만주사변과 만주국 건국, 중일전쟁을 거치며 대륙침략을 도모하던 일본 제국주의의 대륙정책과 이러한 만주 열풍은 하나였고 일본 제국주의 말기를 특징짓는 대동아 공영권 담론의 일부가 된다. 이 시기 조선내의 신문과 잡지들은 만주여행기를 특집으로 꾸미고 작가들에게 만주기행을 독려했으며 작가들도 이에 호응했다. 이런 와중에 조선의 문인들이 본격적으로 만주여행에 나서고 많은 기행문들이 쓰여졌다. 서경석, 「만주국 기행문학 연구」, 『어문학』 제86집, 2004, pp.342~343.

229) 김관현·박남용, 「1930년대 하얼빈과 상하이의 도시 풍경과 도시 인식」, 『세계문학비교연구』 제25집, 2008, pp.30~40.

었다.230)

하얼빈이라는 도시 자체가 가진 이러한 이중성은 명일에게 '기회의 공간'이 주는 호기심과 기쁨을 불러일으키면서도 '음울한 숙명'을 가진 곳으로 다가온다. 명일에게 있어 그곳은 대상을 관조할 수 있는 객관성이 존재하는 공간이면서도 한때는 자신의 여자였던 여옥이 살고 있는 주관적인 감정의 공간이기도 하다.

결국 주인공이 하얼빈을 여행지로 선택한 것은 속도감으로 대표되는 제국주의 근대화에 대한 이중적 시선, 이중적인 자신의 내면, 과거를 묶어두는 유배지이자 현재의 인식을 각성하는 기회의 공간이라는 의미가 그곳에 공존할 수 있었기 때문이었다. 그리고 그 공간에는 시대의 그늘이 침윤되어 있다는 것도 직감했을 것이다.

2) 알레고리로서의 풍경

「심문」의 전반부에 나타나는 풍경이 명일의 복잡한 심정을 보여주고 그로인해 여행을 떠날 수밖에 없는 근거를 직접적으로 마련해 주는 것이었다면, 열차 안 승객과의 만남이나 여행지에서 타자와의 만남이 이루어지는 부분에 있어 풍경은 하나의 알레고리로서의 기능을 담당하며 주제를 우회적으로 드러내는 데 기여한다.

알레고리는 기본적으로 기호의 이중성 혹은 해석의 중의성을 이용한 창작기법이다. 그 이중적 해석을 위하여 알레고리는 일차적 의미와 명확하게 구분되는 이차적 의미의 작중 공간을 설정한다. 그 작중 공간은

---

230) 배주영, 「1930년대 만주를 통해 본 식민지 지식인의 욕망과 정체성」, 『한국학보』 제29권 3호, 2003, p.49.

인간과 사회를 비판하고자 하는 작가의 의도가 존재하여야하며 특정 지역과 시대의 역사적 상황이나 인간의 본성을 분명하게 드러내고 있어야 한다.[231]

「심문」에 있어 풍경은 하나의 알레고리로서의 조건을 충족한다. 이는 열차 안에서 본 중년 여자의 모습을 통해 부각된다.

> 우리는 그런 숙명 앞에 그저 전률할밖에 없을 것이다. 그런 무서운 숙명이 나를 기다리는지도 모를 할빈이라고 생각하면 그곳으로 이렇게 달아나는 이 열차는 그런 숙명과 같이 음모한 괴물일지도 모른다는 나는 좀 취한 머릿속에 또 한가지 이런 스릴을 느끼었다. 그러면서 큰 고래 입속으로 양양히 헤엄쳐 들어가는 물고기들을 상상하며 그런 물고기의 어느 한 부분인지도 모르는 퓌쉬프라이의 한조각을 입에 넣고 씹으면 마주볼 때, 나보다 한 접시 앞선 중년 여사는 소위 어느 한 부분인지도 모를 스테익의 마지막 조각을 입에 넣고 입술에 맺힌 핏물을 찍어내는 것이었다.[232]

인용문에서 제시된 열차는 숙명을 가지고 오는 근대화의 속도감이다. 그 속으로 헤엄쳐 들어가는 물고기들은 근대화에 물결 속으로 빨려 들어가는 무리들이다. 그런 물고기의 어느 한 부분인지도 모르는 피쉬 프라이를 씹는 나의 행동은 나 역시 근대화의 물결에 어느 정도 수긍하고 있음을 의미한다. 내가 씹는 것은 피쉬 프라이다. '피쉬' 비유는 하얼빈

---

231) 권오현은 현대소설 알레고리의 범위를 첫째, 작품 속에 드러나는 허구의 세계가 현실의 세계와 명확히 구분되어 있을 것, 둘째, 특정 지역과 시대의 역사적 상황이나 인간의 본성을 분명하게 드러내고 있을 것, 셋째, 인간과 사회를 비판하고자 하는 작가의 의도가 분명히 존재할 것으로 규정하고 있다. 권오현, 「1970년대 소설의 알레고리 기법 연구」, 『어문학』 제90집, 2005, pp.343~344.
232) 최명익, 앞의 책, p.327.

에 도착해 명일이 보게 되는 서양여인들과 여옥의 모습을 물고기와 대비하여 표현하는 부분에서도 나타난다. 내가 씹고 있는 것이 물고기를 튀겨 만든 피쉬 프라이라는 것은 내가 여옥의 불행을 야기했다는 것을 암시한다. 이는 여옥에 대한 나의 죄책감도 담은 것이다.

내 앞에 앉은 중년 여자는 나보다 먼저 음식을 먹기 시작하여 나보다 한 접시를 앞서고 있다. 그리고 중년 여자가 씹고 있는 것은 스테이크이다. 근대화가 곧 서구화라는 입장에서 살펴볼 때, 중년여자는 근대화를 아주 빠르게 접했음을 의미한다. 스테이크의 마지막을 씹고 있는 여인의 입술에 핏물을 찍어내고 있다는 의미는 제국주의 근대화의 횡포이며 그로 인해 어떤 불길한 결과가 펼쳐질 것을 암시한다. 열차 속에서 보게 되는 풍경과 그에 대한 진술은 앞으로 펼쳐질 여옥의 불행에 대한 일종의 예언이자 알레고리적 표현이기도 하다.

하얼빈에 도착한 명일은 이군과 함께 여옥이 있는 허름한 지하실 카바레를 찾아간다. 그러나 "높은 천장 찬란한 샨데리아, 거울 같은 마루 바닥, 회황한 파노라마, 그 속에서 음악의 물결을 헴치는 무희들, 이렇게 내 눈이 어느덧 높아진 탓인지, 여옥이가 있는 카바레는 너무도 초라"하다. 여옥이가 사는 아파트로 발걸음을 옮기지만 그곳 역시 밝음과는 거리가 먼 어둡고 황폐한 곳이었다. 그곳은 계절이 바뀌는 것도, 역사가 흐르는 것도 느낄 수 없고 그저 황폐한 고립만이 존재하는 곳이다.

거리 맞은 집 유리 창은 좀 기운 햇볕에 눈부시었다. 고기 비늘 무늬로 깔아놓은 화강석 보도에 매마른 구두 발소리가 소란하고 불리는 먼지조차 금사라기 같이 반짝이는 째인 햇볕 속을 붉고 파란 원색 옷의 양여들이 오고 간다. 높은 건축의 골자구니라 그런지, 걸싼 양여들은 헴

치는 열대어나 금붕어같이 매츠럽고 민첩하다. 그러한 인어의 거리에
무더기무더기 모여앉은 쿠리떼는 바다 밑에 깔린 바위돌같이 봄이 가건
겨울이 오건 무심하고, 바뀌는 계절도, 역사의 파도까지도 그들을 어쩌
는 수 없는 존재같이 생각되었다.[233]

　여옥은 '내가 기억하는 그 몸매의 선을 그대로 내비치듯이 달라붙은
초록색 호복'을 입고 붉은 의자에 앉아 담배를 피우고 있다. 나는 창밖
을 내다본다. 창밖 세상은 햇볕에 눈부시고 화강석을 깔아놓은 보도를
보며 어항에 든 자갈돌을 떠올린다. 길이 자갈돌이 되니, 그 길을 걷는
양여들은 열대어나 금붕어가 된다. 그들은 매끄럽고 민첩하다. 그러나
그들 옆에 앉아 있는 쿠리떼들은 봄이 가건 겨울이 오건 무심하고, 바
뀌는 계절도 역사의 파도도 어쩔 수 없는 존재들로 느껴진다. 쿠리떼들
의 모습은 바쁘게 움직이는 바깥세상과는 거리가 있으며 세상의 속도
와는 거리가 먼 여옥의 현재 모습을 상징한다. 바깥 대상과 대비되는
장면 묘사와 비유는 하얼빈에서의 여옥의 현재 생활을 짐작해볼 수 있
게 하며, 여옥이가 겪었을 녹록하지 않은 수많은 경험을 상징적으로 함
축하고 있다.

　이러한 여옥이의 처지와 그동안의 경험은 '조롱에 담긴 새' 묘사를
통해 구체화된다.

　그러한 창밖에 눈이 팔려 있을 때 들창 위에 달아놓은 조롱에서 새가
울었다. 쳐다보는 조롱의 설핀 대살을 격하여 맑은 하늘의 한 폭이 멀리
바라보였다. 종달새도 발도듬을 하듯이 (중략) 연달아 울어가며 목을 세

---

233) 최명익, 앞의 책, pp.331~332.

우고 관을 세우고 가름대 위를 초조히 오고 간다. <u>금시에 날아보고 싶어</u>
<u>서, 날개쭉지가 미미적거리는 모양이나, 그저 혀를 채고 말 듯, 쭝─쭝─</u>
<u>외마디 소리를 해가며 가름대 층계를 오르내릴 뿐이다.</u> (중략) 놀라 쳐
다본즉, 종달새가 가름대에서 떨어져 조롱 바닥에서 몸부림을 하는 것
이었다. 새는 날려고 애써 몸을 소꾸다가는 또 떨어지고 그때마다 긴 발
톱과 모즈라진 날개로 헤적이면서 쥐소리 같은 암담한 비명을 지르는
것이다. 새는 몇 번인가 조롱이 흔들리도록 몸을 소꾸다 못하여 그만 제
똥 위에 다리를 뻗고 눈을 감아 버린다.[234] (밑줄 : 인용자)

창밖의 밝음과는 거리가 먼 여옥의 아파트는 세상과 단절된 공간이
다. 세상과 단절된 여옥의 집. 그 안에 있는 새장. 조롱 속에 있는 새는
세상과 가정으로부터 '이중 고립'을 겪는 유배된 대상물이다. 여기서
새는 "희생물로서의 의미, 혹은 시간의 형상"[235]으로서의 의미를 지니
며, 여옥의 처지를 고스란히 담고 있는 상징물로 존재한다. 세상과 가
정으로부터의 단절이라는 여옥이의 처지는 조롱 속에 갇힌 것으로, 새
가 날아보고 싶어 애를 쓰는 장면은 여옥이의 재생 의지로, 그러다 아
편 중독을 견디지 못하고 떨어져 흐느적이는 새의 모습은 여옥의 현 처
지를 짐작케 한다.[236]

---

234) 최명익, 앞의 책, pp.332~334.
235) 일반적으로 새는 '높은 곳에서부터 오는 말씀', '보금자리와 내부의 상징' 혹은 '희생
물'로서의 상징성을 지닌다. 새의 상징적 의미에 대해서는 아지자·올리비에리·스크
트릭 공저, 장영수 옮김,『문학의 상징·주제사전』, 청하, 1989, pp.269~278 참조할 것.
236) 이를 위해 다음과 같은 문장을 살펴볼 필요가 있다.
"여옥이는 (중략) 초록빛 오복자락으로 손톱을 닦고 있었다. (중략) 여옥의 손톱이 닦
을수록 더 영롱해지는 것을 보던 눈에 종달새의 며느리 발톱이 띄우자 깜짝 놀랄 밖
에 없었다. 그것은 병신스럽게 한 치가 긴 것이었다. (중략) 여옥이는 빨간 손톱을 가
지런히 들어보이며 웃었다. 그리고는 종달새의 발톱은 (중략) 치레로 기른 것이 아니
지만 누가 깎아주지도 않고 조롱 속에서 닳지도 않아서 자랄 때로 자랄 밖에 없는 것
이고 또 길면 길수록 오래 사람의 손에 태운 표적이 되어 값이 나가는 것이라고 설명

시대의 흐름과는 무관한 고립된 장소에서 벗어나 명일과 여옥은 거리로 나와 박물관으로 향한다.

> 지나가던 길에 들려본 박물관에서는 나 역시 여옥이에 덩다라 재채기만을 하고 나왔다. 우중충한 집 속에 연대 순으로 진열된 도자기나 불상이나 맘모쓰의 해골이나가 지니고 있는 오랜 시간이 휘잉한 찬 바람으로 느껴질 뿐이었다.[237]

여행지에 본 박물관의 풍경은 황량했다. 박물관을 택한 것은 과거는 지나간 것일 뿐, 현재에는 아무 힘이 없다는 것을 드러내는 작가의 알레고리이다. 과거는 더 이상 삶의 중심에 뿌리내리지 못하고 진열될 뿐이다. 여옥이 다음 여행지로 명일을 송화강에 데려가는 것은 전근대와 근대의 대립을 암시적으로 보여주려는 작가의 의도에서 비롯했다고 본다. 송화강은 조금 전에 보았던 박물관과는 달리 "로서아 사람과 유태인이 많이 살"고 "에로 그로의 이국적 향락과 소비 기관이 집중"되어 있는 근대화가 이루어진 곳이다. 작가는 풍경의 대립적 묘사를 통해 과거에 대한 집착이 무력함을 암시적으로 드러내주고 있다.

알레고리로서의 풍경에서 여행 주체는 관찰자로서만 존재할 뿐 풍경에 몰입하지 않는다. 여옥을 대하는 나의 태도도 감정이입이나 몰입이

하였다." 최명익, 앞의 책, pp.332~333.

여기서 주목할 것은, 종달새의 발톱이 한 치나 긴 것이다. 여옥의 손톱과 종달새의 발톱은 대비된다. 종달새의 발톱을 보며 병신스럽고 징그럽다는 내 말에 여옥은 병신이라고 해도 뱃속에서부터 그런 것이 아니라 사람의 손에서 병신이 된 것이니 환경이나 처지의 힘 때문이라고 설명한다. 환경이나 처지를 탓하던 주인공의 의식은 후반부에 전개되는 현혁과의 만남을 통해 차츰 변화되는 양상을 보인다.

237) 위의 책, p.335.

없이 그저 냉담하게 바라볼 뿐이다. 알레고리로서의 풍경은 주체의 내면 성찰이나 변화를 직접적으로 드러내주는 대신 후에 있을 사건을 간접적으로 암시하는 것으로 사용된다.

3) 타자와의 만남과 주체의 재정립

여행지에 도착하기 전에 풍경을 통해 자기 내면을 혼자서 바라보던 여행 주체는 여행지에서 타자들과 만나 관계를 맺고 갈등한다. 그리고 그럴수록 여행 주체의 내면은 변화되고 결국 그 과정에서 주체는 새로운 존재로 거듭난다.[238]

바흐찐에 따르면 자신을 타자에게 드러냄으로써만 온전하게 자신을 인식하고 온전한 자기 자신이 된다. 따라서 자기인식을 구성하고 있는 가장 중요한 행위들은 다른 의식과의 관계에 의해서 결정된다.[239] 다른 의식과의 관계는 여행지에서 타자와의 만남을 통해 구체화된다. 여행 주체는 여행지에서 만난 인물들과 지속적인 관계를 형성해가면서 자신을 온전하게 인식하고 나아가 의식의 변화를 보이게 된다. 여행지에서 만난 타자는 자신과는 무관한 자들이 아니라 자신의 분신으로서의 타자이다. 타자들의 모습은 자신의 모습이기도 하며 타자와의 관계를 통해 자기 자신의 주체를 재정립하게 되는 것이다.

「심문」에서 유의미한 타자는 현일영과 여옥이다. 이들은 명일의 내

---

238) 「심문」은 여행지에 도착하기 전에는 풍경을 통해 자신의 내면을 성찰하고 있고, 여행지에 도착하고 난 후부터는 여행지의 낯선 풍경을 몰입 없이 관찰하고 있다. 그러다 여행지에서 타자와의 만남이 이루어지고 이들과의 관계를 통해 내면 갈등이 구체화되는 양상을 보인다.

239) Tzvetan Todorov, 최현무 옮김, 『바흐찐 : 문학사회학과 대화이론』, 까치, 1987, p.136.

면을 통해 재현된 존재들이다. 이들이 가진 고민과 생존 모습은 여행 주체 속에 잠재되어 있는 의식과 다르지 않다. 나아가 그 타자들은 시대와 밀접하게 관련을 맺는 인물들이기도 하다.

특히나 「심문」의 타자 현일영은 시대와 연결되는 교두보 역할을 한다. 1930년대는 파시즘이 본격화 되면서 사회적 불안이 심화되는 시기이다. 이 시기는 '좌익과 우익의 중간의 안전지대'[240]에 있는 사람들만이 남아 활동하였으며, 분명한 사상과 이념을 지니고 있던 사회주의자들은 갈 곳을 잃고 잇따라 전향을 하였다.

현일영은 한때 현혁이라는 이름을 사용하며 사회주의 이론의 헤게모니를 잡았던 인물이다. 그러나 현재의 현일영은 과거 활약을 볼모로 앞세우고 여옥이 벌어준 돈으로 생활하는 한낱 아편중독자일 뿐이다. 참혹한 낙오자로 생활하면서도 과거에 대한 자부심은 버리지 않는 인물인 것 같지만 사실은 아편을 얻기 위해서라면 체면이나 의리도 버릴 수 있는 타락한 자포자기자(自暴自棄者)였다.

시간이 흘러간다는 것은 끊임없이 새로운 타자성을 만들어가는 것이라고 할 수 있다. 따라서 타자성을 이야기할 때 시간적인 변인에 따른 인물의 변화 양상을 살펴보는 것은 중요하다. 시간이 흐른다는 것은 대상을 고정된 형태를 지닐 수 없게 만든다는 말과도 같다.

첫째 날 만난 현일영과 다음 날 만난 현일영은 같으면서도 다른 인물이다.

신병이나 빈곤은 그리 쉽게 마음대로 안 되는 것이지만, 자포자기를

---

240) 백철, 「思想中心으로 본 33年度 文學界」, 『조선일보』, 1933. 12.

하고 않는 것은 각자 그 사람에게 달렸다고 생각합니다. 나와 못지 않은
역경에서도 칠전팔기란 말 그대로 자기의 운명을 개척해나가는 친구도
많았습니다. (중략) 그런데 나만은 자포자기를 하였습니다. (중략) 아무
런 시대나 환경이라도, 사람을 타락시킬 힘은 없다고 봅니다. <u>그 반대로
타락하는 사람은 어떤 시대나 환경에서든지 저 스스로 타락하고야 말,
성격적 결함이 있는 것입니다.</u> 그래서 나는 내 환경을 저주하거나 주제
넘게 시대를 원망할 이유도 용기도 없습니다. 오직 내 약한, 자포자기하
게 된 내 성격을 저주하는 것뿐입니다.[241] (밑줄 : 인용자)

명일이 여옥을 만난 첫째 날, 현일영은 명일에 대해 적대적인 모습을
보인다. 자신의 화려한 과거를 자랑삼아 늘어놓으며 담배를 피는 그는
거만하다. 그러면서도 한편으로는 명일에게 지금 자신의 심정을 늘어놓
는다.

여기서 주목할 것은 현일영의 타락의 원인이다. 원인은 크게 두 가지
로 볼 수 있다. 첫째는 파시즘이 가져온 횡포와 그로 인한 사상적 탄압
이다. 이는 시대나 환경의 탓이다. 둘째는 의지가 약한 개인의 성격 탓
이다.

작가는 현일영의 입을 통해 궁극적인 개인의 타락의 원인은 자기 자
신에게 있다고 단정적으로 말하고 있다. 사회주의 이념은 파시즘의 강
화와 제국주의 근대화로 인해 해체되었다. 외부적 억압에 의해 이념이
해체되었으므로, 그 이념이 삶의 전부였었던 사람들이 세상에 절망하고
마침내 타락하고야 마는 데에는 시대와 환경의 책임도 존재한다. 그러
나 작가는 그들 개인이 궁극적으로 파멸한 것은 사회가 아니라 자기 자

---

241) 최명익, 앞의 책, p.340.

신 탓이라고 확언한다. 결국 현일영이 아편중독자가 된 것은 그의 성격 탓이다. 작가는 현일영의 몰락 과정을 통해 시대나 환경보다는 개인의 의지와 주체성이 더 중요함을 강조한다. 여행기에서 중시되던 사회와 집단의 이념이 이 작품에서 힘과 빛을 잃은 것을 의미한다. 이는 이념의 시대에서 개인의 주체의 시대로, 집단에서 개인의 선택과 판단의 시대로 변화된 한 단면을 보여주는 것으로 해석할 수 있다. 결국 중요한 것은 시대나 사회로 일컬어지는 환경이 아니라 주체의 의지인 것이다.

그러나 현일영은 자신의 타락 원인을 알면서도 거기서 헤어 나오지는 못한다. 이런 현일영의 곁에서 여옥은 그를 사랑하고 미워하는 마음, 갱생을 동경하며 새로운 출발을 시작하고 싶은 마음과 아편을 끊을 수 없다는 불안감 사이에서 갈등한다.

주인공 명일과 마찬가지로 현일영 역시 과거에 집착하는 인물이다. 그는 "사람은 허무한 미래로 사색적 체험을 하기보다도 거짓 없는 과거로 향하는 것이 현명하다"고 생각하며 자신을 합리화하며 살아가고 있다. 다음 날 만난 그는 과거에 대한 집착은 스스로의 삶을 파멸로 이끌었고, 후에는 "내 자신을 내가 철저히 모욕하는 것으로 모욕감을 씻"[242] 겠다며 스스로를 모욕하겠다고 한다. 현일영은 아편을 구하기 위해 자신을 사랑하는 여옥을 돈과 바꾼다. 아편과 여옥 사이에서 갈등하는 현일영은 '아편'[243]을 택하게 된 것이다. 결국 현일영의 배신에 충격을

---

242) 최명익, 앞의 책, p.358.
243) 1930년대 중국과 만주에서는 아편과 마약의 수요가 엄청나게 증가하고 있었다. 일제는 철도를 이용하여 중국 각지에 아편을 판매한다. 아편의 수요가 점차 증가하자 일제는 1932년 만주국을 수립한 이후에는 아편전매제도를 실시한다. 당시 일제는 대외 침략으로 얻은 점령지와 식민지를 유지하기 위해 막대한 자금이 필요했다. 그리고 그 자금의 상당수를 아편을 팔아 충당하였다. 일제의 아편전매제도는 겉으로는 아편을

받은 여옥은 편지를 남기고 자살을 택한다.

현일영과 여옥은 명일에게 있던 마음의 갈등이 타자화된 것이다. 여행 주체 속에 잠재되어 있던 내면 갈등이 두 사람의 모습을 통해 구체화 되었다. 그것은 '나'의 양가적 심정이 형상화된 구체적 실체이기도 한다. 과거에 집착하여 망가져가는 나를 그대로 놓아둔다면 그 길의 최후는 현일영과 같을 것이며, 그 끝이 어떻든 한 쪽을 선택해서 산다면 그 최후는 여옥과 같을 것이다.

여행 주체는 그 둘의 모습 중 여옥의 모습을 택한다. 여행 주체가 그러한 판단을 한 데에는 여옥의 유서가 결정적인 역할을 한다.

> 아무리 염치 없는 저이지만 선생님에게 이런 괴로움까지는 안 끼치려고, (중략) 이런 추한 모양을 보이게 되옵니다. (중략) 야속한 생각이오나, 시체나마 생전에 아무런 인연도 없는 손으로 처리된다고 생각하오면, 너무 외롭고 무서웠습니다. (중략) 현에게 버림받은 것이 분해서 죽는 것은 아니외다. 그저 외롭습니다. 그렇다고 저의 지금 병(중독)을 고친댔자 다시 맑아진 새 정신으로 보게 될 세상은 생소하고 광막하기만 하여 저는 더욱 외로울 것만 같습니다. (중략) 지금 무엇을 숨기오리까. 요사한 말씀이오나 저는 선생님의 심정을 완전히 붙잡을 수 없음을 슬퍼하면서도 선생님을 잊으려고 노력할 밖에 없었습니다. 그러한 제가 이제 다시 선생님을 따라가 완인이 된댔자, 제 앞에 무슨 희망이 있을 것입니까—.[244] (밑줄 : 인용자)

근절하는 정책인 것처럼 보이지만, 실제로는 '중독자의 치료를 위해 제한적으로 판매한다'는 명목 하에 아편의 판매를 종용하는 것과 같다. 아편중독자들의 절망 속에는 제국주의의 횡포가 은밀하게 내재되어 있었다. 일제의 아편정책에 관해서는 박강, 『20세기 전반 동북아 한인과 아편』, 선인, 2008을 참조할 것.

244) 최명익, 앞의 책, pp.362~363.

여옥이 명일에게 남긴 유서를 살펴볼 때, 여옥이 자살을 택한 데에는 크게 세 가지 요인이 작용하였다. 첫째는 사랑하는 사람에게 버림받은 여인의 외로움이다. 열정을 받치고 싶은 대상이라 믿으며 파멸을 감수하면서까지 사랑했던 남자는 물건을 교환하듯 자신을 돈과 맞바꾼다. 이런 여옥을 떠올리며 명일은 여옥이 "제 심정을 바칠 곳이 없어" 죽었다고 생각한다.

둘째는 하얼빈이라는 공간에 대한 적응 실패를 들 수 있다. 근대화로 인해 하루바삐 변해가는 모습 속에 이방인으로 살아가는 여옥은 그 사회에 발을 담그지 못한다. 빠르게 변화하는 세상 속에 고립되어 단절된 채 살아가는 여옥은 외롭다. 그 속에서 자신은 어떠한 열정도 발휘할 수 없다. 세상을 향해 나아가기에는 시대는 어둡고 자신은 병들었다.

셋째는 여옥의 성격 탓이다. 앞서 현일영의 사례가 그렇듯 여기서도 시대나 환경 탓이 아니라 개인의 탓을 강조한다. 결국 여옥이 외로운 것은 타자 의존적인 삶을 살면서 스스로가 삶의 주체가 되지 못하고 갱생에 대한 강한 의지나 선택 없이 자기 분열을 계속하고 있기 때문이다. 그런 여옥이 자살을 택한 것은 자신의 분열을 멈추고 싶기 때문이다. 여옥은 명일의 마음을 온전히 차지하지 못하는 것을 슬퍼하면서도 선뜻 명일 곁에 남으리라 확신하지 못한다. 따라서 여옥은 목숨을 버리는 것을 선택한다.[245]

여옥의 인당(印堂)에서 죽은 아내의 모습을 발견한 것은 무능한 남편

---

245) 이밖에도 필자는 "변증법적 정지라는 생생하게 살아있는 순간을 발견하고 그 속에서 생의 감각을 찾기 위해 여옥의 죽음이라는 서사적 장치를 사용하였다."(pp.351~352)고 본 바 있다. 이에 대한 자세한 논의는 김효주, 「최명익의 <심문>에 나타난 변증법적 정지와 이미지」, 『어문학』 제118집, 2012를 참조할 것.

을 사랑했던 여인들의 마음의 무늬가 같기 때문이다. 이는 한편으로는 아내들이 무능한 남편 때문에 희생된다는 것을 명일이 인정한 것이 되지만, 다른 한편으로는 결국 그 여인들의 '선택 그 자체를 인정'한 것이다.

자신과 관계된 두 여인이 죽음으로써 명일에게 과거는 아무것도 남지 않게 되었다. 과거가 사라진 명일에게 지금 중요한 것은 현재이다. 여옥의 죽음은 명일로 하여금 새로 태어나기 위해서는 과거를 버려야 함을 깨닫게 해주었다. 죽은 여옥의 모습이 편안해보였던 것은 자기 분열을 끝냈기 때문이다. 이런 여옥의 모습은 명일에게 자기 분열을 멈추고, 어느 쪽이든 '선택하며 살아가라'는 의미를 전해준다.

「심문」에서 여행지에서 돌아옴의 과정을 생략한 것은 갱생에 대한 주체의 의지나 열정만 있다면 새로 시작할 공간은 어디든지 열려있다는 점을 강조하고자 하는 작가의 의도라 볼 수 있다.

이상의 논의를 바탕으로 할 때, 최명익 소설의 주인공들을 "하나같이 삶의 의욕을 잃어버리고 있거나 애써서 현실과 타협해서 살려는 意志力을 갖고 있지 않는 자포자기적이고 정신적인 결벽성의 人間"246)이라고 부정적으로 보는 관점을 수용하기 어렵다. 오히려 「심문」의 주인공들은 "주체성이 강하여 애써서 현실과 타협하고 싶지 않은 강한 의지력을 갖고 있는 인물"이라고 볼 수 있다. 주체성이 강하다는 것은 자신이 세상과 직접 맞부딪쳐 보기 전에는 그 세계를 수용할 수 없는 것이다. 시대나 사회가 요구하는 방향을 일방적으로 수용하는 것이 아닌, 자신의 경험과 의지로 대상과 맞부딪쳐 만들어낸 경험과 깨달음만이 진정으로

---

246) 이재선, 앞의 책, p.482.

자신을 변화시킬 수 있다. 「심문」에서 여행 주체인 명일은 여행지에서
타자와의 지속적인 만남에 의해 심각하게 달라져갔다. 명일은 여행을
통해 자신을 반성하고 더 근본적인 주체 재정립 의지를 드러낸 것이기
도 하다. 그리고 이는 1930년대 여행소설의 가장 완결된 형태를 보여주
는 것이라 볼 수 있다.

3.2. 여성의 욕망 발견과 고뇌-이선희의 「탕자」

이선희는 당시 문예조류나 작풍(作風)에 휩쓸리지 않고, 자기의 개성
을 살려 글을 쓰고자 했던 1930년대 후반을 대표하는 여성작가였다. 그
런데 이 시기 여성작가는 일제 강점기라는 식민지가 지식인들에게 가
한 억압과 여성이라는 이유로 감내해야 했던 희생을 모면할 수가 없었
다. 그래서 여성작가로서의 글쓰기는 고통을 동반하는 것이었다.

이선희는 이러한 여성에 대한 이중적 억압과 희생을 의식하면서[247]
그로부터 탈출할 수 있는 한 대안으로서 여행소설의 형식을 시도했다
고 할 수 있다. 그녀는 자신의 소설적 특징으로 '낭만성'[248]을 꼽았는데,

---

247) 이선희 소설에는 삼각관계가 주를 이룬다. 주위의 증언으로 볼 때 이선희는 후처로 결
혼을 했을 가능성이 크고, 전처와의 마찰이 심각했던 것으로 추정된다. 이선희에 대한
정확한 연보는 찾기 어려우나, 기자 일을 하기 시작하면서부터 소설 창작에 관심을 보
였던 것으로 보인다. 구체적인 연보와 삼각관계에 대한 연구는 서정자, 앞의 책, 1999,
pp.235~249를 참조할 것.

248) 그 무슨 主義니, 創作方法이니 하는 것이 반듯이 있어야할 必要한것이겠지만은 우리 女
性作家들은 그러한 文藝指導理論과는 沒交涉하는 것이 좋을줄 알아요. (중략) 우리는
다만 自己의個性만을 잘 살려보는 것이 제일인것같애요. (중략) 그럼으로 「浪漫」性을,
나는 小說의 가장 重要한 要素로 봅니다. 더구나 女性作家인나로서는 線이 부드럽고,
읽어서 매끈매끈하고 浪漫的이어야 사람의 힘을 끄으는 魅力이 큰줄압니다. 그렇게 비
저놓은 作品이 評論家가 볼때에는 어느主義와 어느 創作方法에 合當한다고 말하드라도
그것은 相觀할게없겠지요. 「女流作家訪問記-情熱과 浪漫속에잠긴李善熙女史」, 『삼천리』,
1936.11.

낭만성은 당시 여성성을 들어낼 수 있는 가장 개성적인 문체임과 동시에 모순된 현실로부터의 일탈을 경험하게 해주는 해방구가 될 수 있었다.

그녀의 결혼생활 경험은 소설 구조와도 긴밀한 관련이 있다고도 보인다. 이선희 소설에는 드러내고 하소연 할 대상이 없는 여성의 고뇌와 내면적 갈등으로 인한 여성의 불안이 모호하게 그려진다. "바다를 바라보며 지향 없는 공상"을 펼쳤던 어린 날의 기억과 "孤寂과 瞑想을 찾아 몇 時間이고 멍하니 헛 시간을 보내는 습관"[249]을 가졌던 작가의 성향은 소설 「탕자」 속 여주인공의 모습에서도 그대로 나타난다. "실제로는 산책이나 여행을 통 해보지 못했"[250]던 작가는 여행소설을 구상하면서도 현실적이고 구체적인 여행지가 아니라 비현실적이고 상징적인 여행지를 설정했다. 비현실적이거나 현실로부터 동떨어진 여행지를 설정함으로써 현실의 삶 속에서 빚어질 수 있지만 표면화되지 못하고 잠재되어 있던 갈등을 포착하고 그로 인한 내면 탐구에 자연스럽게 골몰할 수 있게 한 것이다.

1) 풍경에 대한 관찰·연상·전이

「탕자」에서 풍경에 대한 묘사는 관찰과 연상, 전이의 수법을 많이 활용한다. '나'는 옆집 각시의 시아주버니 권유로 그가 살고 있는 섬으로 홀로 여행을 떠난다. 그 섬은 "새벽 4시면 기상나팔을 불고, 남녀를 물론하고 학교에 와서 의무교육"을 받는 문화 운동으로 개화된 곳이다. 그러나 나는 그곳에 정이 가지 않는다. 소학교 선생은 새로운 여행지인

---

249) 이선희, 앞의 글.
250) 위의 글.

등대를 권하지만 나는 "등대란 말이 지독히 고독해서" 그곳을 피하고 만 싶다. 그러나 계속된 권유에 못 이겨 섬으로 향하는 배를 탄다.

등대로 가는 배 위에서 나는 문득 늙은 할아버지가 어린 딸 하나를 데리고 사는 이야기를 떠올린다. 외부 세계를 차단한 채 살아가는 클레맨타인 이야기를 떠올린 것은 '내'가 도착할 그 섬이 철저히 '외부 세계와는 온전히 차단된 고립'이 이루어지는 장소이면서, "옛날 로맨스라도 있"는 내밀(內密)한 장소가 될 것임을 암시한다.

> 배는 삽시간에 등대 있는 섬 밑뿌리에까지 왔다. 문득 보니 큰 지우산 같은 해파리가 너울너울 떠온다. 이놈은 청포묵처럼 말갛고 흐물흐물한 것인데 그래도 파선한 어부들을 만나기만 하면 몸뚱이를 통째로 녹여낸다고 한다. 여기는 바다 빛이 어찌도 푸른지 내 흰 치맛자락을 담그면 금새 파랗게 야청옥색이 들 것 같다. 섬 꼭대기는 고개를 잔뜩 재껴야 보일지말지 치높다.251)

등대에 도착하자 해파리가 다가온다. 해파리는 파선한 어부들을 만나면 적극적으로 대상을 향해 자신을 던진다. 그런 해파리가 떠온다는 것은 앞으로 주인공에게 펼쳐질 사건에 대한 암시적 표현이다. 해파리와 바다를 바라보는 나의 심리는 그리 부정적이지는 않다. 오히려 단조롭기 그지없는 흰 치맛자락을 바다에 담가 야청옥색으로 물들이고 싶은 욕심까지 내보기도 한다. 결국 해파리에 대한 묘사와 내 치맛자락을 야청옥색으로 물들일 것 같은 바다에 대한 묘사는 여행 주체의 삶을 근본

---

251) 이선희, 「탕자」, 『한국해금문학전집』 10, 삼성출판사, 1998, pp.54~55. 앞으로의 본문 인용은 이 책에서 하기로 한다.

적으로 바꿔놓을 것 같은 대상의 모습이면서 주체의 내면에 존재하는, 너무나 진부해진 자기 일상이 근본적으로 달라졌으면 하는 충동을 암시하고 있는 것이라 할 수 있다. 그런 점에서 여행 주체의 풍경에 대한 태도에는 관찰과 연상과 전이가 공존하고 있다.

이런 '나'의 심리는 섬에 내려서 본 동백나무 숲의 풍경 묘사를 통해 더 구체화된다.

> 얼마 올라가다 보니 거기엔 또 동백나무들이 꽉 들어섰다. 짙은 초록색 잎새는 뼈와 같이 딱딱한데 새알보담 큰 동백열매가 잦아지게 열렸다.
> '동백나무.'
> 줄을 지어선 동백나무 밑으로는 요 포대기만한 검은 그늘이 길게 퍼져 있다.
> <u>나는 뚱딴지같이 이 동백나무를 보자 동백꽃을 사랑했다는 말그리트 고체의 그 슬픈 이야기를 생각해서 무슨 불길한 예감이 들었다.</u>[252] (밑줄 : 인용자)

배 위에서 클레맨타인 이야기를 떠올렸던 나는 섬에 내려 동백나무를 관찰하면서 뒤마피스의 소설 속 비련의 여주인공이자 동백나무 꽃을 사랑한 말그리트 고체의 슬픈 사랑 이야기를 생각한다.[253] 말그리트 고체의 이야기는 주인공 나를 '불길한 예감'에까지 잠기게 한다. 그리

---

252) 이선희, 앞의 책, pp.55~56.
253) '말그리트 고체'는 알렉상드르 뒤마가 쓴 소설 『춘희』에 등장하는 여주인공이다. 이 소설은 실존했던 인물인 마리 뒤프레시와 작가의 실제 경험을 소설로 쓴 것이다. 말그리트 고체가 소설 속에서 동백나무꽃을 사랑하여, 원 제목은 '동백꽃을 들고 있는 부인'이다. 소설 속에 창녀의 신분으로 등장하는 여주인공 말그리트 고체는 부유한 귀족의 아들인 아르망을 통해 처음으로 진실한 사랑을 배우게 되지만 그 사랑은 비극으로 끝을 맺는다.

고 말그리트 고체의 슬픈 사랑이야기는 작품을 전개하는 하나의 복선으로 작용한다.

구체적인 풍경인 동백나무를 관찰하고 이루어질 수 없는 사랑을 한 여주인공을 떠올렸다는 것은 관찰에 따른 연상이다. 그리고 여주인공의 사랑 이야기가 단순히 책 속의 이야기로 머물지 않고 나에게 불길한 예감이 들게 했다는 것은, 슬픈 사랑을 한 그녀의 마음이 나에게 전이된 것이라고 할 수 있다. 이는 여행의 시간이 경과될수록 여행지의 대상과 주체의 관계가 더 긴박하게 변해갔으며 그 결과 주인공의 내면심리가 복잡해지고 있음을 의미한다. 그리고 섬에서 펼쳐질 앞으로의 일을 좀 더 구체적으로 암시하는 것이라고 할 수 있다.

그러나 '여행 전반부에 있어 나'는 풍경을 보며 자기 내면을 그것에 계속 투사하지 않고 시선을 외부로 국한하여 생각을 단절함으로써 자신의 심리를 감추어버린다.

소극적이던 '나'의 태도는 등대에서 만난 타자를 통해 적극적으로 변모해간다.

2) 여행지 타자와의 만남과 관계 형성

「탕자」에서는 풍경을 통해 구체적인 내면 성찰이 이루어지는 것이 아니라 여행지에서의 타자와의 만남을 통해 구체적인 내면의 발견이 이루어지고 있다. 여행 주체는 여행지에서 타자와 만나면서 적극적인 인격체로 변모해나간다. 여행 주체가 타자와의 지속적인 관계를 맺고 싶은 욕망과 그에 대한 의지가 사건의 중심이 된다. 그러한 욕망과 주체의 의지에 따라 여행지를 선택하거나 여행 일정을 바꾸기도 한다. 그리고 그러한 과정을 통해 자신의 내면을 성찰하게 되고 마침내 내면을 확장하기에까지 이른다.

등대에서 내가 만난 사람은 등대에서 일하는 사람들 무리와 눈에 띄는 젊은 남자이다. 등대에서의 생활은 그들을 극도의 정신주의자가 되게 하여 결국 말하는 것을 잊어버리게 만들었다. 그만큼 등대는 고독하고 외로운 곳이다. 이런 외로운 공간에서 생활한 젊은 남자는 "자신이 등대에서 떨어지려고 할 때, 누가 한사람 곁에서 구경해주기를" 바란다며 나에게 다가온다.

섬에서 남자를 처음 만났을 때는 나는 그와 지속적인 만남이 이루어질 것이라 생각하지 못했다. 여행 시간이 경과될수록 그 사람에 대한 주인공 '나'의 이끌림은 강렬해지지만 결국 그의 이름조차 알지 못하고 떠나오게 된다. 등대를 떠나려할 때 그는 내 정수리를 따가울 정도로 강렬하게 쏘아보았다. 젊은 남자는 내게 적극적으로 자신의 마음을 표현한 것이다.

이제 남은 것은 나의 선택이다. 여기서 중요한 것은 여행 주체의 선택과 판단이다. 늘 수동적인 입장에 놓여 있던 여성이 적극적으로 스스로 판단할 상황과 직면하게 된 것이다. 하지만 결단을 내려야할 상황에서 나는 머뭇거릴 따름이다.

역설적이게도 배가 등대에서 멀어질수록 등대는 더 잘 보인다. 이는 무의식에 존재하고 있던 자신의 욕망이 구체적인 사물을 통해 의식화되는 것이라고 볼 수 있다. 멀리 서 있는 등대를 보며 신의 계시를 저버리고 뒤를 돌아보다 소금 기둥이 된 '가나안의 여인'을 떠올린다. 나는 가나안의 여인을 연상할 정도까지 떠나온 등대 그리고 등대에서 만난 그 남자에게 강렬히 이끌린다. '소금 기둥이 되는' 징벌을 마다하지 않을 정도로 그 이끌림은 강하다. 그리고는 선장의 망원경을 빌려 등대를 바라본다. 마침내 떠나기로 한 날을 미루기까지 한다.

여행기에서는 한번 스쳐가는 감상의 대상이었던 여행지가 이선희 소설에 오면 주체에게 심각한 선택을 요구하는 대상으로 바뀐다. 떠나온 곳을 향해 다시 돌아가겠다는 마음을 갖게 할 정도로 여행지에서의 주체의 의지와 판단이 부각되었다. 또 그것은 여행지 대상과 적극적으로 소통하고 싶어 하는 나의 욕망이 강화된 것이기도 하다. 나는 등대에서 만난 그 남자 때문에 여행 일정을 조정하는 적극성을 보인다.

> 이렇게 해서 그 밤 이 마을에서 묵기로 했다. 나는 이내 해녀들 자는 방으로 인도되었는데 그들은 한 칸 남짓한 방에 5, 6인이 벌써 잠에 곤아떨어져 있다. 맨 폭 속곳 바람에 헌 치마 조각을 두른 그들의 몸뚱이는 인어처럼 그렇게 아름다운 것도 못 되고 다만 과도한 노동에 팔 다리가 쑤시는지 다리로 벽을 쾅쾅 차는 자에 이를 부득부득 가는 사람에 소금물에 결은 머리에선 쓸쓸한 냄새가 나서 속이 뒤집힌다.
> 특별히 구해온 목침은 때가 반들반들해서 나는 손수건을 꺼내 덮고 누웠다.[254]

그 밤 해녀들의 방에 묵게 되는 나의 모습과 해녀들의 모습은 대조된다. 해녀들은 생활을 일궈가는 사람이다. 그들은 팔다리가 쑤실 정도로 과도한 일을 해야 한다. 그들의 머리에서 나는 '쓸쓸한 냄새'는 내 속을 뒤집히게 만든다. 나는 그녀들과 같은 생활을 일궈갈 의지와 힘이

---

254) 이선희, 앞의 책, p.61.

없음을 의미한다. 그들은 정신보다 물질이 더 급선무인 사람들이다. 그들은 자신의 욕망이 무엇인지도 모르며 살아가고 있다. 나는 그렇게 살아가는 그들을 가엾게 바라보기도 한다. 나는 목침에 위에다 손수건을 덮고 베어야만 하는 존재다. 그리고 누워서 등대에 있는 청년 생각으로 잠을 못 이룬다. 나는 물질적 생활을 일궈가는 것보다는 다른 남자에 대한 욕망과 그에 따른 내적 고민에 더 궁구해 있는 것이다.[255] 그런 고민은 단순히 생각을 품는 데에서 나아가 홀로 밤바다에 나가서는 등대를 향해 한 팔을 번쩍 들어 신호를 보내는 등, 적극적인 태도를 수반한다.

그러나 그런 행동을 하면서도 내 마음은 두 가지로 갈리며, 내면심리는 점차 복잡해져간다.

'김이 만일 지금의 나를 본다면······.'
그의 얼굴이 유황으로 그린 것처럼 내 맘 눈에 환히 비친다. 나는 잠시 가슴이 뜨끔했다. 그 단정하고 진실한 청년 학자, 대학의 조교수―그는 아무 데도 흠잡을 데 없는 내 약혼자다.
'김이 만일 이것을 안다면······.'
나는 몹시 미안한 생각이 들었다. 내가 이렇게 잠을 못자고 날뛰는 것을 본다면 그가 얼마나 패씸해 할 것인가. 이 정도의 생각쯤은 어떠한 범부범부(凡夫凡婦) 사이에도 있는 것이다. 나는 잡념을 없애려고 윗목에 새우처럼 꼬부리고 누워버렸다. 그러나 웬만한 범부의 양심쯤으로는 등대의 그 사람의 모습을 지워버릴 수 없는 것이 민망했다. (중략) 나는 지금 모든 것을 잊고 오직 등대의 생각으로 미칠 지경이다. 이 증세가

---

255) 이런 나의 생각은 "진실로 사람은 떡으로만 살 것이 아니라 이렇게 아무짝에도 쓸데 없는 슬픔으로도 사는 시간이 있는 것을 어찌 할 수"없다는 표현을 통해 직접적으로 제시된다. 이선희, 앞의 책, p.63.

오래오래 검은 머리 파뿌리될 때까지 계속될 리는 만무하나 지금에는 정말같이만 생각되고 그리고 이것은 김에게도 있을 수 있고 또 내게도 있을 수 있는 생활처럼 생각된다.256)

여행지에서 떠올린 '약혼자 김'은 여행 주체의 생각에 제동을 걸고 생각의 방향을 흩트리기도 하는 보이지 않는 타자이다. 그는 여행 주체를 억압하는 사회적 관습과 굴레들을 대변하기도 한다. 사람들이 보이지 않는 등대에서는 도덕적 억압에서 자유로울 수 있었지만, 생활이 이루어지는 섬으로 들어오자 자신을 괴롭히는 억압의 이데올로기는 의식을 침투한다. 그리고 그것은 자신의 행동을 규제하고 판단을 어렵게 만든다.

그러나 그에 대한 내적 방황과 혼란도 잠시 그것은 "김에게도 있을 수 있고 또 내게도 있을 수 있는" 일이라 합리화하며 자신의 선택과 판단을 믿는다. 생활과 같은 물질적인 것이 아니라 진정으로 자신을 원하는 사람 곁에서 자신의 욕망에 따라 살고 싶은 주체의 바람과 의지가 반영된 선택이다. 여행 주체는 외부적인 억압보다는 주체의 욕망과 판단을 더 중시하는 자로 변해 있다.

그러나 소설 속 주체의 그러한 결정은 좌절된다. 이는 작품 밖 콘텍스트와 더 긴밀한 관련이 있다. 식민지 조선의 지적 분위기, 민족주의든 사회주의든 그런 지적 분위기는 남성 중심의 집단주의적 성격이 강했다. 이런 분위기에서 자기 욕망에 충실한 여성 개인의 자기 주장은 집단의 정체성을 위협하는 것으로 인식되었을 것이고 그래서 쉽게 용

---

256) 이선희, 앞의 책, pp.62~63.

납되기 어려웠을 것이다.257) 이러한 시대 분위기를 반영하는 듯 나의 욕망과 해방의 길이라 할 수 있는 등대로 향하는 물길은 다음날 모두 막힌다. 나는 "떼를 쓰는 아이가 발버둥을 치면서 억지로 어른에게 업혀오듯" 등대와 멀어져 또다시 물질적인 생활과 억압만이 존재하는 공간인 인천에 당도한다.

그곳은 기계 소리와 사람들로 뒤덮인 공간이다. 그곳은 사회적 관습과 생활이 남고 개인의 욕망은 억압되고 은폐되는 공간이다. 그러나 이미 그 욕망을 보아버린 나는 그 속에서 다리가 후들거리고 속이 메스꺼워 한자리에 우두커니 선다.

> 이때 내 맞은편 배에서 불이 확 켜진다. 흰 바탕에 검은 줄 진 셔츠 입은 젊은 뱃사람이 자빠져 누웠다가 벌떡 일어나면서 불을 커다란 남포에 켜 대는 것이 그 불빛 속에 환히 보인다.
> 남폿불은 물결 때문인지 약간 흔들거리면서 그 바가지 속만한 작은 선실을 비치는데 앞에 무엇을 깍다듬 것인지 끝이 뾰죽하고 날이 시퍼런 식도가 번쩍하고 놓여있다.
> 나는 두 눈에 퀭해서 그 흔들리는 선실 속을 들여다보았다. 아직 회개할 때가 되지 못한 蕩子와 같이 육지로 돌아갈 줄 모르면서 가방 고리만 점점 더 꼭 감아 쥐었다.258) (밑줄 : 인용자)

---

257) 당시에는 서구의 자유주의와 개인주의에 유입으로 인한 자각된 개인을 중시하던 사회 분위기가 만연했다. 그러나 개인이 변하면 사회도 변한다는 이러한 논리는 여성들을 보다 큰 집단의 이익에 봉사하고 헌신하는 것을 당연한 것으로 만들었다. 특히 식민지 치하의 민족주의의 입장에서 볼 때 개인을 강조하는 여성의 목소리는 민족정체성에 커다란 위협을 주기에 충분했다. 이러한 상황에서 자신의 욕구를 드러내고, 자신의 감정에 충실하려 했던 여인들은 당연히 배제될 수밖에 없었다. 전은정, 「일제하 '신여성' 담론에 관한 분석」, 서강대학교 대학원 석사학위논문, 1999, p.101.

258) 이선희, 앞의 책, p.65.

인용문에서 '불'은 현실로의 복귀를 알려주는 신호와 같은 것이다. 그런데 그 불을 켜는 것은 사람들이다. 그 속에 놓인 "끝이 뾰죽하고 날이 시퍼런 식도"는 사람들이 만들어놓은 관습과 억압들이다. 이는 생활에서 여성적 욕망을 추구하는 여성이 받게 될 형벌과 같은 것이며, '탕자(蕩子)'가 된 여성에 대한 사람들의 비난과 응징이다. 그것에 대한 두려움으로 나는 가방 고리만 더 감아쥐게 되는 것이다.

이 작품에서 나는 즉흥적으로 여행을 떠난 것으로 설정되어 있다. 여행 주체인 나는 무언가에 대한 결핍으로 허기를 느끼지만 그 결핍이 구체적으로 무엇에 대한 것인지 분명하지가 않다. 그저 사물이 전부 을씨년스럽게 보이거나 암울하게 보이는 것을 통해서 여행 주체의 심리를 짐작해볼 뿐인 것이다. 그러나 여행지에서 여행 주체의 의식이 눈떠갈수록 나의 여행 동기는 점차 분명해진다.

첫째는 약혼자에 대한 확신이 없는 것이다. 그는 반듯한 남자이지만 내 욕망과 나의 주체적인 판단에 의해 선택한 대상이 아니다. 따라서 나의 정신적인 갈급을 채워줄 수는 없다.

둘째는 자신의 욕망에 따라 사랑을 선택하고 싶지만 그로 인한 사회적 편견과 억압이 두려운 것이다.

나는 여행을 통해 내 자신을 괴롭히고 있는 문제의식을 강하게 발견하고 그 속에서 주체적 삶에 대해 고민하게 되는 것이다.

여행지를 현실의 일상으로부터 철저히 단절된 등대로 설정한 것은 등대가 사회적 편견과 억압으로부터 멀어진 공간일 수 있으며 스스로의 선택과 의지에 따라 자기 욕망의 삶을 추구할 수 있는 공간이기 때문이다.

여기서 다음 구절에 주목할 필요가 있다.

　‘아무 이해 상관도 없는 슬픔.’ 나는 오랫동안 궁리해보았다. 김의 그 건전하고 진실한 생활과 태도가 거죽이라면 등대의 염세주의자의 슬픔은 안이 되고…… 나는 지금 그 안을 추구해 마지 않는 것일까. ‘사람은 떡으로만 살 것이 아니라…….’ 진실로 사람은 떡으로만 살 것이 아니라 이렇게 아무짝에도 쓸데없는 슬픔으로도 사는 시간이 있는 것을 어찌 할 수가 없었다.259)

　나는 건전하고 진실한 생활과 태도를 거죽이라고 생각한다. 그리고 이와는 반대로 염세주의자의 슬픔은 나를 이루는 중심 살이 된다. 등대에서 사는 염세주의자의 슬픔을 내가 안는 순간, 내 주체는 근본적인 세계관의 전환(transformation)을 이루게 된다. 이는 염세주의자인 그 남자를 택하게 되면서 내가 얻게 될 아픔을 감수하고 수용하겠다는 태도를 기꺼이 보이려 한다. 그런데 이런 주체의 전환은 단순한 사랑과 관련된 차원만은 아니다. 나는 여기서 한걸음 더 나아가 인간의 삶에 대해 생각한다. “아무짝에도 쓸데없는 슬픔”만으로 사는 것이 내가 진정으로 원하는 것인지도 모른다. 비록 슬프다 할지라도 삶에 아무 도움이 안 된다고 할지라도 내게는 그 시간이 필요하다. 생활이 아닌 정신적 가치, 의지로 견뎌야 하는 시간이 아닌 억압으로부터의 정신적 해방이 내가 추구하는 것인지 모른다. 내가 등대에 머물고 싶어 했던 것은 사회적 억압으로부터 자신의 욕망과 주체를 깨닫게 해준 염세주의자와 정신적으로 교감하는 것을 희구한 것이며, 그것과 더불어 자신의 욕망이 인정

---

259) 이선희, 앞의 책, p.63.

되는 곳에서 살고픈 욕망을 드러낸 것이다. 결국 내가 그 섬으로 돌아가고자 했던 것은 그 남자가 거기에 있었기 때문이 아니라 사회적 통제와 억압이 벗어난 곳에 대한 갈망을 실현하고자 했기 때문이다.

그러나 그곳을 벗어나자마자 또다시 본래의 생활지로 돌아올 수밖에 없고 그로 인해 주체의 욕망은 좌절되고 만다. 이는 1930년대 여성의 욕망이 쉽게 실현되지 않음을 간접적으로 보여주는 것이라 할 수 있다. 그리고 이선희가 여행소설 형식을 선택한 근본적 원인도 여기에 있다고 본다. 여행소설에서 주체가 아무리 여행지 타자와 지속적인 관계를 맺으려 한다 하더라도 여행 주체는 결국 떠나왔던 익숙한 공간으로 되돌아가야 하는 운명을 갖고 있는 법이다.

지금까지 살펴본 여행소설의 특징을 정리하면 다음과 같다.

첫째, 여행소설은 집단의 관심인 이념이나 사상을 추구하기보다는 여행 주체의 개인적 경험을 보여주는 경향이 강하다.

둘째, 집단의 이념적 우위와 힘을 강조하는 여행기에서 여행 주체는 대상에 의해 압도당하는 반면, 개인적 경험을 다루는 여행소설에서 여행 주체는 대상을 당당하게 보고 관계를 맺고자 한다. 그래서 여행소설에서 여행 주체와 대상은 서로 부딪치고 서로 이끌리면서 복잡한 관계를 창출한다.

셋째, 자기만의 경험을 가진 여행 주체이지만 그 경험이 완전하지 못하다. 여행 주체는 이미 결핍이나 상처를 갖고 있는 경우가 많으며 여행 경험의 과정에서 결핍을 보완하고 상처를 치유하기도 하지만 반대로 여행 경험을 통해 그 결핍이나 상처가 악화되는 경우도 있다. 어느 쪽이든 여행소설은 여행 주체의 결핍이나 내면적 상처의 문제를 담고 있다.

넷째, 그러므로 여행소설의 여행 주체는 여행 과정 내내 그 자신의 경험과 결핍과 상처를 안고 있고 또 떠올린다.

다섯째, 그런 여행 주체이기에 여행 과정에서 풍경에 투사를 하거나 여행지에서 대상인물과 적극적 관계를 만듦으로써 의식적으로든 무의식적으로든 해결책을 모색한다.

여섯째, 그 해결책에서 성공하는 경우도 있으나 성공하지 못하는 경우도 있다. 어느 쪽이든 여행소설은 대상 세계에 대해서는 물론 여행 주체 자신에 대해서도 새로운 시선을 갖게 되는 경향이 짙으며 이로 인해 여행 주체가 달라지게 되는 경우가 많다.

일곱째, 여행소설의 여행 주체는 떠날 때와는 매우 다른 모습으로 돌아오거나 돌아오게 될 것임이 암시된다.

이와 같은 여행소설의 특징을 염두에 두면서 다음 장에서는 '여행 주체의 문제적 내면과 주체 만들기', '풍경 재현과 풍경의 알레고리 나타내기', '세계와의 관계를 통한 주체의 세계 수용방식', '주체─타자의 소통과 주체의 변화'로 구분하여 여행소설의 구성방식과 주체의 변화를 살펴보고자 한다.

제5장

1930년대 여행소설의 구성방식과
주체의 변화

1. 여행 주체의 문제적 내면과 주체 만들기

여행소설은 여행 주체를 통하여 보편적 내면 고뇌와 상처의 문제를
다루면서도 당대적 인물의 한 전형을 만들고자 한다. 그런 점에서 여행
주체의 고민은 개인적인 것에 그치는 것이 아니라 사회적인 문제와도
밀접한 관련을 맺는다. 그러나 1930년대 여행소설은 현실을 직접적으
로 제시하여 보여주기보다는 현실을 바라보는 주체의 선택과 의지를
매개로 하여 사건을 전개한다. 여행의 목적은 새로운 경험 추구, 도피,
휴식 등 다양하지만 여행 주체들 대부분은 문제적 내면을 지니고 있다.
그리고 그런 문제적 내면은 욕망의 결핍과 내적 상처가 야기하는 우울
에서 출발한다.

이러한 시대적 고뇌를 임화는 다음과 같이 설명한 바 있다.

外向과 內省은 本來 對立되는 方向임에도 不拘하고 한 時代에 두 傾向이 한가지로 發生하는 때는 (중략) 나는 이것을 作家의 內部에 있어서 말할랴는 것과, 그 일랴는 것과의 分裂에 있지 않은가 하고 생각한다. (중략) 現實을 있는대로 그리면 作品가운대선 作者가 人生에 對하여 품고 있는 希望이란게 살지 못할뿐만 아니라 오히려 暗澹한 絶望을 얻게 되는 것이다. 그러므로 自然 作者의 생각을 살리랴면 作品의 寫實性을 죽이고 作品의 寫實性을 살리려면 作者의 생각을 버리지 아니할 수 없는 「띄렘마」에 빠지는 것이다. 그러므로 (중략) 이 兩者의 中間을 彷徨하고, 제 생각에 支配되지 안는 描寫의 世界때문에 또는 作品의 構造가운데 同化되지 안는 제 생각때문에 實로 痛切한 苦痛을 맛보고 있는 것이다.260)

'암운(暗雲)'의 시대에 그들은, '비록 태양에 비할 바 되지 못한다 하더라도 일점의 별빛을 좇으려 하는 원(願)함'261)을 지니고 있었다. 그리고 이러한 그들의 기대와 번민은 여행의 형식으로 나타난다. 여행소설에서 여행 주체들이 심리적 결핍을 앓고 문제적 내면을 지닌 인물로 그려지는 것은 당대 사회를 이끌어가던 정신적 지주가 붕괴되었기 때문이라 할 수 있다. 1930년대는 작가의 이상 또는 환상이 이제 더 이상 실현될 가능성이 없어져, "진리를 위해 살아갈 수도 없으며, 또한 '무엇 때문에' 살아가야 하는지를 판명해줄 '정신적 지주'가 붕괴"262)된 시기였다. 기존에 자신을 지탱해주고 있던 기준이 사라져 버렸기 때문에 이들은 문제적 내면을 두고 고뇌할 수밖에 없었다. 이 고뇌와 우울이 1930년대에 절실하게 등장하게 된 것은 '그동안 말하려는 것이 진정

---

260) 임화, 「세태소설론」, 『동아일보』, 1938.4.
261) 위의 글.
262) 류보선, 앞의 글, p.229.

올바른 것이었는가' 하는 것에 대한 반성이며, 그를 통해 진리에 더 가까운 것은 무엇인지를 찾아나가기 위한 모색이었다고 할 수 있다.[263]

1930년대 문학을 바라보는 평가가 다양해지고 있기는 하지만[264] 1930년대 문학은 도피심리와 주체의 나약함을 담은 것이라는 부정적인 시각이 지배적이었다. 프로이드에 따르면 외부 대상에 집중되었던 리비도가 상실되고 철회되면서 여행 주체는 내면적 문제성을 경험한다. 리비도가 철회되면 새로운 대상을 찾아 그곳으로 전위되는 것이 일반적이지만 여행소설 속 여행 주체는 그 문제에서 가볍지 못했다. 당시 시대 상황을 고려했을 때 이들은 이것도 저것도 선택치 못하는 중간자의 길을 걸었다. 시대에 적극적인 투쟁자도 되지 못하고 그렇다고 일본 제국주의 쪽으로 마음을 옮길 수도 없었기 때문에 그들이 현실에서 할 수 있는 일은 거의 없었다. 이런 그들의 태도는 우유부단하거나, 소극적 태도로 일관하는 비겁자로 보이기 일쑤였다. 따라서 이들은 리비도를 외부에 두거나, 잃어버린 리비도를 대체할 말한 다른 대상을 찾는 대신 자아 속으로 도피해 들어간 패배자로 평가된다. "자아 사이의 분열"[265]

---

263) 류보선, 앞의 글, p.232. 류보선은 이 글에서 1930년대 후반에 주목하고 있는데, 이 글에서는 이러한 성향이 1930년대 후반에 들어 갑자기 나타난 것이 아니라, 1930년대 초반부터 서서히 나타나기 시작하여 1930년대 후반에 이르러 표면화된 것으로 판단하였다. 한편, 류보선은 이글에서 파시즘의 득세, 사회주의의 고립 등으로 인해 1930년대 후반의 문학이 진정한 반성과 새로운 길 찾기의 과정을 성공적으로 수행하지 못했다고 평가하고 있다. 이에 대한 자세한 논의는 류보선, 앞의 글, pp.232~236을 참조할 것.

264) 1990년대에 들면서 1930년대 문학을 재조명하는 연구가 증가하고 있는 추세이다. 이에 대한 연구는 하정일, 「1930년대 후반 문학 비평의 변모와 근대성」, 『민족 문학과 근대성』, 문학과지성사, 1996 ; 이화진, 「1930년대 후반기 소설 연구」, 성균관대학교 박사학위 논문, 1999 ; 고봉준 외, 『1930년대 문학의 재조명과 문학의 경계 넘기』, 국학자료원, 2010 등을 참조할 것.

265) 자아 속에서도 리비도는 어떤 특별한 방식으로 이용되는 것이 아니라 오직 자아를 포기된 대상과 동일시하는 데에만 사용된다. 따라서 대상 상실은 자아상실로 전환되고,

은 자의식의 과잉을 유발하였으므로, 이로 인해 문제적 내면을 갖게 된 여행 주체나 그것을 창작하는 여행소설의 작가들은 현실 도피적이라는 외부의 비난을 피하기 어려웠다.

그러나 이런 획일적이고 편협한 관점은 다양한 관점을 거부하고 문학에서의 개인을 등한시하는 결과를 가져온다. 더욱이 1930년대 이전 시대가 리얼리즘 문학이 득세하고 집단과 국가의 가치가 우선시 되어야 했던 시대였기 때문에 개인적 고뇌는 그것들을 방해하는 요소로 치부되었다. 따라서 이들의 태도는 부정적으로 비춰지기 마련이었으며 비겁자로 간주되고는 했다.[266)]

비록 1930년대 작가들이 적극적으로 세상에 뛰어들지는 못했다는 한계를 보이긴 하였지만 실제로는 당시 사회 현실이 그들에게 준 직·간접적인 고통이 그들을 병들게 한 것은 분명하다. 따라서 그들의 고민을 단순히 그들 스스로의 자의식 때문이라고 단정내릴 수만은 없다. 그럼에도 불구하고 그들은 그 우울의 원인을 외부나 시대 탓으로 돌리기보다는 자기 내면의 탓으로 돌려 반성하고자 하였다. 반성 속에 등장하는 인물은 기존 소설에서 보였던 천재와 영웅, 지식인 중심의 지도층 등장인물이 아니라 지식인임에도 불구하고 자기 지식을 더 이상 활용할 수 없는 룸펜이거나 평범한 인물이다.

자아와 대상 사이의 갈등은 자아의 비판적 활동과 동일시에 의해 변형된 자아 사이의 분열로 바뀌게 된다. Sigmund Freud, 앞의 책, p.252.

266) 한편, 이들이 개인을 지향한다고 해서 사회를 거부한 것은 아니다. 외부를 향하던 리비도가 그 대상을 상실하게 되었을 때, 그들은 외부에서 리비도를 발산할 새로운 대상을 찾지 못했다. 때문에 그들은 내부로 옮겨가 '포기된 대상이라 일컬어지는 대상'과 자신을 동일시했다. 그들은 외부에 조선을 두지는 못했지만 내면에 조선을 품은 자들이며, 조선과 자신을 동일시 한 인물들이기도 하다.

그들이 지닌 내외적 갈등은 소설의 양식에 사용되어 공감의 영역을 넓혀가게 되는데, 이와 같은 그들의 노력으로 인해 집단 구성원으로서의 개인이 집단과 분리되어 자신의 주체성을 스스로 찾고자 하는 근대적 개인으로 완성되었다고 볼 수 있다. 진리와 생의 가치를 찾기 위해 고독하고 우울한 시간을 확보했던 그들은 그야말로 사르트르의 '무'를 실천한 근대 인간이며 회의하는 주체라 할 수 있다. 따라서 그들은 과거를 반성하고 새로운 의지를 굳혀야만 했다. 근대적 개인이 되기 위해 이들은 우울과 결핍이라는 과정을 겪어야 했다. 이들의 문제적 내면성은 이런 관점에서 이해되어야 할 것이다.

따라서 당시 인물들이 갖고 있던 우울과 자기소외에 대해 재평가를 하고 그것의 생산적이고 적극적인 부분에 대한 검토가 이루어지면 1930년대 여행소설에 대한 새로운 의미 부여가 가능할 것이다. 그렇게 되면 여행소설의 여행 목적이 단순히 문제적 내면을 지닌 주인공의 현실 도피가 아니라 자기 현실을 굳게 반성하고 주체성을 정립하기 위한 적극적 시도였다고 재해석할 수 있을 것이다. 물론 그러기 위해서는 우울을 바라보는 새로운 시각이 필요하다.

벤야민은 이미 우울의 긍정적인 측면을 인지하고 있었다. 벤야민에 따르면 우울한 인간은 죽음의 그림자에 쫓기고 있기 때문에 세상을 어떻게 읽어야할지 가장 잘 아는 사람이다. 따라서 세계는 다른 누구도 아닌 우울한 인간의 관찰에 스스로를 내맡긴다. 세상을 보는 시선에 생명이 없으면 없을수록 그것을 숙고하는 정신은 더욱 강력하고 영민해진다.[267] 그의 이러한 견해의 밑바탕에는 우울한 인물에 대한 긍정적 인식이 깔려 있다. 그것은 우울의 본질을 제대로 알고 있기 때문에 가능한 해석이라 판단된다.

또한 박영희 역시 우울에 대한 자신의 견해를 다음과 같이 피력한 바 있다.

> 고통하는 사람에게는 말이 업다. 우는 사람이 發聲하는 대신에 苦痛하는 사람은 沈默한다. 그리고 자기는 할 수 잇는 대로 그 苦痛에서 버서나고저 가진 노력을 하여 본다. (중략) 그러나 그 過程에 잇서서 沈默하는 시기가 잇스니 그 침묵하는 동안에 憂鬱이라는 國境을 거치게 된다. 苦痛하는 사람의 침묵 중에는 무거웁고 무거운 憂鬱이 가라저서 잇다. (중략) 이 憂鬱은 그 자체를 分岐點으로 하고 또다시 두갈래의 길이 잇스니 한아는 懷疑, 한아는 失望이다. 憂鬱한 사람은 모든 것을 懷疑한다. 그것은 모든 것이 그에게는 眞理가 안인 까닭이다. 모든 것을 의심한다. 모든 것이 그의 생활에는 아모러한 關係가 업는 虛僞인 까닭이다. 모든 文明, 모든 文化, 모든 規律이 憂鬱者에게는 아모러한 惠澤이 업는 까닭이다. 그런 고로 모든 것을 疑心한다. 오히려 그것들이 憂鬱者의 生活을 脅迫한다. 그럼으로 憂鬱者는 모든 것을 咀呪한다. 哲學을 否定하고 宗敎를 부정하며 현실의 暴惡을 敵視하야 보담 더한 眞理를 차지려고 노력한다.268)

인용문에 따르면 침묵은 고통하는 사람이라면 누구나 한번쯤 겪게 되는 과정이다. 고통하는 사람은 우는 사람과는 다르다. '우는 사람이 발성하는 대신에 고통하는 사람은 침묵'한다. 그리고 우는 사람의 눈물은 일회성으로 그칠 수도 있는 데 반해 고통하는 사람의 침묵은 지속된다. 당시 사회적 분위기와 그로 인해 개인에게 닥친 직간접적인 무게를

---

267) Susan Sontag, 홍한별 옮김, 『우울한 열정』, 시울, 2005, p.77.
268) 박영희, 「煩惱者의 感傷語-눈물 만흔 이에게-」, 『개벽』, 1926. 6.

고려해볼 때, 당대 조선인에게 그 고통은 피할 수 없는 것이었다. 고통은 필연적으로 침묵을 불러오고 그 침묵은 또 우울을 대동한다. 우울은 "어떤 사실에 직접 抵觸하여서 보다도, 그 事實에서 한 걸음 물러설 때에 발생한다."269) 그리고 이런 우울은 회의와 실망으로 구분된다.

그런데 박영희의 견해가 문제적인 것은 우울을 부정적인 것으로만 보지 않았다는 데에 있다. 우울한 사람은 모든 것을 의심하는 자이다. 왜냐하면 그들은 현실에 비타협적인 인물이거나 제도권 밖을 지향하는 사람이었기 때문에 그들의 눈에는 모든 것이 진리가 아닌 까닭이다. 따라서 그들은 모든 것, 모든 문명이나 문화, 규범들을 의심한다. 그리고 우울에서 나오는 의심은 부정적인 것이 아니라, "현실의 폭악을 적시하여 보담 더한 진리를 차지려고 노력"하는 과정이다. 따라서 긍정적 우울은 세계라는 현실 앞에 좌절하는 자가 아니라 자신의 자발적 노력과 회의로 진리라는 이름의 더 큰 세계를 만들어나가는 과정이 되는 것이다.

이러한 그의 견해는 회의를 두 가지로 구분하는 사유를 통해 구체화된다.

懷疑의 길에 두가지의 갈래가 잇스니 한아는 積極的 努力이 잇고 한아는 消極的 消費가 잇다. 積極的 努力이라는 것은 이 懷疑로부터 眞理를 차저가지고 그 진리를 향하고 猛進하는 것이다. 그러나 消極的 消費라는 것은 이러한 懷疑에 모든 精力을 빼앗기여서 결국은 失望하며 落膽하는 것이니 그 결과는 오즉 頹廢하는 것이다. 世上에는 이 懷疑를 거처서 이 頹廢에 이른 사람이 얼마나 만흔지 모른다. 그러나 이 懷疑를 거처 眞理를 차저서 猛進하는 이는 적다. 그럼으로써 懷疑는 그처럼 위험

---

269) 김환태, 「비평문학의 확립을 위하여」, 『조선일보』, 1935.

하고 懷疑는 그처럼 有利한 것이다.270)

그에 따르면 회의가 부정적인 것은 그것이 '위험하면서 유리'한 양면성을 가지고 있기 때문이다. 기존에 회의가 부정적인 것으로 인식된 것은 그것의 유리한 면을 보는 사람보다는 그것의 위험한 부분에 마음을 다쳐 절망하는 사람이 많았기 때문이다. 회의는 '적극적 노력'이라는 긍정적 회의와 '소극적 소비'라는 부정적 회의로 구분된다. 적극적 노력은 진리 찾기라는 발전적인 것과 관련되는 반면, 소극적 소비는 진리와는 무관하게 모든 정력을 빼앗기고 실망하여 낙담하는 것으로 구성된다. 세상 대부분 사람들은 회의를 소비하는 데에만 급급하여 진리를 찾지 못한다. 그러므로 회의는 소수의 사람들, 진리를 찾고자 하는 강한 의지가 있는 자들에 의해서만 긍정적인 것으로 사용된다.

1930년대 여행소설에 등장하는 여행 주체가 지닌 결핍과 내면적 우울은 허무주의와는 그 성격이 다르다. 허무주의가 단순히 세계에 대한 완벽한 절망에서 비롯된 것이라면 여행소설에 등장하는 여행 주체의 우울은 변화를 위한 새로운 수단이 된다. 그들은 빈 방에 홀로 틀어박혀 세계를 인정하지 않고 자기만의 세계에 몰두하는 이들과는 차이가 있다. 여행소설에서 여행 주체는 여행 과정에서 만난 타자와 관계를 맺어 새로운 세계를 구축하려 노력한다. 그 속에서 자신의 주체성을 형성해가며 세계와 교섭하게 된다. 따라서 그들은 '소극적 소비'를 하는 자가 아니라 '적극적 노력'을 하는 자이다. 그 결핍은 생산적이며 발전적 형태를 지니게 된다.

---

270) 김환태, 앞의 글.

여행소설에서 여행 주체는 소극적으로 소비하는 회의(懷疑)가 아니라 여행이라는 계기를 통해 적극적 노력을 동반하는 회의를 한다. 그 회의 는 주로 과거에 대한 반성에 기반하기 때문에 우울함과 자기 소외를 동 반하는 경우가 대부분이다. 작품마다 차이가 존재하긴 하지만 여행 주 체는 그 회의 속에서도 끊임없이 현실과 제도, 자신을 둘러싸고 있는 내부성과 외부성의 본질과 깊이에 대해 고민한다.

1930년대 여행소설 가운데 박화성의 「신혼여행」271)을 제외한 대부 분 작품의 여행 주체들은 내면의 우울을 간직하고 있다.272)

그중 「유정」의 '최석'은 자신의 친구 딸인 '정임'을 자신도 모르게

---

271) 박화성의 「신혼여행」이 우울을 배제하고 있는 이유는, 이 여행의 목적이 전수받은 이 념을 확고히 하는 것과 무지한 민중들에게 이념을 전수하고자 하는 의도를 지닌 여행 이기 때문이다.

272) 「방울속의 참소식」의 '정임'은 남편의 부재로 인해 우울을 경험한다. 정임은 삼 년이 지나도록 편지 한통 없는 남편이 원망스럽다. 남편 소식이라면 '욕이라도 쓴 엽서'라 도 받고 싶은 그녀는 남편에 대한 '한없는 울분과 원망' 속에서 살아가는 인물이다. 「천사와 산문시」의 '나' 역시 고독을 생활화하는 자이다. 그는 '세상에서 제일 질이 떨어지는 음악이라도 '쓰린 고독'보다는 낫고, 가장 질이 떨어지는 술이라도 추위를 덜어'준다는 생각을 지니고 있다.
「패강랭」의 '현'은 식민지 현실로 인해 우울에 빠져 있는 인물이다. 조선어 사용을 금 하는 일제의 조선어 말살 정책으로 인해 현은 직장을 잃을 위기에 놓여 있다. 이로 인 해 자기 자신을 '이 시대 전체에서 긴치 않게 여기는, 지싯지싯 붙어 있는 존재'로 여 기며 울분을 토로한다.
「전설」의 '준구'는 실연을 당한 인물이다. 생활력이 없다는 이유로 자신을 떠나 다른 남자와 결혼을 해버린 용자로 인해 답답함을 느낀다. 혹시라도 그녀를 만날 수 있을지 모른다는 기대로 H시 강연장을 방문하였지만 용자가 오지 않아 그 기대가 좌절되었 을 때는, '어린아이들처럼 엉엉 울어'버린다.
「윤초시의 상경」에 '윤 초시'는 홍수의 부재를 채우기 위해 그를 찾으러 서울로 향한 다. 처음 여행을 떠나기 전에 윤 초시의 머릿속에는 임무·수행에 대한 책임감만이 가 득하였다. 그러나 여행의 마지막에 홍수를 살뜰하게 간호해주는 숙자가 혼자 남겨질 것을 보며 '자기가 나타남으로 인해 숙자에게 크나큰 불행을 준 것 같아 견딜 수 없 는' 마음에 빠지기도 한다.
「심문」의 '명일'은 아내를 잃은 상실감에 방황하는 인물이다. 아내를 잃은 그는 직장 도 그만 두고 방랑으로 한 시절을 보낼 정도로 심각한 내면의 우울을 안게 된다.

사랑하게 되면서 심한 상사병을 앓는 인물이다. '사랑은 목숨을 빼앗는 일'임을 몸소 체험한 그는 그것을 부정하기 위해 홀로 먼 곳으로 도피하지만 그곳에서도 정임으로부터 자유로울 수 없다. 따라서 그는 사랑으로 인해 매일을 고통 속에서 살아가며 번민을 지속한다. 그러나 그것은 단순한 회의로 치닫지 않고 자기 극복의 과정으로 이어진다.

「탕자」의 '나'는 약혼자에 대한 확신이 없어 방황하는 인물이다. 그녀는 겉으로 보기에는 부족할 것이 없는 남자와 약혼을 하였지만 약혼자는 자신이 진정으로 원해 선택한 남자는 아니었기 때문에 이로 인해 큰 정신적 혼란과 회의를 느낀다. 그녀는 여행을 통해 자신의 내면을 들여다보게 된다.

이들은 모두 우울과 자기 소외를 경험하고 있다. 그리고 그 속에서 자기 분리나 자기 부정을 경험하기도 한다. 그러나 우울과 소외는 자기 분리나 자기 부정, 자기 극복의 필연적인 계기이다. 자기 부정을 매개로 하지 않는 한 창조적 주체성을 지닌 인격체는 존재할 수 없다. 따라서 우울로 인한 자기 분리는 자기 확장이자 자기실현의 발돋움이 된다. 자기 분열이 주는 이화(異化)의 고통은 새로운 자기 통합을 위한 아픔이다. 그리고 이러한 자기 분열과 재통합은 정신의 자기 전개 과정이다. 주관적 정신의 객관화는 동시에 객관적 정신의 주관적 실현일 것이기 때문이다.[273]

여행 주체가 여행을 떠나는 것은 지금 현재 자신을 둘러싼 현실을 바로 보고 자신을 괴롭히는 자기 속의 어둠을 직시하고자 하기 때문이

---

273) 신오현, 『자아의 철학』, 문학과 지성사, 1987, p.120.

다. 어둠에서 빠져나오기 위해서는 그 어둠의 성격을 판단하고 그것에 대한 올바른 이해가 필요하다. 그들이 소외와 우울을 느끼는 이유는 주체가 자신의 존재 의미에 관해서 예민해지고 인간이나 사회, 문명으로부터 지나친 기대를 한 것이다. 기대가 크면 기대와 성취 사이의 차이도 크게 마련이다.[274] 따라서 여행소설에서의 여행 주체의 여행은 비겁자의 현실도피 여행이 아니라 기대와 성취 사이의 간극을 확인하고 이를 통해 어둠에서 걸어 나오려는 자발적 모색의 일환이다. 그들의 과거 지향적인 버릇은 현실에서 도피해 과거 속에서 살겠다는 회피적 성격이 있는 것이 아니라 현재의 시점에서 과거를 이해하려는 노력이다. 이들의 우울과 소외는 열정의 다른 이름이다. 따라서 이들의 이러한 특성은 단순한 병리적 상태로 치부될 것이 아니라, 세계에 대한 심오한 통찰력을 지니고 있는 특수한 형태의 주체성으로 인정되어야 한다.[275] 결국 여행 주체의 우울은 어둠에서 빠져나오기 위한 자발적 노력으로 평가되어야 할 것이다.

2. 풍경 재현과 풍경의 알레고리 나타내기

1930년대 여행소설의 풍경 재현에서는 첫 단계로 대상에 대한 관찰과 연상이, 두 번째 단계로 전이와 투사가 이루어졌으며, 세 번째 단계로 주체 내면의 성찰과 발견으로 귀결되었다. 작품에 따라 첫 단계만

---

274) 신오현, 앞의 책, pp.122~123.
275) Pensky, M. Melancholy Dialectics, university of Massachusetts press, 1993. 홍준기, 「변증법적 이미지, 알레고리적 이미지, 멜랑콜리 그리고 도시」, 『라깡과 현대정신분석』 10권 2호, 2008, p.46에서 재인용.

보이는 작품이 있는가 하면 첫 단계와 두 번째 단계를 동시에 이루는 작품도 있고, 세 단계 모두가 긴밀하게 실현되는 작품도 있다고 할 수 있다.

먼저 첫 단계만 나타나는 작품으로는 「신혼여행」, 「방울속의 참소식」, 「윤초시의 상경」, 「천사와 산문시」를 들 수 있다. 이 작품들에서 풍경은 사실적으로 관찰되고 그 결과 풍경은 여행 주체의 변화를 이끄는 원동력이 되거나 여행 주체의 긴장을 유지하는 자극이 된다.

「신혼여행」에서 여행 주체는 홍수피해를 입은 여행지의 풍경을 보고 충격에 휩싸인다면, 「방울속의 참소식」에서 여행 주체는 남자의 양복광고나 문패 등, 소식 끊긴 남편을 떠올리는 풍경만을 보게 된다. 「윤초시의 상경」에서 여행 주체는 서울의 낯선 풍경에 대하여 당혹감을 나타내며, 「천사와 산문시」에서 여행 주체는 길거리 가득한 여인들의 풍경을 보고 새로운 세상에 발을 디딘 것만 같은 황홀감을 느낀다. 여행 주체는 여행지에서 풍경을 관찰하고 자신만의 감정에 사로잡히는 것이다.

이들 작품에서 여행 주체들은 주로 풍경을 관찰한다. 이들은 눈앞에 펼쳐지는 풍경을 관찰하고 그것을 보며 순간적인 감정적 반응을 할 뿐 그 경험을 계기로 유의미한 발견과 창조의 단계로까지 나아가지는 못한다. 여행 주체가 능동적이고 적극적으로 풍경을 자기화하여 수용하는 것이 아니라 펼쳐지는 풍경을 일방적으로 수용하는 수동적 시선을 견지하는 것이다.[276]

다음으로, 풍경에 대한 관찰과 연상에서 나아가 전이와 투사 단계에

---

276) 「신혼여행」의 경우 관찰에서 전이로 나아가는 영역을 조금 보여주기는 하지만 그것이 구체적인 투사의 단계로까지 나아가지는 못한다.

까지 이른 경우이다. '전이'가 외부에서 내면으로 옮겨지는 심리적 기제라면, '투사'는 주체의 내면이 자기 요인을 외부로 옮겨놓는 기제이다. '전이'가 대상성을 수용하는 수동적인 것이라면, '투사'는 주체가 자신의 내면을 대상에 옮기는 능동적 경험이다. 따라서 '투사'는 '전이'보다 더욱 더 주체의 능동적 판단이나 실천이 중시되는 것이라 볼 수 있다.

전이와 투사가 두드러지는 작품으로는 「유정」, 「패강랭」, 「전설」, 「탕자」 등을 들 수 있다.

「유정」의 풍경은 현실에서는 사랑을 이룰 수 없는 여행 주체의 우울한 심리를 대변하거나 자신이 사랑하는 대상을 떠오르게 만드는 연상물이다. 「패강랭」의 풍경은 여행 주체의 우울한 심리가 옮겨진 것이다. 여행 주체가 우울하기 때문에 우울한 풍경이 선택되고 우울하게 묘사되기에 재현된 풍경은 더 우울한 느낌을 준다. 「전설」에 있어 풍경도 여행자의 심리와 태도에 따라 시시각각 달라진다. 「탕자」에서는 해파리에 대한 묘사와 여행 주체의 치맛자락을 야청옥색으로 물들일 것 같은 바다에 대한 묘사는 주체의 내면에 존재하는 너무나 진부해진 자기 일상이 근본적으로 달라졌으면 하는 충동을 투영시킨 것이면서 여행 주체의 내면을 암시하고 있는 것이라 할 수 있다. 그런 점에서 「탕자」에서는 연상과 전이, 투사가 공존하면서 일종의 알레고리화가 이루어졌다고 볼 수 있다.

이들 작품에서 풍경은 여행 주체의 지각에 의해 능동적으로 인식되고 선택된 것이다. 나아가 풍경은 여행 주체의 감정이나 기분에 따라 좌우되는 객관적 상관물로서의 역할을 담당한다.

셋째는, 대상에 대한 관찰·연상, 전이·투사, 내면의 성찰과 발견 모두를 갖춘 경우로, 여행소설의 풍경이 가장 다채로운 완성도를 보이는 것이라 할 수 있다. 대표적인 작품으로는 「심문」을 들 수 있다. 「심문」에서의 풍경은 여행 주체의 내면적 성찰을 이끄는 적극적인 계기가 된다. 여행 주체와 풍경은 일정한 거리를 두고 긴장 관계를 유지한다. 여행 주체는 풍경에 압도되는 것이 아니라 풍경을 재구성 해내는 적극적인 자리에 있다. 따라서 풍경은 독립적으로만 존재하는 객관적인 대상도 아니고 여행 주체의 내면에 따라 유동적으로 변하는 주관적 대상인 것만도 아니다. 여기서 풍경은 여행 주체가 지속적인 조망을 통해 내면적 성찰과 통각에 이르게 하는 성찰적 대상이자 계기가 되는 것이다.

이렇듯 풍경에 대한 여행 주체의 시선과 풍경의 기능이 분화되는 것은 여행 주체가 지닌 여행의 태도와 여행을 떠날 때의 심리 상태 등이 다양하기 때문이다. 여행 주체가 여행에 대해 별달리 기대를 하지 않거나 기대를 한다 하더라도 단순한 호기심을 충족시키려는 소극적인 여행 태도를 가질 경우 풍경은 관찰에 의해서만 재현되며 여행 주체 역시 풍격을 피상적으로 관찰하는 것에서 그친다.

이에 반해, 여행을 떠나기 전 특정 경험에서 비롯된 내면의 무게를 지닌 여행 주체는 풍경을 관찰하는 데 머물지 않고 풍경으로부터 전이를 경험하고 풍경에 자신의 내면을 투사하며 풍경을 통해 대상화된 주체를 바라본다. 여행 주체는 자신의 내면에 잠재되어 있는 부담스러운 기억의 흔적을 여행을 통해 일시적으로 망각하려는 의도를 내비치기도 한다. 내면을 풍경에 투사시킨 뒤 그 풍경을 대상화해버리고 그로부터 일정한 거리를 유지하는 방법은 그 문제로부터 잠시나마 헤어날 수 있는 길이기 때문이다. 내면의 결핍이나 상처를 지닌 여행 주체들은 여행지에서의 경험을 통해 결핍을 해소하고 상처를 망각하고자 한다. 그러므로 이들은 알게 모르게 매우 적극적인 여행자라고 볼 수 있다. 이들에게 풍경은 뚜렷한 의지에 의해 선택되고 또 강한 시선에 의해 재해석되어 자기화 된다. 그리고 그 풍경 속에 자신의 심리와 내면을 투사하는데 이 과정을 통해 이들은 적극적인 여행자로 거듭나게 된다. 그리고 바로 이런 특징이야말로 풍경의 재현 방식 중 가장 적극적인 것이라 할 수 있다.

3. 세계와의 관계를 통한 주체의 세계 수용 방식

1930년대 여행소설의 여행 주체는 저마다의 결핍과 상처를 갖고 있다. 그것은 여행 주체가 직면한 심각한 문제가 된다. 여행 주체는 여행 경험을 통해 문제를 해결하기 위해 골몰하기도 하고 또 다른 욕망을 추구하기도 한다. 이때 여행 주체의 의지가 분명하게 드러나는 경우도 있는 반면 그렇지 않은 경우도 많다. 여행 주체의 잠재된 욕망이나 은폐된 문제에 대한 해결 의지는 여행지에서 목도하는 풍경과 타인과의 만남을 통해 표면화되어 나타난다. 따라서 여행은 여행자의 결핍이나 문제성에 따른 주체적 모색의 방편으로 선택한 것이다. 여행 주체가 여행을 임하는 태도, 여행 대상과 만나서 형성하는 관계의 속성에 따라 여행 주체와 여행 대상의 만남이 가져다준 결과는 달라진다. 그 과정에서 욕망의 충족이나 문제의 해결이라는 결과로 세상과의 합일을 이루기도 하는 반면, 그것에 실패하여 권력과 사회 앞에 좌절하여 균열을 보이기

도 한다. 여행은 경험확장이나 상처치유와 같은 긍정적인 결과를 가져
오기도 하고 때로는 상처의 덧남이나 파국과도 같은 부정적인 결과로
이어지기도 한다.277)

　여행소설 속에 등장하는 여행 주체는 이상과 현실 사이의 단절을 극
복하고자 하는 '의지깊은 자'가 되기도 하고, 그 단절을 무화하기 위해
바쳐지는 '희생양'이 되기도 한다. 그들은 이 단절의 원인을 알고자 할
뿐만 아니라, 나아가서 이 화해될 수 없는 두 질서, 두 도식을 조화롭게
결합하고자 발버둥 친다.278) 그리고 그 과정의 양상은 여행의 목적 달
성 여부와 긴밀히 연관된다.279)

---

277) 일찍이 러시아 형식주의자 블라디미르 프로프(Vladimir Prop)는 등장인물들의 기능에
준거하여 인물 유형을 분류하고, 이를 바탕으로 민담의 형태에 대해 모색한 바 있
다.(Vladimir Yakovlevich Propp, 유영대 옮김, 『민담형태론』, 새문사, 2009) 프로프와
마찬가지로 클로드 브레몽도 기능에 준거하여 스토리를 분류하였는데, 그의 분류에
따르면 각각 세 개씩의 기능은 하나의 연속체로 결합되어 가능성(possibility)과 과정과
결과(outcome)라는 논리적인 3단계를 구획한다. 그러나 프로프에게 있어서처럼 각 기
능이 자동적으로 다음 기능과 이어지는 것이 아니라, 대안적인 두 기능, 다시 말해서
스토리가 다음에 취할 수 있는 두 가지 향향을 열어 놓는다. 브레몽에 의하면 모든 계
기는 향상 아니면 악화다. 하나의 향상 계기는 부재나 불균형으로부터 비롯되어 최종
적으로 균형을 이룩한다. 이것이 곧 스토리의 끝이 될 수 있다. 그러나 그렇지 못할
때에는 균형이 깨어지고 악화가 뒤따른다. 이것이 밑바닥에 다다르면 새로운 향상이
시작되고, 이것이 무한히 계속될 수 있다. Shlomith Rimmon-Kenan, 최상규 역, 『小說
의 詩學』, 문학과지성사, 1985, pp.41~47.

　브레몽의 양분화의 원리를 표로 제시하면 다음과 같다.

```
                          ┌─ 현실화의 과정(취해진 수단) ─┬─ 성공(도달된 목적)
가능성(한정된 목적) ─┤                                      │
                          │                                      └─ 실패(도달되지 않은 목적)
                          └─ 비현실화(취해지지 않은 수단)
```

278) Michel Zeraffa, 이동렬 역, 『소설과 사회』, 문학과지성사, 1977, p.78.

여행소설을 주체와 세계와의 관계에 따라 분류해보면 크게 네 가지로 구분할 수 있다. 첫째는 주체와 세계가 화합하는 경우이며 둘째는 세계를 인정하지 않고 무화하는 경우이다. 셋째는 세계와 균열을 보이는 경우이며, 넷째는 주체가 세계와의 관계를 유보(留保)하는 경우이다.[280]

먼저 여행 주체가 세계와 '화합'하는 경우이다. 여행 주체는 세계와 갈등하지 않거나, 갈등한다 하더라도 그것을 심각하게 생각하지 않는다. 여행 주체는 세계와의 갈등을 경험하지는 않지만 여행을 통해 의식을 변화시키기도 한다. 여행 주체가 여행을 떠나기 전에 지녔던 생각이나 가치관들은 후에는 그것과는 전혀 다른 양상으로 변모한다. 「신혼여행」, 「윤초시의 상경」과 같은 작품이 이에 해당한다.

「신혼여행」에서 여행 주체는 세상과 직접적인 갈등을 하지는 않는다. 여행지에서 목도하는 풍경과 타자들은 여행 주체가 자신의 의식을 확장하고 새로운 미래를 설계하는 계기가 되기 때문에 이들은 갈등의 대

---

279) 브레몽에 양분화(bifurcation)의 개념은 프로프의 것과 비교할 때 새로운 가능성을 열어 놓는다는 장점은 있지만, 브레몽의 양분화의 원리를 온전히 여행소설에 적용하기에는 무리가 따른다. 왜냐하면 여행소설에서는 여행을 떠나기 전에 세웠던 목적이 무엇인지, 그리고 여행을 마치고 난 후 목적의 달성 여부를 뚜렷하게 구분되지 않는 경우가 존재하기 때문이다. 또한 여행소설에서는 여행의 결과에 주목하기보다는 여행의 과정을 더 중요시하기 때문이다. 여행소설의 이러한 점을 고려하여 기존에 브레몽이 분류했던 성공과 실패라는 이분법적인 구분 대신 브레몽의 양분화의 원리를 변형하여 4분화 할 필요가 있다. 또 한정된 목적이라는 결과 중심의 분류 대신 여행의 주된 목적이 욕망의 결핍과 주체의 변화에 따른 자기 동일성 확립이라는 점을 고려하여 주체와 세계 간의 관계에 따른 주체 인식태도의 변화에 주목하여 여행소설을 다시 읽을 필요가 있다.

280) 이때 중요한 것은 목적을 달성하거나 세계와의 화합을 이룬 상태를 여행의 가장 완성된 형태로 보는 것이 아니라, 주체가 여행지에서의 여행 경험을 통해 지속적으로 자기 동일성을 회복하는 주체의 적극적 과정을 중시해야 한다. 따라서 대상 세계와의 화합을 여행의 성공이라고 보기보다는 여행 주체가 여행지에서 보여주는 주체의 의식 변화에 주목한다.

상이 되는 것은 아니다.

「윤초시의 상경」에서 여행 주체는 자기에게 주어진 과업을 수행하는 과정에서 새로운 세계를 경험한다. 여행 주체는 그 세계와 치열하게 지속적으로 관계를 맺을 필요가 없기 때문에 세계는 두려움이나 회피의 대상은 아니다. 여행 주체는 여행지에 대해 어색함이나 불편함, 낯섦과 같은 감정들을 느끼기는 하지만 그 모든 관계는 잠정적인 것일 뿐이다. 왜냐하면 세계는 여행 주체가 자기에게 부과된 과업을 수행하는 배경지에 불과하기 때문이다. 따라서 과업을 수행한 여행 주체가 그 과정을 통해 어떤 복잡한 감정을 획득하게 되지만 그 감정이 지속되지는 않는다. 여행 주체는 외부 세계의 질서에 대해 별다른 의심 없이 수긍하고 있기 때문에 주체와 세계는 화합한다.

둘째로 세계가 '무화'되는 경우이다. 여행 주체는 자신만의 닫힌 공간에 머물면서 세계를 받아들이고자 하는 노력을 전혀 하지 않는다. 여행 주체는 세계를 무시하고 관계를 거부하기 때문에 주체와 세계 사이의 마찰은 존재하지 않으며 세계는 주체에 의해 무화된다.

「천사와 산문시」에서 여행 주체는 생활공간이 아닌 탈일상적 공간을 여행지로 선택하였다. 이때 세계는 여행 주체에 의해 무시되고 외면당한다. 소설 도입부에 여행 주체가 세계와 갈등하는 양상이 얼핏 보이기는 하지만 주체는 곧 세계를 철저하게 외면해버린다. 여행 주체는 세계를 수용하거나 그것과 맞서 대결하려는 의지가 전혀 없으며 오로지 세계를 개인적 도피의 공간으로만 생각한다.

이 작품에서 여행 주체는 나태한 태도로 무료하게 살아가기 때문에 어떠한 공간에서라도 뿌리를 내리기는 힘든 존재이다. 따라서 세상에 대한 의지를 보이지 않고, 세계를 피해 자신만의 환상적 공간으로 도피하고자 한다. 그 속에는 삶에 대해 갈등하는 주체도 없고 뿌리 내려야 할 세계도 존재하지 않는다.

셋째, 주체와 세계가 '균열'을 보이는 경우이다. 균열의 원인을 제공하는 쪽은 주체가 아니라 세계이다. 여행 주체가 결핍을 보상받고 이를 추구하고자 하는 욕망은 사회가 만들어놓은 가치관, 억압, 관습 등에 의해 억압된다. 여행 주체는 여행 경험을 통해 결핍 보상과 욕망 충족의 가능성을 발견하게 되지만, 세계의 일방적 억압과 간섭으로 인해 그 실현은 좌절된다. 따라서 여행 주체의 결핍 보상과 욕망 충족은 일시적으로만 이루어질 뿐 궁극적으로는 충족되지 않는다.

「유정」에서 여행 주체는 친구의 딸인 정임의 양아버지가 되지만 그녀를 사랑하게 되고 만다. 그 행위는 세계의 도덕률에 의해 비난받을 것이었다. 때문에 여행 주체는 먼 곳으로 여행을 떠나 홀로 침잠한다. 여행 주체는 여행지에서 정임을 애타게 그리워하고 정임 또한 그를 위해서라면 목숨을 걸 각오가 되어 있지만 세계는 이들의 사랑을 용납해 주지 않는다.

「방울속의 참소식」에서 여행 주체는 남편의 자리가 부재됨에 따라 결핍을 느낀다. 서울로 간 뒤 소식이 없는 남편을 찾아 여행길에 나서지만 그렇게 찾아간 서울에서도 남편을 만나지는 못한다. 남편에 대한 원망을 억눌러놓고만 살던 여행 주체는 여행 과정을 통해 자신의 마음 속에서 일어나고 있는 남편에 대한 많은 생각들을 떠올렸다 지우기를 반복한다. 그러다 신문 호외 속에서 남편의 이름과 사진을 발견한다. 호외 수배자 명단에 남편의 사진과 이름이 선명히 인쇄되어 있는 것을 보고 그녀는 남편이 사상운동으로 쫓기고 있다는 것을 알게 된다. 이 작품에서 여행 주체는 남편 부재라는 결핍을 보상하기 위해 남편을 만나고자 하지만 일제 강점기라는 현실이 그것을 허락하지 않는다. 따라서 주체와 세계의 사이는 심각하게 균열되어 있다고 볼 수 있다.

「탕자」에서 여행 주체는 여행을 떠나기 전 어떠한 욕망을 갖고 있고 그것이 억압된다는 것을 어렴풋하게 느끼기는 하였지만 그 욕망을 드러낼 수는 없었다. 늘 억눌려 있던 감정이라 자신의 욕망이 무엇인지를 분명하게 자각하지 못한 까닭도 있었지만 그보다는 자신의 욕망을 드러낼 경우 사회가 비난할 것이라는 자기 검열이 강하게 작용했기 때문이었다. 작가는 여행 주체에게 억압된 욕망을 분출할 기회를 만들어주기 위해 여행을 떠나게 만들었다고 볼 수 있다. 때문에 여행지로 선택된 곳은 외부적 시선이 차단된 섬이 된다. 여행 주체는 그곳에서 그동안 은폐되어 있던 자신의 욕망을 깨닫게 해주는 의미 있는 타자를 만난다. 그 타자로 인해 자기의 욕망을 감지하게 된 여행 주체는 자신의 욕망에 따라 살아가고 싶어 하지만 그것이 실현되지는 못한다. 왜냐하면 여행지로부터 벗어나는 순간 자기 욕망의 충동보다 더 강력한 외부 세계의 억압을 다시 의식하여야 했기 때문이다. 따라서 「탕자」의 여행은 자기 욕망과 현실이 허용하는 욕망 사이의 깊은 괴리를 자각하게 해주는 여행일 따름이다. 이때 현실은 보편적인 것이면서 특수한 것이 된다. 특수한 현실이란 이 소설의 창작 시기가 일제 강점기의 국가 간 모순과 성 모순이라는 두 개의 모순을 동시에 지닌 것에서 기인한 것이라 볼 수 있다.

「패강랭」 역시 여행 주체의 좌절이 부각되는데, 그 좌절은 일제 강점

기의 식민지 현실과 더 구체적으로 관련된다. 글을 쓰는 것을 직업으로
가진 여행 주체에게 일본 제국주의에 의한 말과 글의 억압은 여행 주체
가 지니고 있던 생활 터전과 생활 의식을 한꺼번에 잃게 하는 충격을
전해준다. 여행 주체는 생활을 이어가기 위해서는 세상과 타협하고 식
민권력이 요구하는 글을 써야만 했고 자신의 진정성을 유지하기 위해
서는 자기 신조를 지켜 글쓰기를 그만 두어야 했다. 이런 모순적 상황
으로 인해 여행 주체는 치명적인 절망감에 휩싸이게 된다.

「전설」의 여행 주체는 여인을 사랑했지만 떠나보낼 수밖에 없다. 그
여인이 자본의 논리가 관철되는 현실을 외면하지 않고 사랑보다는 물
질을 선택했기 때문이다. 여인은 생활력이 없다는 이유로 여행 주체의
곁을 떠나버리고 만다. 여행 주체는 강연 차 방문한 여행지에서 자기를
떠났던 여인과 재회하는 기회를 얻게 되고 서로의 마음을 나누게 된다.
하지만 여인은 이미 남편이 있는 여자였기 때문에 여행 주체는 도덕률
을 강요하는 세상과 자신의 욕망 사이에서 근본적인 갈등을 하게 되고
이 갈등에서 세상에 패하고 만다. 이로 인해 주체는 더 이상 세계 속에
서 정상적으로 살아갈 수 없게 된다.

이처럼 여행 주체가 자기 욕망을 명백하게 인식하고 그 충족을 위해
세계로 나아가지만 세계의 관습과 도덕률은 그것을 용인하지 않는다.
여행 주체와 세계 사이의 갈등이 심각해짐에 따라 여행 주체와 세계 사
이의 균열이 생겨난 것이다. 이런 균열이 생겨난 까닭은 여행 주체에
대한 세계의 억압이 녹록하지 않고 여행 주체도 자신의 욕망을 포기하
지 않는 데서 기인한 것이다.

여행 주체는 세계와의 관계를 맺기는 하였지만 그것은 익숙한 공간

이 아닌 낯선 공간에서이며 지속적인 관계 맺음이 아닌 잠정적 관계 맺음이다. 그리고 그것은 어디까지나 여행 주체의 내면에서 이루어진 것이다. 세계는 여행 주체의 내면에서 재구성된 것이지만 그 간섭과 억압은 여행 주체의 내면에 치명적 상처를 주었다는 점은 여행소설의 이중적 아이러니라 볼 수 있다. 왜냐하면 여행 주체는 스스로 세계의 관념을 만들어내어 실제 세계가 주는 상처보다 더 치명적인 상처를 자신에게 안겨주고 있기 때문이다.

넷째, 여행 주체와 세계와의 갈등이 '유보'되는 경우이다. 여행 주체는 여행을 통해 억압된 욕망을 발견하게 된다는 점에서는 '균열'과 상통하지만 주체의 의지가 훨씬 더 강조된다는 점에서 차이를 보인다. 이때 주체는 세계가 이미 만들어놓은 가치관이나 관습 앞에 좌절하지 않고 자신의 의지에 따라 세계를 이끌어가는 적극적이고 의지적인 근대적 주체가 된다. 여행 경험은 여행 주체가 세계 앞에 쉽게 굴복하지 않게 만드는 내면의 원동력을 제공한다고 할 수 있다.

「심문」의 여행 주체는 아내의 죽음으로 인해 깊은 내면의 상처를 입은 존재이다. 아내의 죽음은 절망감과 좌절감, 우울함을 가져왔을 뿐만 아니라 자신의 일상과 내면을 지배하는 정조를 만들어내기까지 한다. 이 무렵 그가 만난 여옥은 그런 부정적 감정을 넘어서는 존재이면서 동시에 그 모든 문제들을 담고 있는 존재이기도 하다. 그런 여옥을 바라보는 여행 주체의 심리 역시 양극을 오가게 되면서 자기 분열이 시작된다.

여행 주체는 여행을 떠나 풍경을 바라보고 여행지에서 타자들을 만나면서 자신의 문제를 자각하고 구체적인 문제 해결을 모색한다. 여행 주체는 풍경과 타자에 대해 그리고 자기 자신에 대해 지속적인 탐색을 하고 자기 성찰을 반복한다. 따라서 여행지에서의 시간은 주체의 내면적 결핍을 치유하는 과정이기도 하다.

먼저, 여행 주체인 명일은 여행의 풍경을 통해 자신이 지니고 있는 문제점을 떠올리고 발견한다. 그리고 그것을 치유하는 방안을 떠올린다. 여행지에서 만난 타자들을 통해서는 대상화된 자신의 문제점들을 구체적으로 재경험하게 된다. 현일영을 통해 개인의 타락이 궁극적으로는 환경이 아닌 자기 자신에게 있음을 절감하며 어떠한 환경에서도 최후로 가장 중요한 판단을 내리는 존재는 자기 자신이라는 것을 알게 된다. 또, 스스로 죽음을 택한 여옥이를 통해서는 현재에 충실하게 사는 것이 자기 분열을 멈추는 것이라는 깨우침을 얻게 된다.

이렇듯 여행 주체는 여행 경험을 통해 깨달음을 얻게 되고 이로 인해 세상과 소통할 여지를 마련하게 된다. 이는 여행 주체가 세계와의 관계를 성급하게 결정하지 않았기 때문에 가능한 것이다. 여행 주체는 세계와의 화합, 세계의 무화, 세계와의 심각한 균열이라는 다양한 가능태들을 끊임없이 떠올리고는 하지만 그것들 중 어느 쪽으로도 쉽게 결정해버리지는 않는다. 여행 주체의 이러한 유보적 태도는 자신의 욕망과 내면의 문제점을 정확하고도 균형 있게 인식하게 하고 또 여행지에서 만난 타자와 함께 유의미한 경험을 할 수 있게 하였다. 그리고 그러한 경험은 자신의 문제를 해결하고 내면의 상처를 치유할 여지를 만들어주기도 하였다.

이와 관련하여 「심문」에서는 돌아옴의 과정이 생략되어 있다는 점에 주목할 필요가 있다. 「심문」은 여옥의 죽음을 목격한 명일이 앞으로 어떻게 살아갈 것인가에 대해 명확하게 서술하지 않는다. 이는 이후에 여행 주체가 어떤 삶을 펼쳐갈 지, 또 세계와는 어떤 새로운 관계를 모색할 것인가에 대해 섣부르게 단정을 내리지 않겠다는 것을 뜻한다. 작가는 주체의 자리를 부각시켜 여행 과정을 통해 변화된 마음가짐이 여행 주체의 남은 삶을 결정할 것이라며 모든 결정을 여행 주체에게 맡긴다. 「심문」에서는 주체가 세계와 심각한 갈등을 경험하고 있고 또 여행이 끝난 뒤에도 그 갈등이 온전히 해소되지는 않고 있다. 그러나 온전하지는 않지만 부분적으로나마 여행 주체의 자기 전환이 이루어지고 있으며 그런 전제에 기반하여 자기 변화가 지속될 것임을 암시한다. 그런 점에서 이 작품은 여행 주체의 소설내적 치유의 과정으로 볼 수 있다.

결국 주체와 세계와의 갈등이 지속된다 하더라도 그 갈등은 유의미한 가치를 생성하게 될 것이고 시간에 따라 갈등의 양상도 달라질 것을 암시하는 것이다.

4. 주체-타자의 소통과 주체의 변화

여행 주체는 여행을 통해 만나는 타자에 대해 크게 세 가지 방식으로 반응한다.

첫째, 여행 주체가 자신의 세계에 들어올 새로운 타자를 인정하지 않는 것이다. 이는 사르트르의 관점에서 볼 때 자신이 대상을 직접 응시하지만 그것을 단순한 물(物)자체로 여기고 더 이상의 관계를 거부하는 경우이다. 따라서 타자는 단순한 관찰 대상에 그친다.

둘째, 여행 주체가 타자를 온전히 수용하는 경우이다. 이 경우는 자신이 대상을 직접 바라보고 그것을 대자 존재로 인식하는 경우에 해당한다. 주체 스스로가 대상을 바라보고 있긴 하지만 주체 자신이 지니고 있던 가치관을 상실하고 타자의 세계로 편입하였기 때문에 타자의 시선에 사로잡힌 경우에 해당한다.

셋째, 여행 주체가 타자와 동등한 위치에 놓여 대상을 바라보는 관점이다. 주체의 시선에 사로잡혀 타자를 잃는 것도 아니고 타자의 시선에 의해 주체가 자신을 상실하는 것도 아니라는 점에서 양자는 평등한 관계에 놓여 있다. 이 경우 주체는 세계에 대해 적극적인 중재자가 될 수 있으므로 여행소설의 타자관계에 있어 가장 이상적인 형태라고 볼 수 있다.281)

여행소설에서 여행 주체는 여행을 통해 변화하는 경우도 있고 변화하지 않은 경우도 있다. 주체가 변화하지 않는 경우 여행지의 타자는 무의미한 존재로 남는다. 이에 반해 주체가 변하는 경우 여행지의 타자는 주체의 의식을 변화시키는 유의미한 존재가 된다. 또한 이 경우도 주체가 타자에 의해 일방적으로 달라지는 경우가 있는가 하면 주체가 타자와 대등한 교류를 함으로써 적극적으로 변하기도 한다.

「유정」, 「방울속의 참소식」, 「패강랭」, 「천사와 산문시」 등에서는 여행 주체의 내면이 달라지지 않거나 달라진다 해도 일시적이다.

「유정」에서 최석이 여행을 결심하는 것은 자신의 도덕적 결백을 주장하는 마음과 더불어 정임에 대한 자신의 마음을 정리하기 위한 것이었다. 그러나 그렇게 홀로 떠난 여행지에서도 정임에 대한 기억은 잊혀지지 않고 오히려 그녀를 사랑하는 마음만 커져갔다. 그리고 그곳에서

---

281) 타자 인식에 대해서는 정호웅, 「20세기 한국문학과 근대라는 타자」, 『한국 현대문학의 근대성 탐구』, 새미, 2000에서도 자세히 다룬 바 있다.

자신과 유사한 처지에 놓인 의미 있는 타자를 만나게 되지만 여행 주체는 그들과 지속적인 관계를 맺으려 하지 않기 때문에 여행 주체의 내면은 크게 변화되지 않는다.

「방울속의 참소식」에서 정임이 서울행을 결심하는 것은 삼 년이 넘도록 소식이 없는 남편 때문이다. 여행 주체는 오직 남편을 찾는 데에만 몰두하기 때문에 남편 이외에 타자들에 대해서는 마음을 쓸 여유가 없다. 여행 주체에게 있어 의미 있는 타자가 될 수 있는 존재는 남편뿐이다. 그런데 그런 남편을 만나지 못했으니 엄밀하게 말하자면 이 소설에서 타자는 존재하지 않는다. 여행을 떠나기 전 여행 주체의 심리는 남편에 대한 서운함이다. 그러나 여행을 통해서도 남편을 만날 수 없자 그 심리는 구체화된다. 소설 마지막 남편이 쫓기고 있는 처지라는 걸 알게 되었을 때 여행 주체는 큰 충격을 받지만 그 일로 남편을 이해하기보다는 가정을 버리고 쫓겨 다니는 것에 대한 서운함이 더 클 뿐이다. 따라서 여행 주체는 여행을 떠나기 전 가졌던 감정이 여행을 마치고 나서도 별다른 변화 없이 지속된다고 할 수 있다.

「패강랭」의 현이 여행을 떠난 이유는 실직 위기에 놓인 친구를 위로하기 위한 것이다. 그러나 그 자신이 내면적으로 불안하기 때문에 친구를 위로하는 데 집중할 수 없다. 여행 주체는 시종일관 우울함을 견지하고 있으며 그 감정이 변화되지 않는다. 뿐만 아니라 여행지에서 만난 타자들과의 교류도 줄곧 부정적인 것이어서 그들의 의견을 수용하거나 그들과 교감하려는 의사가 전혀 없다. 때문에 여행 주체는 여행 전에 가졌던 감정과 인식의 상태를 지속한다.

「천사와 산문시」의 주인공 역시 춥고 을씨년스런 지금의 생활에서

도피하고자 여행을 떠난다. 그에게는 구체적인 여행 목적이 없고 여행을 통해 새로운 깨달음을 얻고자 하지도 않는다. 그는 단지 일탈로서의 여행을 추구할 따름이다. 카페에서 만난 여인과의 하룻밤 경험을 통해 사랑에 대한 인식을 변화시키지만 그것은 육체와 정서가 합일되어서 이루어진 온전한 사랑으로 귀결되기보다는 단순한 육체적 쾌락의 충족에서 그치고 만다. 따라서 여행지에서 만난 타자 또한 주체의 뇌리 속에 일시적으로 나타났다가는 잊혀진다.

대체로 이들의 경우는 여행을 통해 얻고자 하는 바가 뚜렷하지 않으며 여행 그 자체에 대해서도 강렬한 호기심을 보이지 않는다. 때문에 여행지에서도 소극적이거나 방관자적 태도를 견지하며 여행지에서 만난 타자들과 적극적인 감정 교류를 하려고 하지 않는다. 이 때문에 여행지에서의 경험이 여행 주체에게 아무런 힘이 되지 못하고 특별한 의미를 창출해주지도 않는다. 이들에게 있어 시간은 그저 흘러가며 허비될 뿐 어떠한 생산성을 갖고 있지 못하다. 여행 주체는 낯선 여행지에서 만난 인물들을 무시하거나 스쳐가기 때문에 여행지 공간의 의미 또한 극소화되거나 부정된다. 여행 주체가 여행지의 타자와 대상 공간을 부정한다는 것은 여행 주체가 자신이 속해 있는 공동체의 질서나 자기의식 밖으로는 나아가지 않으려 하기 때문이다. 여행 주체는 자기 자신 혹은 자기가 속한 공동체의 질서 체계 속에서 철저히 배타적 태도를 취함으로써 자기동일성을 유지한다.[282] 그러나 주체가 아무리 타자를 부정한다고 할지라도 주체의 인식 속에는 자기동일성이 파괴될 수밖에

---

282) 정호웅, 앞의 글, p.142.

없는 불안감이 내재되어 있다. 따라서 여행 주체는 불안함을 드러내거나, 이를 망각하기 위해 여행지로 도피한다.

이와는 달리 「신혼여행」, 「전설」, 「윤초시의 상경」 등에서는 여행 주체가 여행 중 풍경을 목격하거나 여행지 타자와 관계를 맺음으로써 자기 내면을 변화시킨다.

「신혼여행」에서 복주는 현실에 대해 별다른 관심이 없는 인물이었지만 신혼여행을 통해 크게 달라진다. 호남선을 거쳐 수해지 참상을 목도하고 홍수 피해자인 노파의 눈물을 보고는 큰 충격을 받는다. 목포라는 신흥도시의 퇴폐적 타락상을 보면서 새로운 현실에 눈을 뜨게 된다. 그리고 그것은 단순히 일회적 경험으로 그치지 않고 섬에다 병원을 지어 의료봉사를 하고 청년회관을 복구하겠다는 남편의 사회사업에 대한 적극적 동참으로 이어진다. 이들에게 있어 여행은 새로운 출발을 의미하며 앞으로의 미래를 계획하는 결정적 계기가 된다.

「전설」의 준구는 처음에는 여행에 대해 별반 기대를 하지 않았다. 단지 자신을 버리고 간 용자를 만날 수 있을지도 모른다는 기대를 가졌을 뿐이다. 그러던 준구는 여행지에서 용자를 만나게 되면서 그녀의 적극적인 행동에 이끌려 달라진다. 욕망을 절제하며 당대 도덕률에 따라 외부 세계에 이끌려 살던 그가, 내면에서 우러나오는 욕망이야말로 가장 소중한 것이라고 생각을 품게 되는 것이다.

「윤초시의 상경」의 윤 초시는 여행을 떠날 때는 홍수와 함께 산다던 카페여급 숙자에 대해 부정적으로만 생각하고 있었다. 그러던 윤 초시는 여행지에서 숙자가 홍수에게 순애보적이고 희생적인 사랑을 베푸는 장면을 목격한다. 이를 보고 윤 초시는, 인정이라고는 찾아볼 수 없고 물질적 욕망만이 지배하는 서울에서 한결같은 따뜻한 마음으로 사랑을 베풀어주는 숙자의 마음에 대해 감탄하며 그동안 숙자에 대해 지니고 있던 선입견을 근본적으로 바꾼다. 나아가 마침내는 숙자의 행복까지 빌어주는 단계에 이른다. 윤 초시의 변화는 내면의 변화라기보다는 특정 대상에 대해 가진 인식의 변화라는 점에서 다른 작품의 주체 변화와 다소 차이가 있다.

이들 작품에서 여행 주체는 여행지에서 만나는 타자가 보여주는 행동의 진실함을 그대로 인정하고 받아들인다. 그리고 이러한 여행 주체의 행동에 의해 타자의 언행은 더욱 위력적으로 부각된다. 따라서 여행 주체가 그들에 대해 비판적 시각을 적용하는 것은 불가능하다. 그것은 여행 주체가 여행을 떠나기 전 자기 주체성을 명확하지 갖추지 못했거나 자기 주체성에 대한 확신이 어느 정도 결여되었던 것과도 연결된다.

이들 여행 주체에게 여행은 하나의 '경험 달성'으로서의 의미를 강하게 지닌다. 여행지에서 시간이 경과할수록 새롭고 의미 있는 경험이 축적된다. 여행 주체들이 겪는 세계는 자신이 처음 맞이하는 대상이거나 자신이 알고 있는 대상이라고 할지라도 자신이 이전에 알고 있던 모습과는 전혀 다른 모습으로 다가온다. 따라서 여행 주체는 자신이 이미 갖고 있는 선입견을 고집하지 않는다. 그보다는 시간의 흐름에 따라 여행지에서의 만남을 소중하게 수용하게 된다. 이 경우 공간 이동은 직선적으로 이루어진다. 시간이 흐를수록 소설 속 공간은 빠른 속도로 새롭게 생성된다. 여행의 시간이 경과됨에 따라 일어나는 사건을 현재시제를 사용하여 생생하게 전달한다. 그것은 '뒤로는 절대 되돌아갈 수 없다'는 진보적 시간관에 근거해 있다. 이러한 시간관은 한편으로는 창조

적이지만 한편으로는 폭력적일 수도 있다.[283] 무엇보다 이런 진보적 시
간관이 문제적인 것은 현재형 서술의 사용으로 성찰의 기회를 차단한
다는 점이다. 타자가 절대적으로 긍정되는 현재적 시간만이 중시되기
때문에 자신이 과거에 생성하여 지녔던 가치는 억압된다. 결국 여행 주
체들의 여행이 성공할 수 있었던 것은 자기가 속해 있던 공동체의 질서
체계를 버리고 타자의 질서 체계 속으로 편입된 덕이라 할 수 있다.[284]

　여행 주체가 더욱 근본적으로 달라지는 세 번째 경우가 있다. 「심문」,
「탕자」 등이 여기에 해당한다.

　「심문」의 주인공 명일은 여행에 뚜렷한 목적을 갖지 않는다. 단지
'지금의 생활이 주체스러워 견딜 수 없'어 여행을 떠나게 된다. 그는 아
내의 죽음으로 인해 내적 상처를 간직한 존재이기도 하다. 여정에서 명
일은 자신의 과거만을 떠올린다. 그에게 여행은 자신의 과거와 현재 처
지를 돌아보는 내적 여행이다. 그는 여행지에서 만난 타자인 현일영의
진술을 계기로 하여 내면 의식의 변화를 겪으며 여옥의 죽음을 목도하
고는 그 충격으로 스스로도 일종의 상징적 죽음을 경험한다.

　「탕자」에 등장하는 주인공 역시 그러하다. 그 여행의 목적도 분명히
제시되고 있지 않다. 여행 주체가 충동적으로 여행을 결정하는 것과 여
행의 시작에 있어 고독과 고립을 자주 느끼는 것으로써 여행 주체의 내
적 결핍을 암시하고 있을 뿐이다. 여행 주체는 여행지에서 만난 남자를
통해 적극적이고 심각한 의식의 변화를 보이고 그로 인해 자신의 내면
적 상처가 무엇인지 근본적으로 성찰한다. 여행을 떠나기 전과 돌아온

283) 정호웅, 앞의 글, p.141.
284) 위의 글, p.142.

후의 여행 주체는 동일한 의식을 지닌 존재가 아니다. 여행지에서의 경험은 기존에 지니고 있던 내면의 죽음과 새로운 내면의 형성을 가능하게 하였다.

이들의 경우 여행 주체는 현실에서 소외되거나 무기력한 생활을 지속해나가는 인물이다. 여행 주체는 여행 경험을 통해 자기 내면을 반조하고 성찰한다. 그들에게 있어 여행은 외적인 세계에 대한 호기심이나 견문을 넓히기 위한 것이 아니라 자신의 과거와 현재를 돌아보는 내적 여행이다. 여행의 동기나 목적도 분명하지 않거나 모호하다. 타자와의 관계 맺음을 통해 주체의 변화를 경험하지만 여행의 결과가 현실에서 목적을 달성했는지 여부를 정확하게 알기는 어렵다. 이는 여행이 하나의 상징적 죽음으로 작용하는 경우라 볼 수 있다.

이 경우 여행 주체는 타자와 대화적 관계를 형성한다. 여행 주체는 자신의 의식과 내면을 규제하는 자기 규범체계와 타자의 규범체계 어디에도 갇히지 않는다. 그것은 '나'를 지속하면서 타자와의 대화적 관계를 통해 새로운 '나'를 구성해 나아간다는 것을 의미한다. 한편으로는 지속되면서 또 한편으로는 새롭게 구성되는 '나'는 과거와 현재·미래라는 시간의 상호작용 가운데 언제나 살아 역동하며, 여기와 저기라는 공간의 상호작용 가운데 계속해서 신생(新生)한다.285)

여행 주체에게 과거와 현재는 공존하며 교차한다. 사건의 서술 과정에서 사건을 자연적인 시간의 순서대로 무미건조하게 제시하기보다는 자연적 시간의 질서를 의도적으로 흩뜨려 현실 경험을 다양하게 추체

---

285) 정호웅, 앞의 글, pp.142~143.

험하게 한다. 현실 경험을 구성하는 가장 중요한 요소 중 하나인 시간
을 재편하면 그 경험은 새롭게 느껴질 수 있기 때문이다.[286) 시간의 재
편에 따른 새로운 경험의 기회는 과거에 일어난 사건의 현재성을 부각
시킨다. 과거에 일어난 문제가 완료되지 않고 현재까지 지속 가능함을
의미한다. 이는 여행 주체가 지닌 내면의 무게와도 연관된다. 과거와
현재를 넘나들 만큼 의미 있는 기억이 존재한다는 것은 여행 주체의 여
행이 결코 가벼운 것이 아니며, 여행자의 의식과 무의식 속에 문제적
과거의 잔영이 강하다는 것을 의미한다. 시간 반추가 이루어지기 때문
에 내적 독백이 많으며 자신의 내면의 기억을 불러일으키는 회상과 명
상의 구조를 반복한다. 이는 주로 내적 시간에 의해 구체화 되는데, 내
적 시간은 외적 시간이나 외부세계의 강압으로부터 무의식 속에 가라
앉아 버린 영혼의 질적 내용과 상응한다. 따라서 회상을 통해서 자의식
의 확대와 자기인식 및 그 성숙과정을 엿볼 수 있다.[287)

지금 여행을 떠나는 서술적 자아인 여행 주체와 그 주체에 의해 회
상되는 자아 사이에는 간극이 존재한다. 현재 시점에서 과거를 돌아봄
으로써 경험 속의 사건들의 강조점의 변화를 모색한다거나, 과거 사건
의 회상과 복구를 허용하거나 잃어버린 가능성들의 회복으로서의 반복
이 강조된다.[288) 이 반복을 통해 당시 상황을 현재의 시각으로 그 의미
를 재평가할 수 있게 된다.[289)

---

286) 이강옥, 「야담의 속 이야기와 작중인물의 자기 경험 진술」, 『고전문학연구』 13, 1998,
   p.233.
287) 원당희, 「현대소설의 시간현상 : 토마스 만의 『魔의 山』에서 <이중적 시간구조 dopplete
   Zeitstruktur>」, 『독어문학』 55호, 1995, p.181.
288) 임경순, 「경험의 서사화 방법과 그 문학교육적 의의 연구—유소년기소설을 中心으로—」,
   서울대학교 대학원 박사학위논문, 2003, pp.114~115.

회상이라는 방식으로 기억을 진술하는 서술방법은 과거 경험에 대한 성찰로 나아가는 장점이 있지만 어떤 사건을 전달하는 데 있어 서사적 인과성을 약화시킴으로써 특징적인 인상에 의존한 기억을 전달하는 결과를 가져오기도 한다.[290] 따라서 이 경우는 객관적인 사건의 전달보다는 그 사건을 바라보는 주체의 심리와 인식을 중요시하는 경향을 보인다. 시간 면에서도 주체는 자연적이고 객관적인 시간보다는 주관적 시간을 더 중요시하는 것이라 볼 수 있다. 시간을 변용할 수 있는 것은, 여행 주체가 시간에 압도당하지 않고 시간을 주체적으로 이끌고 재구성하고 있기에 가능한 것이다. 자신의 내면의 흐름에 따라 시간을 재구성함으로써 세상을 새롭게 만들어가고 있기 때문에 이 경우 여행 주체는 시간성의 차원에서 세계에 대한 우위를 점하고 있다고 볼 수 있다.

지금까지 살펴본 논의를 고려할 때 여행소설에서 여행 주체는 여행을 떠나 풍경을 바라보면서 세상을 경험하고 자신을 돌아본다. 그리고 여행지에 도착한 여행 주체는 타자와 잠재적·현시적 관계를 맺음으로써 스스로 달라지는 특징을 보인다. 여행소설의 성격을 결정하는 가장 중요한 요인은 여행 주체의 성격이라 할 수 있다. 여행을 떠나기 전 여행 주체는 아무런 결핍도 느끼지 않을 수도 있도 있지만 심각한 결핍감을 가질 수도 있다. 그런데 여행소설이 여행의 절실함을 보여주고자 한다면 여행 주체가 어떤 결핍을 가지고 또 그것을 자각하고 있다는 점이 중시 되어야 할 것이다. 여행 주체는 스스로 당면한 문제를 해결하고

---

289) 최병우, 「소설의 서술방법과 시점」, 『현대소설론』, 평민사, 1994, p.114.
290) 김형규, 「시간적 거리를 통한 단절의 서술행위-<젊은 날의 초상>에 대해-」, 『현대소설연구』 18, 2003, p.350.

욕망을 성취하고자 한다. 때문에 여행 주체는 여정에서 목격하는 풍경과 여행지에서 만나는 타자에 대해서 자신의 여행 동기와 목적을 명시적 혹은 암시적으로 투사하고 환기한다. 이때 여행지의 타자는 다양한 반응을 보인다. 타자는 세계를 대변하는 존재이면서 주체의 내면이 선택하고 재구성한 존재로서 여행 주체와 갈등하거나 소통한다.

내면의 문제나 상처가 없는 여행 주체가 세계를 만나게 되는 경우 여행 주체는 세계로부터 일방적인 자극과 충격을 받는다. 주체와 세계가 만나 사건을 만들기는 하지만 세계가 주체보다 더 우위에 있기 때문에 세계의 뜻이 주체에게 관철되는 경향이 강하게 나타난다. 이는 1920년대 여행기에 나타난 여행 주체가 1930년대 여행소설에서도 그 명맥을 유지한 것이라 볼 수 있다. 따라서 이와 같은 여행소설은 여행기의 구성 원리를 완전히 벗어난 것이라고 보기는 어렵다.

한편, 여행 주체가 심각한 결핍을 갖고 있으면서도 타자와의 만남을 활성화시키지 못하고 자신의 내면 속에서만 소통을 시도하기도 한다. 내면의 형성은 이 당시 근대적 인간 타입의 내면 풍경을 반영한 것으로 볼 수 있으며 그것이 소설적 허구에 의해 확장된 것이라는 점에서 그 의의를 찾을 수 있다. 그러나 이 경우 소설이라는 장르의 형식을 취했음에도 불구하고 여행 주체와 여행지 타자 사이에서 뚜렷한 사건을 구성해내지는 못한다. 사건은 여행 주체의 내면 속에서만 잠재적 형태로 전개되는 데에서 그친다.

또한, 심각한 결핍을 가진 여행 주체가 타자와 적극적으로 만나 갈등하고 그 과정에서 소통이 이루어짐으로써 여행 주체의 내면 성찰과 자기 전환이 이루어지고 이것이 치유로 나아가기도 한다. 「심문」은 이런 점에서 가장 두드러진 작품이며 이 시기 여행소설의 한 정점을 보여준다. 「심문」이 보여주는 소설적 성취와 감동을 근거로 할 때 1930년대 여행소설은 그동안 여행 주체와 세계가 겪어야 했던 갈등을 문제 삼고 그 양자 간의 소통을 실현하는 길을 모색했다고 할 수 있다. 그리고 이 과정은 여행 주체로 인해 자기 보상과 자기 치유를 경험할 수 있도록 하는 계기가 되었다.

제6장 1930년대 여행소설의 가치와 의의

　루카치에 따르면 근대는 신이 떠나버린 시대이다. 서사시가 이미 불가능해진 세계에서 서사시의 대용물로서 떠오른 것은 소설이었다. 따라서 소설은 목적도 길도 미리 확정되어 있지 않는 세계에의 탐구였으며 밤으로 기울어진 시대에 중요한 구원의 방식이 되었다.[291] 이러한 근대의 본질적인 성격이 암흑이긴 하였지만 조선의 근대는 일본 제국주의라는 더 큰 어둠을 감당해야만 했다. 파시즘의 전 세계적인 팽대와 식민주의를 논리적으로 정당화시키기 위해 일본 사상계는 대동아공영권을 조작하여 집요하게 선전하였고, 그 실현을 위해 조선의 궁핍화를 조장했기 때문이다.[292]

　앞이 보이지 않은 시대의 소설가들은 새로운 길을 모색하기 위해 소설을 썼다. 창작 동기가 간절했기에 그들 소설의 주인공들은 작가 자신의 분신이자 문제적 개인이었다. 게다가 근대화와 도시화가 초래한 가

---

291) 김윤식, 『운명과 형식』, 솔, 1992, pp.88~89.
292) 김윤식·김현, 앞의 책, p.184.

치의 전도, 소외의 문제까지 함께 시름해야 했다. 또 혹독한 검열을 의식하고 자신의 작품이 검열의 틀을 벗어나 살아남는 길도 함께 모색해야 했다. 이런 내·외적 억압과 답답함은 작가들로 하여금 '떠남'을 떠올리게 하였다. 여행소설은 그에 가장 잘 부합하는 갈래로 선택되고 시도된 것이라 할 수 있다.

1930년대 작가들은 여행소설의 형식을 통해 당대의 사회·개인적 억압과 결핍을 구체화하려 하였고 그것을 해소하기 위한 길도 모색하였다. 그 결과 이 시기 여행소설은 여행 주체의 내면 발견에 그치지 않고 여행 주체의 깊은 내면을 궁구하고 외부 세계와의 관계를 재인식하는 단계로까지 나아갔다.

1930년대 여행소설은 먼저 여행 경험을 통해 주체와 세계의 동일성을 모색하고자 한 점에서 문학사적 의의를 인정할 수 있다. 여행소설의 여행 주체는 무엇보다 여행 경험을 통해 온건한 근대적 주체를 수립하고자 하였다. 여행소설의 여행 주체들은 사르트르의 무(無)의 개념을 실현한 존재로 볼 수 있다. 대자존재인 인간은 무화작용을 통해 이 세계와의 관계에서 하나의 중심을 형성하게 된다. 이렇게 함으로써 '세계-내-존재' 즉, 세계에 대한 주체로서 자리매김하게 된다.[293] 그러나 그 자리매김은 확고한 것이 아니다. 대자존재인 인간은 신에게서 떨어져 나와 세상에 던져져 있는 존재이므로 끊임없이 세상과의 갈등을 경험해야 한다. 그러나 마샬버만이 지적했듯이, 빠르게 변하는 세계와의 갈등은 절망의 원천에 해당하는 것이 아니라 희망과 확신의 출발이 될 수

---

293) 변광배, 「장 폴 사르트르-시선과 타자」, 살림, 2010, p.12.

도 있다. 왜냐하면 주체에게는 그들이 상실했던 것보다 더 나은 세계를 창조할 수 있는 능력이 있기 때문이다.294) 여행소설의 여행 주체는 여행을 통해 고착되는 주체가 아니라 여행을 통해 자신이 지녔던 인식과 감정을 변모시켜가는 진행형 주체인 경우가 더 많다. 여행에 있어 완성은 없으므로 끊임없이 새로운 세계를 인식하고, 그에 따른 성찰의 과정을 통해 자신을 변모시켜간다. 여행소설의 작가들은 여행 주체를 통해서 세계에 대한 주체의 우위를 역설적으로 보여주었다.

다음으로 1930년대 여행소설은 부정과 긍정의 변증법을 통해 인간의 내면적 어둠에 대한 새로운 인식을 보여주었다. 일상적인 여행은 과거에 자신을 괴롭히던 사건이나 감정을 망각하고 이것에서 해방되어 일시적 자유로움을 만끽하고자 한다. 그러나 여행이 끝나는 순간 잠시 잊고 있던 일들은 다시 일상으로 되살아나고 그것으로 인해 또다시 고통받는다. 일상적 여행에서 여행 주체는 자신을 괴롭히는 대상이나 어둠을 마주 대하여 적극적인 소통을 하지 않고 그것으로부터 도피하고자 하는 경향이 강하기 때문이다. 이에 비해, 1930년대 여행소설의 여행 주체들은 여행을 떠나기 전에는 내면적 어둠 주위를 서성거리지만 여행 경험을 통해 어둠 속으로 직접 들어가서는 마침내는 자신의 어둠과 맞서고자 한다. 이들은 자신을 억압하는 문제를 외면하거나 망각하기보다는 철저히 기억하고 반추고자 하였다. 그들은 내적으로는 철저히 자신의 내면을 분석하고자 하였고, 이를 통해 반성적이고 존재론적 주체를 형성해 나가고자 하였다. 또 외적으로는 자신보다 더 큰 세계를 이

---

294) Marshall Berman, 앞의 책, p.518.

해하고 그 결과를 반영하고자 하였다. 따라서 그들은 단순한 체험으로서의 여행이 아니라 여행 과정을 통해 종합적 기억의 토대가 되는 지속의 흔적들을 모으고 그것을 통해 내성을 길러 동일한 자극이 주어졌을 때 견딜 수 있는 힘을 기르는 경험을 하고자 하였다.295) 그런 점에서 1930년대 여행소설의 여행 주체들은 어둠을 새롭게 인식하고, 어둠 속에서 가능성을 모색하고자 하였다고 볼 수 있다.

셋째, 1930년대 여행소설들은 타자를 발견하고 타자에 대한 새로운 인식을 열어주었다. 여행 주체는 빈방에서 깊은 자의식에 빠져 개인적인 고민을 앓는 것에서 그친 것이 아니라 여행을 통하여 열려진 공간으로 나아갔다. 여행 주체가 여행 중에 만난 타자들 역시 상처나 문제를 지니고 있는 경우가 많았다. 그 이유는 여행 주체들이 자신과 비슷한 상처를 가지고 있거나 세계에 대한 유사한 문제의식을 가진 타자를 선별하여 만나기 때문이다. 따라서 여행 주체가 여행 중에 만나는 타자는 단순한 타자일 수 없으며 자신의 내면에 존재하는 욕망이나 의지의 발현체라 할 수 있다. 그런 점에서 타자의 발견과 이해는 주체 자신의 이해와 성찰을 가능하게 하였다. 그리고 그것은 타자를 통한 자기 성찰이라 규정할 수 있다.

뿐만 아니라 여행소설에서 여행 주체는 평등한 주체들 간의 관계 맺음을 통해 타자 속에서 주체를 발견하고 타자 역시 주체를 통해 또 다른 주체로 거듭나는 양상을 보여주기도 하였다. 여행소설은 단순히 여행 주체의 심리적 변화뿐만 아니라 여행지에서 만난 타자의 의식까지

---

295) Walter Benjamin, 앞의 책, p.125.

변화시킴으로써 세계를 확장시켜간다는 점에서도 소설사적 의의를 가
진다.

넷째, 1930년대 여행소설들은 우리 근대소설이 근대적 풍경을 발견
하는 계기를 마련하였다. 앞에서 밝힌 바와 같이 근대적 풍경은 내면의
발견과 밀접하게 연관된다. 정치적 권력의 전도 현상의 하나로 생겨난
내면은 주체가 풍경을 인식하는 방법에서도 변화를 가져왔다. 풍경은
이 세상 속에 존재하는 자신과 자신이 대면하는 세계를 '나'와 '너'의
관계로 규정함으로써 발생한다. '세계를 인식하는 '나'와 '너'로 관계를
맺을 때 비로소 풍경은 발생한다'는 것은 달리 말하면, 어떤 풍경도 풍
경 그 자체일 수는 없다는 것이다.296) 하나의 대상이 관계로 이어지고
그것이 주체에 의해 내면화되고 재해석될 때 풍경은 다시 태어나게 되
는 것이다. 여행소설에서 풍경의 발견은 여행 주체의 시선과도 밀접하
게 연관된다. 여행소설은 단순히 풍경의 피상적인 면만을 소개하는 것
이 아니라 그 외부 공간 중심에 여행 주체를 두고 거리두기와 보여주기
를 반복한다. 이러한 거리두기와 보여주기를 통해 근대적 풍경은 개성
적으로 포착된다. 따라서 여행소설의 경우 대상에다 자신을 동화시켜
대상과 조화를 이루려는 의도보다는 새로운 개성의 발견에 주목한다.
이 과정을 통해 풍경은 단순한 인식의 대상이 아니라 하나의 존재론적
의미로 다가오게 된 것이다. 이렇게 발견되고 재구성된 풍경은 우리 소
설사에서 매우 새로운 것이었다.

다섯째, 근대적 시간과 공간의 가능성을 열어놓았다. 여행소설은 진

---

296) 강영조, 『풍경에 다가서기』, 효형출판, 2003, p.234.

보적 시간관에 근거하여 과거, 현재, 미래의 시간을 분할적으로 인식하는 것이 아니라 과거, 현재, 미래를 넘나드는 연속적 시간을 인식하였다. 연속적 시간 인식은 새로운 성찰적 거리를 확보하게 해주었다는 점에서 창조적이다. 그것은 주로 회상의 방식을 통해 구체화되었는데 이는 베르그송의 자발적 회상이 변용된 형태라고 볼 수 있다. 과거의 사건을 현재에 불러들여 현재를 재해석하고 새로운 질을 창출하였는데, 이를 통해 여행소설의 시간은 기계적으로 분할되거나 하나의 법칙성을 기준으로 삼아 이해되는 것이 아니라 새로운 질과 새로운 가능성을 형성해주는 시간이 되었다.

이런 시간관은 공간 인식까지 달라지게 하였다. 여행소설에서의 공간 인식도 시간 인식과 마찬가지로 분할되지 않는다. 여행소설은 시간을 공간화하거나 공간을 시간화하였다. 특히 시간화된 공간은 창조적인 생성의 역할을 하였다. 그 공간은 근대적 공간 혹은 미지의 공간으로서 현실에는 없는 공간을 상상할 수 있게 함으로써 공간 인식을 확장하고 있다.

이와 같이 여행소설은 독자들에게 새로운 시간 인식과 공간 감각을 획득하게 해줌으로써 삶을 혁신시켜주었다. 그리고 바로 이러한 점은 여행소설이 가지는 소중한 결실 중의 하나라 할 수 있다.

여섯째, 여행소설을 통해 당시 시대흐름과 작가의식 변모과정을 엿볼 수 있다. 여행소설의 작가층은 경향소설을 지향하는 흐름, 리얼리즘, 모더니즘을 지향하는 흐름에 이르기까지 다양하다. 여행소설 창작 초반에 그들은 각기 고유한 창작방법론을 유지하고 있었다. 그러나 1930년대 후반, 새로운 주체 재정립의 시대가 시작되면서 그들의 관심 방향은 계급이나 사회나 집단의 문제보다는 개인에 대한 이해와 궁구라는 방향으로 수렴되는 경향을 보인다. 이 시기는 기준의 부재, 그로 인한 혼란과 어둠에서 빠져나오기 위한 방향성 모색의 시대였기 때문에 그 어둠을 극복하기 위해 가장 우선적으로 해야 할 일은 주체를 재정립하는 일이었다. 따라서 이 시기 공통된 관심사는 새로운 시대의 길 찾기라고 할 수 있다. 그 길 찾기의 가능성을 여행을 통해 모색했던 것으로 판단된다. 주체 재정립과 반성의 시기를 거쳐 후에 우리 문학은 더욱더 다양하고 새로운 길을 모색할 수 있게 되었다.

마지막으로, 1930년대 여행소설은 오늘날 여행소설의 성행 현상과 그 연구 방향에 대한 반성을 이끈다. 오늘날 여행소설에 대한 관심이 본격화된 것은 해외여행이 자유화된 1990년대 이후이다. 그런데 그동안의 여행소설 연구는 일제 강점기 몇몇 여행소설에 관심을 보인 것을 제외하면 대부분이 1990년대 여행소설에 대한 논의로 치닫고 있다. 이는 여행소설의 전통과 역사에 대한 이해를 소홀히 한 것이라고 볼 수 있다. 1930년대 여행소설은 근대 여행소설의 성립과 그 장르적 특징을 이해하는 소중한 지침을 제공한다. 특히 1930년대 여행소설에 나타난 여행 주체의 내적고민은 오늘날 여행소설 속 주인공들이 품고 있는 그 것과 다르지 않다. 그 속에는 근대적 주체가 지닌 개인적 고뇌와 사회 문화적 억압이 공통분모로 내재되어 있다. 그리고 그 문제는 현재까지 진행형의 상태로 남아 있다. 여행을 통한 풍경 인식과 타자와의 관계를 통해 주체 정립을 모색하고자 한 1930년대 여행소설과 그에 대한 논의는 오늘날의 이러한 문제를 해결하는 데 소중한 길잡이 역할을 할 수 있을 것이라 본다.

1930년대 여행소설은 개인적 욕망을 그대로 표출시키기보다는 그것을 좀 더 치열한 삶의 변형태로 보여주었다. 그 속에는 시대와 사회에 대한 궁구, 그로 인한 주체의 방향성 모색이 절실히 담겨 있다. 오늘날 여행이 자유롭고 편리한 여가 선용의 형태라면, 1930년대의 여행은 절실한 결단의 일환이었다. 여행소설 속에 담긴 지식인의 고뇌, 새로운 유토피아에 대한 환상, 삶의 극단에서의 선택, 현실에서 견디기 위한 마지막 몸부림 등은 1930년대 여행의 절실함을 알려준다. 시대와 사회, 그리고 여행 주체 자신의 내면 문제를 바로 볼 수 있는 안목을 갖추기 위해 떠났던 여행은 당대의 전형성과 개성을 동시에 가진 것이라 할 수 있다.

이 책에서는 1930년대 한국 근대 여행소설을 대상으로 하여 작품 속에 나타난 여행의 의미와 여행의 구현 방식을 검토하고 이를 바탕으로 여행소설의 형성 과정과 존재 양상을 살피고자 하였다. 또한, 여행소설의 구성 방식과 주체의 변화를 구명함으로써 1930년대 여행소설의 특징과 의의를 해명하고자 하였다.

이를 위해 먼저 여행소설의 개념을 재규정하였다. 여행소설의 개념을 정의내리는 데 있어서는 여행소설의 형식적인 요소와 의미론적 요소를 동시에 고려하였다. 여행소설의 형식은 '출발—노정—목적지 도착—귀환'으로, 여행소설의 의미론적 요소는 욕망, 주체, 경험, 권력, 의지로 구분하여 살폈다. 그래서 여행소설을 "권력의 억압 혹은 개인적 결핍이나 상처로부터 벗어나고자 하는 여행 주체가, '여행' 경험을 통하여 자신의 의지를 관철시키거나 욕망을 실현하고자 하는 소설"로 정의하였다.

2장에서는 여행소설의 분석 기준을 근대적 주체, 풍경 인식, 타자로 구분 지었다. 이런 양상들을 정교하게 해석하는 과정에서 여행소설의 성격과 본질 및 내적 가치를 명확히 하고자 하였다. 이를 위해 헤겔과 사르트르의 논의를 근간으로 근대적 주체의 특징을 정의하였다. 먼저 '내면의 확립'을 근대적 주체의 특징으로 보았다. 풍경에 대한 인식에서는 풍경을 인식론적 풍경과 존재론적 풍경으로 구분하였다. 인식론적 풍경이 기계적 시간에 초점을 맞춘 것이라면 존재론적 풍경은 여행자의 과거의 기억과 무의식이 결합된 총체이다. '타자'와의 관계에 있어서는 여행 주체가 타자를 인정하지 않는 경우와 타자를 인정하는 경우, 타자와 주체를 동등한 위치에 놓는 경우로 분류하였다. 이 중 여행 주체와 타자가 동등한 위치에 놓이는 경우를 가장 이상적인 형태로 보았다.

3장에서는 1930년대 여행소설의 형성 배경에 대해 살펴보았다. 1930년대 여행소설의 형성 배경으로 1920년대 여행기와 1920년대 여행소설을 들었다. 여행은 시대적 특징이나 '흐름'과도 밀접하게 결부되므로, 1930년대 여행소설의 형성을 설명하기 위해서는 그 이전 상황에 대한 이해가 수반되어야 한다고 판단하였기 때문이다.

세계에 교술적으로 종속된 주체의 이야기인 여행기가 작가와 글을 분리할 수 없는 관계에 놓여 있었다면, 허구적 세계 속 허구적 경험 주체가 등장하는 여행소설은 작품외적 세계를 고려하되 그로부터 자유로운 대상 세계와 여행 주체를 설정할 수 있었다. 그럼으로써 여행소설은 작품외적 세계에로의 관심을 여행 주체의 내면 풍경과 개인 경험으로 돌릴 수 있게 되었다. 따라서 여행을 직접 하지 않고도 여행 경험을 구성해 낼 수 있으며 현실적으로 쉽지 않은 여행을 허구적 경험 주체를 등장시켜 독특한 여행 경험 세계를 제시할 수 있었다. 다음으로는 1930년대 여행소설의 맹아로서 1920년대 여행소설인 김동인의 「마음이 여튼 자여」, 현진건의 「고향」, 염상섭의 「만세전」 등을 분석하고 그 특징을 살폈다. 1920년대 여행소설에서 여행 주체는 자발적인 욕망에 의해 여행지를 선택하고 여행지에서 욕망을 경험하는 여행 주체가 아니라 중간 매개항을 설정하고 관찰하는 관찰적 여행 주체라는 한계를 보였다.

그리고 이를 바탕으로 4장에서는 1930년대 여행소설의 존재 양상을 본격적으로 다루었다. 1930년대 여행소설 작품들을 '자기 전환을 통한 이념의 확립과 욕망의 응시', '주체의 내적 갈등과 풍경의 재구성', '새로운 주체의 모색'으로 분류하고 1935년을 역사적 분기점으로 설정하였다. 1930년대 초반의 여행소설 작품으로는 이광수의 「유정」, 박화성의 「신혼여행」, 엄흥섭의 「방울속의 참소식」을 살펴보았다. 이들 여행소설에서는 이성과 감정 사이에서 고민하는 여행 주체가 부각되었다. 여행 주체의 내면적 혼란을 탐구하면서도 사상과 이념의 문제를 외면하지 않았다. 이 속에는 집단의식과 개인의식이 혼재되어 있었던 것으로 판단하였다. 그러나 이러한 혼란은 1930년대 중·후반에 새로운 국면을 맞이하게 되었다. 새로운 환락의 공간을 여행지로 삼은 이효석의 「천사와 산문시」, 일제 강점기 시대의 시대적 고뇌를 안고 있는 이태준의 「패강랭」, 낭만적 사랑의 합일을 꿈꾸는 이무영의 「전설」, 과업 수행을 위한 여행 이야기를 담은 박태원의 「윤초시의 상경」, 자신과의 대면으로서의 여행을 택한 최명익의 「심문」, 여성의 욕망을 발견한 이선희의 「탕자」 등을 그와 관련하여 집중적으로 검토하였다.

5장에서는 여행소설의 구성방식과 주체의 변화에 대해 살폈다. 1930년대 여행소설에서는 여행 주체가 욕망의 결핍에 따른 내면의 우울을 겪고 있는 경우가 많았다. 이러한 우울은 작품 속에 직접적으로 나타나기보다는 여행 과정을 통해 암시되는 경우가 대부분이다. 여행기의 주체는 개인적인 사연이 없거나 있다고 하더라도 그것을 전면에 내세우지 않는다. 여행기의 주체에게 있어 여행을 떠나기 전 품었던 과거의 문제들은 여행의 새로운 경험을 통해 망각되거나, 기억된다고 해도 여행지의 경험과 놀라움을 부각시키는 기능에 머물 뿐 더이상 궁구할 거리가 되지는 못한다. 그에 반해 여행소설의 여행 주체들은 대부분 심각한 사연이 있는 주체들이다. 이들은 내면의 상처를 입었거나 욕망의 심각한 결핍을 느낀다. 여행의 과정은 그 상처를 치유하거나 문제를 해결하고 결여를 충족시키려 하는 과정이기도 하다. 그로 인해 1930년대 여행소설은 욕망하는 대상의 결핍이나 부재로 인한 혼란과 우울, 그리고 그것을 치유하는 과정을 구체적이고 지속적으로 담으려 한 것이라 판단하였다.

이 책은 우울을 병리적 상태라고만 보는 기존의 부정적 관점에서 벗

어나 우울의 긍정적인 면을 찾고자 하였다. 여행소설에서 여행 주체들
이 우울을 겪고 있는 것은 그들이 주체적으로 살고자 했기 때문이다.
여행 주체의 우울은 어둠의 시대에도 양심을 저버리지 않는 사람들이
자신만의 세계와 가치관을 만들고자 하는 주체적 노력의 반영이다. 그
들은 회의와 의심의 과정을 거쳐 무엇이 '참 진리'인지를 고민하는 주
체였다. 따라서 그들의 노력은 제도권과 사회를 넘어서는 진정한 근대
적 주체가 되고자 하는 노력이며 그들은 여행이라는 의식 확장이나 의
식 전환의 경험을 바탕으로 새롭고 특수한 형태의 주체성을 만들고자
하였다. 그리고 그 여행을 통해 마침내 기존 외부세계의 관습이나 도덕
률을 일방적으로 수용하는 수동적 주체가 아닌 자신의 판단과 힘으로
세계를 이끌어가는 새로운 주체의 가능성을 정립하게 된 것이다.

　여행소설에 나타나는 풍경의 재현방식과 풍경의 알레고리에 대해 살
폈다. 관찰과 연상, 전이와 투사, 성찰과 발견 등으로 풍경의 단계를 나
누었다. 이 중 첫 단계만 나타나는 작품으로 「신혼여행」, 「방울속의 참
소식」, 「윤초시의 상경」, 「천사와 산문시」를 분석하였다. 이 작품들에
서 풍경은 사실적으로 관찰되고 여행 주체의 긴장을 유지하는 자극이
된다. 전이와 투사가 두드러진 작품으로 「유정」, 「패강랭」과 「전설」, 「탕
자」 등을 분석하였다. 여기에서 풍경은 주체의 심리를 표현하는 수단으
로 사용된다. 다음으로 대상에 대한 관찰·연상, 전이·투사, 내면의
성찰과 발견 모두를 갖춘 경우로 「심문」을 분석하였다. 이는 여행소설
에서 풍경이 가장 다채로운 완성도를 보이는 것이라 할 수 있다.

　또한, 세계와의 관계를 통한 주체의 세계 수용 방식을 검토하였다.
'주체와 세계가 화합하는 경우'와 주체가 '세계를 인정하지 않고 무화

하는 경우', '주체가 세계와 균열을 보이는 경우'와 '주체가 세계와의 관계를 유보하는 경우'로 작품을 나누어 살펴보았다. 주체와 세계가 화합하는 경우는 「신혼여행」과 「윤초시의 상경」처럼 여행 주체가 세계와 갈등이 없거나 갈등이 있더라도 그것이 심각하지 않은 경우에 해당한다. 「천사와 산문시」는 여행 주체가 세계를 차단하고 세계를 인정하지 않고 무화하는 경우에 해당하며, 「유정」, 「방울속의 참소식」, 「패강랭」, 「전설」과 같은 작품들은 여행 주체의 욕망과 세계가 갈등하기에 그 사이에 균열을 보였다. 그리고 최명익의 「심문」에서는 여행 주체의 의지가 세계보다 더 위력적이므로 그 관계를 유보하였다. 「심문」은 환경이 아니라 주체의 판단과 의지를 더 강조함으로써 여행소설의 가장 완결된 형태를 보여주었다. 여행 주체는 대상의 결핍과 상처로 인해 혼란을 경험하고, 여행의 과정에서 그 문제에 대해 지속적으로 회상하고 반추하였다. 성찰을 통해 자신의 내부 문제를 스스로 해결하고자 하는 것이다. 이때 주체는 세계가 이미 만들어놓은 가치관이나 관습 앞에 좌절하지 않고 자신의 의지에 따라 세계를 이끌어가는 적극적이고 의지적인 진정한 의미에서의 근대적 주체가 된다.

타자와의 만남과 그로 인한 소통이 주체를 달라지게 하는가의 유무에 대해 살펴보았다. 「유정」, 「방울속의 참소식」, 「패강랭」, 「천사와 산문시」에서는 여행 주체가 달라지지 않았다. 이 경우 타자는 주체에게 무의미한 존재다. 타자가 유의미한 존재일 때 여행 주체는 달라지는 경향을 보였다. 이 경우에도 「신혼여행」과 「전설」, 「윤초시의 상경」처럼 주체가 타자에 의해 일방적으로 달라지는 경우가 있는가 하면, 「심문」과 「탕자」처럼 주체와 타자의 적극적인 교류와 상호 소통에 의해 주체가 변화되기도 하였다. 주체와 타자가 적극적인 교류와 소통을 하는 작품에서 여행 주체는 자신의 내면을 변화시키기 위해 현재의 시간뿐 아니라 무의식과 회상의 시간까지 떠올렸다.

마지막으로 1930년대 여행소설의 가치와 의의를 밝혔다. 먼저, 여행 경험을 통해 주체와 세계의 동일성을 모색한 결과 온건한 근대적 주체를 수립할 수 있었다는 점, 부정과 긍정의 변증법을 통해 인간의 내면적 어둠에 대한 새로운 인식을 보여주었다는 점 등을 지적하였다. 뿐만 아니라 타자에 대한 새로운 인식을 열어주고 근대적 풍경을 발견하는 계기를 마련하였다는 점, 근대적 시간과 공간의 가능성을 열어놓았다는 점, 당시 시대흐름과 작가의식 변모과정을 엿볼 수 있는 자료가 된다는 점 등에서도 1930년대 여행소설이 소중한 가치를 가진다고 보았다. 그리고 오늘날 여행소설의 성행과 그에 대한 연구 방법을 반성하게 만든다는 점에서도 1930년대 여행소설의 의의를 찾았다.

이상의 논의를 통해 이 책에서는 1930년대 여행소설에 나타난 여행의 의미와 존재 양상, 그리고 지향성과 구성 방식에 대해 밝혔다. 소설의 주인공이 지도 없는 길을 나서는 것이 근대소설이라는 점에서 여행소설의 구도는 근대소설의 특징을 가장 잘 설명한다고 할 수 있다. 여행소설 속 여행 주체가 익숙한 공간에서 멀어져 낯선 공간으로 가서 풍경을 구경하고 사람을 만나 새로운 관계를 만들어낸다는 점에서 그러하다. 1930년대 여행소설에서 확인할 수 있는 여행 주체의 내면의 문제성과 그 문제성이 드러나는 과정, 여행 주체가 세계와 맺는 관계와 그 귀추 등은 우리나라 근대소설사의 전개에서 소설적 구성이 주체에게 어떤 것이어야 하는가에 대한 근본적 질문을 던지면서도 일정하게 그에 대한 해답을 담고 있는 것이라 볼 수 있다.

끝으로 이 책의 논의 내용이 구체적 설득력을 더 얻기 위해서는 1930년대 여행기와 여행소설에 대한 교차 연구도 이루어져야 한다고 본다. 이 점에 대해서는 차후의 연구를 통해 보완해 나갈 것임을 밝힌다.

참고문헌

1. 기본 자료

『개벽』, 『대한매일신보』, 『문학창조』, 『백조』, 『별건곤』, 『사해공론』, 『삼천리』, 『少年』, 『조선일보』, 『조선중앙일보』

김동인, 『한국중편소설문학전집』, 을유문화사, 1970.
박태원, 『윤초시의 상경』, 깊은샘, 1991.
박화성, 『고향없는 사람들—박화성 단편집』, 푸른사상, 2008.
엄흥섭, 『한국근대단편소설대계』 15, 태학사, 1988.
염상섭, 『염상섭전집1 : 만세전 外』, 민음사, 1987.
이광수, 『이광수 전집』 8, 삼중당, 1962.
이선희, 『한국해금문학전집』 10, 삼성출판사, 1998.
이태준, 『패강랭(외)』, 범우사, 2007.
최명익, 『제삼한국문학』, 수문서관, 1988.
현진건, 『현진건 문학전집』1, 국학자료원, 2004.

2. 국내 논저

강심호, 『대중적 감수성의 탄생』, 살림, 2006.
강영조, 『풍경에 다가서기』, 효형출판, 2003.
강헌국, 「박태원 단편 소설의 서사 구조」, 『상허학보』 vol.2, 1995.
고려대학교 아세아문제연구소 육당전집편찬위원회편, 『육당최남선전집』 6, 현암사, 1974.
고봉준 외, 『1930년대 문학의 재조명과 문학의 경계 넘기』, 국학자료원, 2010.
곽상순, 「근대 형성기 소설에 나타난 여행의 의미」, 『시학과 언어학』 19호, 2010.
곽승미, 「식민지 시대 여행 문화의 향유 실태와 서사적 수용 양상」, 『일제시기 근대적 일상과 식민지 문화』, 이화여자대학교 출판부, 2008.
구인환, 「李光洙의 「無情」—지향적 욕구와 존재적 현실의 갈등구조」, 『한국현대소설 작품론』, 문장, 1986.

권보드래, 『한국근대소설의 기원』, 소명출판, 2002.

권성우, 『모더니티와 타자의 현상학』, 솔, 1999.

권성우, 「이태준 기행문 연구」, 『상허학보』 vol.14, 2005.

권오현, 「1970년대 소설의 알레고리 기법 연구」, 『어문학』 제90집, 2005.

김경수, 「1990년도 여행소설의 한 특징」, 『소설, 농담, 사다리』, 역락, 2001.

김경숙, 「한국소설에 나타난 여행구조에 관한 고찰-「메밀꽃 필 무렵」 「무진기행」 「삼
        포가는 길」의 비교연구-」, 고려대학교 교육대학원 석사학위논문, 1985.

김경일, 『여성의 근대, 근대의 여성』, 푸른역사, 2004.

김관현·박남용, 「1930년대 하얼빈과 상하이의 도시 풍경과 도시 인식」, 『세계문학비
        교연구』 제25집, 2008.

김도희, 「이태준 단편 「패강랭」(浿江冷)의 항일문학적 성격」, 『현대소설연구』 20, 2003.

김동환, 「1930년대 말기의 산문정신과 글쓰기의 유형」, 『국어교육연구』 1, 1994.

김명석, 『한국소설과 근대적 일상의 경험』, 새미, 2002.

김백영, 『지배와 공간』, 문학과 지성사, 2009.

김상환, 「헤겔의 '불행한 의식'과 인문적 주체의 역설」, 『철학사상』 제36호, 2010.

김성진, 「서사 교육에서 맥락과 장르의 관계에 대한 연구」, 『문학교육학』 30호, 역락,
        2009.

김양선, 『1930년대 소설과 근대성의 지형학』, 소명, 2003.

김영민, 『한국근대소설의 형성과정』, 소명, 2005.

김예림, 「1920년대 초반 문학의 상황과 의미-서사장르의 상관성을 중심으로」, 『상허
        학보』 6집, 2000.

김윤상, 「헤겔과 라캉에 있어서 욕망의 문제」, 『서강인문논총』 18호, 2004.

김윤식, 『한국 근대문학 사상사』, 한길사, 1984.

김윤식, 『운명과 형식』, 솔, 1992.

김윤식·김현, 『한국 문학사』, 민음사, 1984.

김정우, 『시 해석 교육론』, 태학사, 2006.

김정훈, 「『단층』시 연구」, 『국제어문』 42집, 2008.

김중철, 「근대 초기 여행기에 나타난 활동사진의 비유에 대한 연구」, 『한국언어문화』
        29호, 2006.

김현주, 「근대 초기 기행문의 전개 양상과 문학적 기행문의 '기원'-국토기행을 중심
        으로」, 『현대문학의 연구』 16호, 2001.

김현주, 「국토 기행문의 계보학」, 『한국 근대 산문의 계보학』, 소명출판, 2004.

김형규, 「시간적 거리를 통한 단절의 서술행위-<젊은 날의 초상>에 대해-」, 『현대
        소설연구』 18, 2003.

김혜영, 「한국 모더니즘소설의 글쓰기 방법 연구-시간 구성 원리를 중심으로」, 서울
　　대학교 대학원 박사학위논문, 2000.
김홍중, 「문화사회학과 풍경(風景)의 문제」, 『사회와 이론』 vol.6, 2005.
김홍중, 「근대적 성찰성의 풍경과 성찰적 주체의 알레고리」, 『한국사회학』 제41집 3
　　호, 2007.
김효주, 「1920년대 여행기의 존재양상」, 『국어교육연구』 제48집, 2011.
김효주, 「<무성격자>에 나타나는 푼크툼의 실현과 서사적 장치」, 『우리말글』 55, 2012.
김효주, 「최명익 소설에 나타난 사진의 상징성과 시간관 고찰-<비오는 길>을 중심
　　으로」, 『한민족어문학』 제61집, 2012.
김효주, 「최명익의 <심문>에 나타난 변증법적 정지와 이미지」, 『어문학』 제8집, 2012.
나병철, 『근대성과 근대문학』, 문예출판사, 1995.
노상래, 「전향론 연구」, 『한민족어문학회』 26집, 1994.
노상래, 「해방기 자기고백 소설 연구(Ⅰ), 『한민족어문학』 32호, 1997.
노형석, 『한국 근대사의 풍경』, 생각의 나무, 2006.
류보선, 「환멸과 반성, 혹은 1930년대 후반기 문학이 다다른 자리」, 『민족문학사연구』
　　4권 제1호, 1993.
민충환, 「단편 미학의 대가가 보여 주는 현실의 단층」, 『「패강랭」(외)』, 범우사, 2007.
박　강, 『20세기 전반 동북아 한인과 아편』, 선인, 2008.
박선애, 「엄흥섭 소설 연구-1930년대를 중심으로」, 숙명여자대학교 대학원 석사학위
　　논문, 1991.
박종홍, 「개인의식의 지양과 사회의식의 성숙-김동인 소설의 변모양상을 중심으로」,
　　『문학과 언어』 제4집, 1983.
박종홍, 「염상섭 초기 소설, 개성의 자각과 생활의 발견」, 『현대소설의 시각』, 국학자
　　료원, 2002.
박종홍, 「최명익 창작집 『장삼이사』의 초점화 양상 고찰」, 『국어교육연구』 제46집,
　　2010.
박천홍, 『매혹의 질주, 근대의 횡단-철도로 돌아본 근대의 풍경』, 산처럼, 2003.
박해용·심옥숙, 『철학용어용례사전』, 돌기둥, 2004.
배주영, 「1930년대 만주를 통해 본 식민지 지식인의 욕망과 정체성」, 『한국학보』 제29
　　권 3호, 2003.
배팔수, 「엄흥섭 연구-해방 전후의 귀향의식을 중심으로」, 『한국어문연구』 7호, 1992.
백지혜, 「이효석 소설에 나타난 '여행'의 의미 연구」, 『현대문학연구』 제251집, 2002.
변광배, 『장 폴 사르트르-시선과 타자』, 살림, 2010.
서경석, 「만주국 기행문학 연구」, 『어문학』 제86집, 2004.

서경석·김진량, 『식민지 지식인의 개화 세상 유학기』, 태학사, 2005.

서기재, 「일본근대 「여행안내서」를 통해서 본 조선과 조선관광」, 『日本語文學』 제13집, 2002.

서기재, 「근대 관광 잡지 『관광조선』의 탄생」, 『여행의 발견 타자의 표상』, 민속원, 2010.

서동욱, 『차이와 타자』, 문학과 지성사, 2000.

서정자, 『한국근대여성소설 연구』, 국학자료원, 1999.

서정자, 『한국 여성소설과 비평』, 푸른사상, 2001.

성현경, 「1930년대 해외 기행문 연구-『삼천리』 소재 해외 기행문을 중심으로-」, 성균관대학교 대학원 석사학위논문, 2010.

신오현, 『자아의 철학』, 문학과 지성사, 1987.

양운덕, 『미셸푸코』, 살림, 2003.

염은열, 『고전문학과 표현교육론』, 역락, 2000.

오문석, 「1930년대 후반 시의 '새로운'에 대한 연구」, 『1930년대 후반문학의 근대성과 자기성찰』, 깊은샘, 1998.

우미영, 「근대 여행의 의미 변이와 식민지/제국의 자기 구성 논리」, 『동방학지』 제133집, 2006.

우정권, 『한국 근대 고백소설의 형성과 서사양식』, 소명출판, 2004.

원당희, 「현대소설의 시간현상 : 토마스 만의 『魔의 山』에서 <이중적 시간구조 dopplete Zeitstruktur>」, 『독어문학』 55호, 1995.

윤소영, 「러일전쟁 전후 일본인의 조선여행기록물에 보이는 조선인식」, 『한국민족운동사연구』 제51집, 2007.

의상조사, 정화 풀어씀, 『법성게 : 마음 하나에 펼쳐진 우주』, 법공양, 2006.

이강언, 「성찰의 미학」, 『최정석박사회갑기념논총』, 1984.

이강옥, 「야담의 속 이야기와 작중인물의 자기 경험 진술」, 『고전문학연구』 13, 1998.

이강옥, 「초기 야담집 『학산한언』의 현실 지향과 비현실 지향」, 『한국 야담 연구』, 돌베개, 2006.

이광수, 『반도강산 기행문집』, 영창관판, 1939.

이광수, 『이광수전집』 10, 삼중당, 1971.

이광호, 「돌아오지 않는 항해」, 『소설은 탈주를 꿈꾼다』, 민음사, 1998.

이동원, 「기행문학연구-1910~1920년대를 중심으로」, 연세대학교 대학원 석사학위논문, 2002.

이문숙, 「現代小說에 나타난 旅行의 美學研究」, 건국대학교 교육대학원 석사학위논문, 1993.

이미림 외, 『우리시대의 여행소설』, 태학사, 2006.

이미림, 『한국현대소설의 떠남과 머묾』, 예림기획, 2007.

이재선, 『한국현대소설작품론』, 문장, 1986.

이주형, 『한국근대소설연구』, 창작과비평사, 1995.

이주홍, 「엄흥섭 소설 연구-제재 및 작가의식의 변모양상을 중심으로」, 『국어교육연구』 제30집, 1998.

이진경, 『근대적 시·공간의 탄생』, 푸른숲, 2002.

이화진, 「1930년대 후반기 소설 연구」, 성균관대학교 대학원 박사학위논문, 1999.

임경순, 「경험의 서사화 방법과 그 문학교육적 의의 연구-유소년기소설을 中心으로-」, 서울대학교 대학원 박사학위논문, 2003.

임규찬, 『한국근대소설의 이념과 체계』, 태학사, 1998.

임병권, 「고백을 통해 본 내면성의 정착과 주체의 형성」, 『한국 근대문학의 형성과 문학장의 재발견』, 소명, 2004.

장유정, 『다방과 카페, 모던보이의 아지트』, 살림, 2008.

전은정, 「일제하 '신여성' 담론에 관한 분석」, 서강대학교 대학원 석사학위논문, 1999.

정용화, 「1920년대 초 계몽담론의 특성 : 문명·문화·개인을 중심으로」, 『일제하 서구문화의 수용과 근대성』, 혜안, 2008.

정정순, 「시적 형상성의 교육 내용 연구」, 서울대학교 대학원 박사학위논문, 2005.

정진석, 「인물로 본 한국언론 100년」 11-문인언론인들-한말 일제치하, 『신문과 방송』, 1992.

정한모, 『한국현대시문학사』, 일지사, 1974.

정혜영, 「풍경의 부재-김동인의 <마음이 옅은 자여>를 중심으로-」, 『한국문학이론과 비평』 제40집, 2008.

정호웅, 「한국소설과 <길>의 의미」, 『반영과 지향』, 세계사, 1995.

정호웅, 「20세기 한국문학과 근대라는 타자」, 『한국 현대문학의 근대성 탐구』, 새미, 2000.

조남현, 「1990년대 소설과 여행 모티프의 다산성(多産性)」, 『비평의 자리』, 문학사상사, 2001.

주은우, 『시각과 현대성』, 한나래, 2003.

차혜영, 「1920년대 한국소설의 형성과정 연구-근대형성의 내적논리와 단편소설의 양식화 과정을 중심으로-」, 한양대학교 대학원 박사학위논문, 2001.

차혜영, 「문화체험과 에스노그래피의 정치학」, 『정신문화연구』 제33권 1호, 2010.

채호석, 「검열과 문학장-1930년대 후반 한국문학에서의 검열과 문학장의 관계 양상」, 『외국문학연구』 제27호, 2007.

최명익 외, 「최명익, 소설 창작에서의 나의 고심」, 『나의 인간수업, 文學수업-재(在)·

월(越)북 작가들의 인생역정과 문학수업의 고백록』, 도서출판 인동, 1990.

최미숙, 『한국 모더니즘시의 글쓰기 방식과 시 해석』, 소명출판, 2000.

최병우, 「소설의 서술방법과 시점」, 『현대소설론』, 평민사, 1994.

최석영, 「조선박람회와 일제의 문화적 지배」, 『역사와 역사교육』 제3·4호, 1999.

최익현, 「모더니즘과시선－이효석의 도시풍속과 자연의 발견」, 『어문연구』 26호, 1998.

최종렬, 『타자들』, 백의, 1999.

최혜실, 『한국현대소설의 이론』, 국학자료원, 1994.

하정일, 「1930년대 후반 문학 비평의 변모와 근대성」, 『민족 문학과 근대성』, 문학과
지성사, 1996.

한경수, 「한국의 근대 전환기 관광(1880~1940)」, 『관광학연구』 51호, 2005.

한만수, 「1930年代 모더니즘文學의 心理的 異常性 硏究」, 중앙대학교 대학원 박사학위
논문, 2001.

현진건, 『현진건 문학전집』 6, 국학자료원, 2004.

홍준기, 「변증법적 이미지, 알레고리적 이미지, 멜랑콜리 그리고 도시」, 『라깡과 현대
정신 분석』 10권 2호, 2008.

황국명, 『전환기 소설의 지형』, 세종출판사, 2001.

3. 국외 논저

柄谷行人, 박유하 옮김, 『일본근대문학의 기원』, 도서출판 b, 2010.

이효덕, 박성관 옮김, 『표상 공간의 근대』, 소명출판, 2002.

마이클 J. 툴란, 김병욱·오연희 공역, 『서사론』, 형설출판사, 1993.

아지자·올리비에리·스크트릭공저, 장영수 옮김, 『문학의상징·주제사전』, 청하, 1989.

Abrams, 최상규 역, 『문학용어사전』, 예림기획, 1997.

Benedict Anderson, 윤형숙 역, 『상상의 공동체』, 나남출판, 2002.

Dean MacCannel, 오상훈 역, 『관광객』, 일신사, 1994.

Edward Relph, 김덕현·김현주·심승희 공역, 『장소와 장소상실』, 논형, 2005.

Georg Lukács, 김경식 옮김, 『소설의 이론』, 문예출판사, 2007.

Homi K. Bhabha, 나병철 역, 『문화의 위치』, 소명, 2002.

John Berger, 편집부 역, 『이미지』, 동문선, 1990.

Marshall Berman, 윤호병·이만식 옮김, 『현대성의 경험』, 현대미학사, 2004.

Michel Foucault, 박홍규 역, 『감시와 처벌』, 강원대학교 출판부, 1989.

Michel Foucault, 이정우 역, 『담론의 질서』, 새길, 1993.

Michel Zeraffa, 이동렬 역, 『소설과 사회』, 문학과지성사, 1977.

Mikhail Btinakh, 전승희 외 옮김, 『장편소설과 민중언어』, 창작과 비평사, 1988.

Rollo May, 백상창 역, 『자아를 잃어버린 현대인』, 문예출판사, 1984.

Shlomith Rimmon-Kenan, 최상규 역, 『小說의 詩學』, 문학과지성사, 1985.

Sigmund Freud, 윤희기·박찬부 옮김, 『정신분석학의 근본 개념』, 열린책들, 1997.

Simone Vierne, 이재실 옮김, 『통과제의의 문학』, 문학동네, 1996.

Susan Sontag, 홍한별 옮김, 『우울한 열정』, 시울, 2005.

Tzvetan Todorov, 최현무 옮김, 『바흐찐 : 문학사회학과 대화이론』, 까치, 1987.

Vladimir Yakovlevich Propp, 유영대 옮김, 『민담형태론』, 새문사, 2009.

Walter Benjamin, 반성완 편역, 「보들레르의 몇가지 모티브에 관해서」, 『발터 벤야민
    의 문예이론』, 민음사, 1983.

Wolfgang Schivelbusch, 박진희 옮김, 『철도 여행의 역사』, 궁리, 2007.

Yi-Fu Tuan, 정영철 역, 『공간과 장소』, 태림문화사, 1995.

Christopher Nagle, Traveling Pleasures and Perils of Sensibility, *The Wordsworth circle*
    39, No.1-2, 2008.

Gema R. Guevara, Geographies of Travel and the Rhetoric of the Countrysides :
    Mid-Nineteenth-Century North American and Cuban Travel Writing, *Bulletin
    of Spanish Studies*, Volume LXXXV, Number 1, 2008.

Janet Giltrow, Speaking out : Travel and Structure in Herman Melville's Early
    Narratives, *American Literature* LII, March, 1980.

Thomas A. Pyszczynski, Tom Pyszczynski, Jeff Greenberg, Hanging on and Letting go :
    Understanding the Onset, Progression, and Remission of Depression,
    Springer-Verlag, 1992.

Velvet Nelson, The sensibility of aesthetic landscape concepts in the case of British
    West Indies travel narratives, 1816-1914, *Journal of Cultural Geography*, Vol.
    26, No. 2, June 2009.

찾아보기